GUÍAS VISUALES TOP 10

LONDRES

ROGER WILLIAMS

EL PAIS AGUILAR

Izquierda **Old English Garden, Battersea Park** Derecha **Tower Bridge**

Contenidos

Londres Top 10

British Museum 8

National Gallery y National Portrait Gallery 12

British Airways London Eye 16

Tate Modern y Tate Britain 18

Natural History Museum 22

Science Museum 24

Buckingham Palace y jardines y parques reales 26

Westminster Abbey y Parliament Square 32

Torre de Londres 36

St Paul's Cathedral 40

Acontecimientos históricos 44

Iglesias 46

Museos 48

Museos II 50

Personajes célebres 52

Londres y la monarquía 54

Teatros 56

Música en directo 58

Espectáculos en West End 60

'Pubs' 62

Compras 64

DK

EL PAIS AGUILAR

Coordinación editorial:
Cristina Gómez de las Cortinas
Traducción: José Calles
Adaptación: Marta Olivares
Maquetación: Miguel Ángel Pascual

Undécima edición, 2014

Título original: **Eyewitness Travel, Top 10 London**

Avda. de los Artesanos, 6,
28760 Tres Cantos, Madrid

ISBN: 978-84-03-51347-1

PRISA EDICIONES

Aguilar, Altea, Taurus, Alfaguara S. A. de Ediciones
Avda. Leandro N Alem, 720.
C1001AAP Buenos Aires
Santillana Ediciones Generales, S. A. de V. C.
Avenida Río Mixcoac 274
Colonia Acacias
03240 Benito Juárez México D.F.

Impreso en China

FSC www.fsc.org MIXTO Papel procedente de fuentes responsables FSC™ C018179

Toda la información práctica recogida en esta guía ha sido debidamente comprobada a fecha de su edición. La editorial no se hace responsable de los cambios ocurridos con posterioridad.

Izquierda **Casa flotante, Regent's Canal** Derecha **Paseo del Támesis, South Bank**

Fiestas y acontecimientos 66

Londres para niños 68

Lugares de interés junto al Támesis 70

Londres y la literatura 72

Londres a pie 74

Dónde comer 76

Recorridos por Londres

Westminster, South Bank y Southwark 80

Soho y West End 88

Covent Garden 98

Bloomsbury y Fitzrovia 106

Mayfair y St James's 112

Kensington y Knightsbridge 118

Regent's Park y Marylebone 128

La City 134

Norte de Londres 140

Sur y oeste de Londres 146

Este de Londres 152

Datos útiles

Cómo organizar el viaje 160

Llegada a Londres 161

Cómo desplazarse 162

Dónde informarse 163

Londres para discapacitados 164

Dinero y comunicaciones 165

Seguridad y salud 166

Excursiones desde Londres 167

Visitas y recorridos 168

Cómo evitar aglomeraciones 169

Información sobre compras 170

Londres a buen precio 171

Dónde alojarse 172

Izquierda ***Pub* The Lamb and Flag, Covent Garden** Derecha **Vista desde Parliament Hill**

LONDRES TOP 10

Lo esencial de Londres 6–7

British Museum 8–11

National Gallery y National Portrait Gallery 12–15

British Airways London Eye 16–17

Tate Modern y Tate Britain 18–21

Natural History Museum 22–23

Science Museum 24–25

Buckingham Palace y jardines y parques reales 26–29

Westminster Abbey y Parliament Square 32–35

Torre de Londres 36–39

St Paul's Cathedral 40–43

Lo mejor de lo mejor 44–77

LONDRES TOP 10

TOP 10 Lo esencial de Londres

Londres, ciudad colorista y diversa, tiene también una larga historia que arranca hace dos mil años y, modernizándose continuamente, se ha convertido en la vanguardia de la moda, la música y las artes. El visitante puede encontrar aquí numerosos lugares de interés y diversión. En el siguiente capítulo se ofrece una selección de lo mejor de lo mejor.

1 British Museum
Es el museo más antiguo del mundo. Posee una gran colección de tesoros y objetos de todos los rincones de la tierra *(ver pp. 8-11)*.

2 National Gallery y National Portrait Gallery
Las colecciones de arte más importantes del país están aquí, como esta miniatura de 1581 de sir Francis Drake *(ver pp. 12-15)*.

3 London Eye
Esta gigantesca noria en voladizo (la más alta que se ha construido jamás) está frente al Parlamento, en South Bank, y ofrece magníficas panorámicas de la ciudad *(ver pp. 16-17)*.

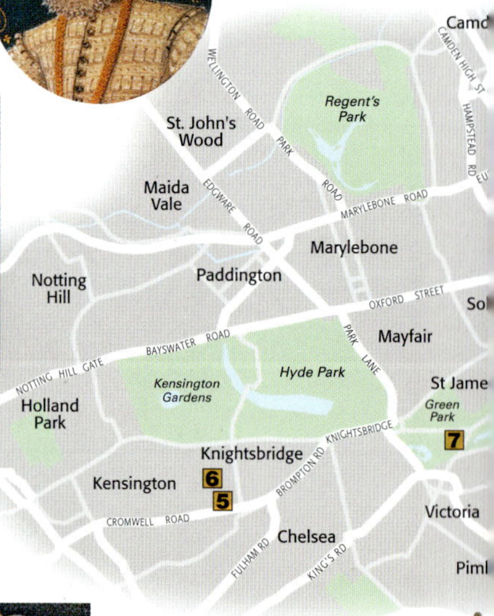

4 Tate Modern y Tate Britain
Albergan una soberbia colección de arte internacional. La Tate Modern contiene obras contemporáneas posteriores a 1900; la Britain ofrece arte desde el siglo XVI hasta la actualidad *(ver pp. 18-21)*.

5 Natural History Museum
La extensa y variada colección del Museo de Historia Natural permite descubrir la geología y la evolución de la vida sobre la Tierra *(ver pp. 22-23)*.

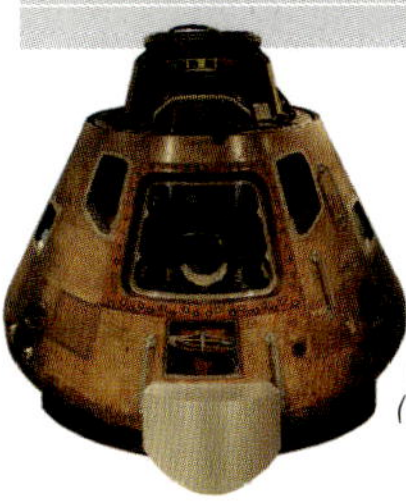

6 Science Museum

Enorme museo con fascinantes exposiciones que muestran y explican las maravillas de la ciencia *(ver pp. 24-25)*.

7 Buckingham Palace

La residencia oficial de la reina es uno de los puntos de referencia de la ciudad. Todos los días puede contemplarse el cambio de guardia *(ver pp. 26-27)*.

8 Westminster Abbey y Parliament Square

En esta abadía real han sido coronados todos los reyes de la monarquía británica desde el año 1066 *(ver pp. 32-35)*.

9 Torre de Londres

Jalonada por una historia sangrienta, ha sido sucesivamente palacio real, fortaleza y prisión, y actualmente alberga el Tesoro de la Corona *(ver pp. 36-39)*.

10 St Paul's Cathedral

San Pablo, obra maestra barroca de sir Christopher Wren, aún domina la silueta de la City y ha sido el lugar donde se han celebrado numerosos acontecimientos *(ver pp. 40-43)*.

TOP 10 British Museum

El museo más antiguo del mundo tiene al menos seis millones de objetos que abarcan casi dos millones de años de civilización. La colección comenzó en 1753 con el legado del médico y anticuario sir Hans Sloane. Durante los siglos XVIII y XIX, viajeros y diplomáticos, como el capitán James Cook, lord Elgin, lord Curzon o Charles Townley, fueron añadiendo tesoros traídos desde todos los lugares del mundo. El museo actual, construido en estilo neoclásico, se terminó en 1850. El patio central se utiliza como espacio público: el Great Court (ver p. 11).

Fachada del British Museum

Hay tres cafés y un restaurante.

Se puede comer un bocadillo en la entrada principal.

Posibilidad de ver el museo en una visita guiada.

La tienda vende reproducciones de las obras.

- *Great Russell St WC1*
- *Plano L1*
- *020 7323 8000*
- *www.britishmuseum.org*
- *Horario: 10.00-17.30 sá-ju, 10.00-20.30 vi. Great Court: 10.00-17.30 sá-ju, 10.00-20.30 vi*
- *Visitas guiadas gratuitas durante todo el día*

Los Top 10

1. Esculturas del Partenón
2. Gato momificado
3. El carnero en los arbustos
4. Tesoro de Mildenhall
5. Piedra Rosetta
6. Jarrón de Portland
7. Ramsés II
8. Máscara mixteca-azteca
9. Kwakwaka'wakw
10. Buda Amitabha

1 Esculturas del Partenón

Este espectacular friso del Partenón *(abajo)*, del siglo V a.C., fue realizado en la época de Pericles y muestra una procesión en honor de la diosa Atenea. Lo trajo lord Elgin, embajador en Constantinopla, en 1779.

Plano

■	Planta inferior
■	Planta principal
■	Primera planta

2 Gato momificado

En el Antiguo Egipto se momificaban los gatos y los toros sagrados. Este gato es de Abydos y data del año 30 a.C. Muchas divinidades egipcias tomaban formas animales, como puede observarse en los murales y en otros objetos.

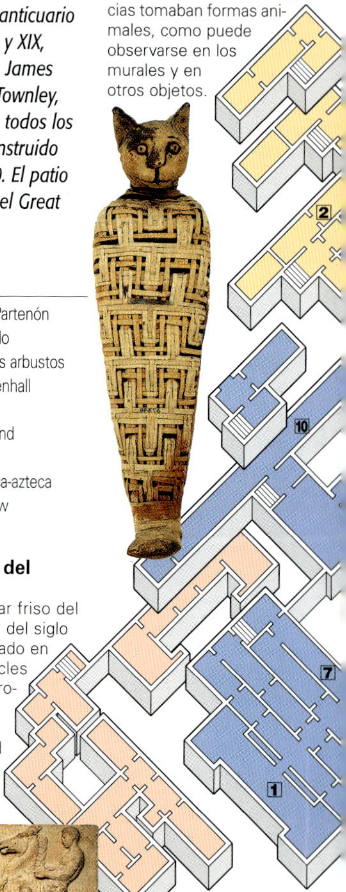

3 El carnero en los arbustos

Este inestimable ornamento, decorado con hojas de oro y nácar, procede de Ur, en Sumeria, una de las civilizaciones más antiguas de la historia.

4 Tesoro de Mildenhall

Uno de los tesoros ingleses más antiguos son estos 34 platos del siglo IV, hallados en Mildenhall, en Suffolk. Su animada decoración incluye ninfas, sátiros e incluso a Hércules.

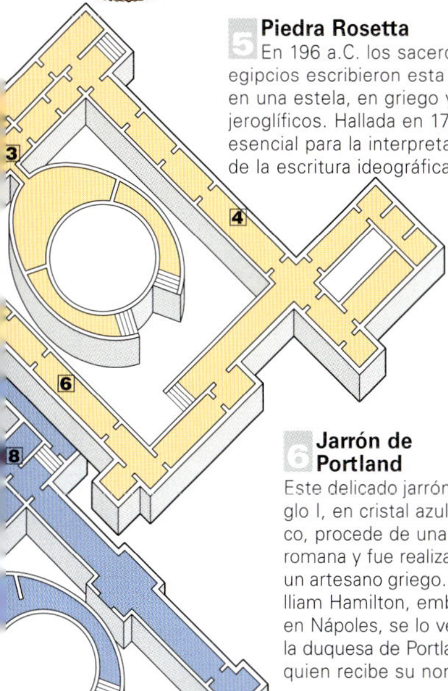

5 Piedra Rosetta

En 196 a.C. los sacerdotes egipcios escribieron esta ley en una estela, en griego y con jeroglíficos. Hallada en 1799, es esencial para la interpretación de la escritura ideográfica.

6 Jarrón de Portland

Este delicado jarrón del siglo I, en cristal azul y opaco, procede de una tumba romana y fue realizado por un artesano griego. Sir William Hamilton, embajador en Nápoles, se lo vendió a la duquesa de Portland, de quien recibe su nombre.

7 Ramsés II

Esto es todo lo que queda de la colosal estatua de granito de Ramsés II (c.1275 a.C.), procedente de su templo en Tebas. La estatua fue adquirida a finales del siglo XVIII por Charles Townley, embajador británico en Roma.

8 Máscara mixteca-azteca

Esta máscara de mosaico *(abajo)*, realizada por los mixtecas para la corte real de los aztecas en México, representa tal vez al dios Quetzalcoatl, y data del siglo XV.

9 Kwakwaka'wakw

Este pájaro de madera, procedente de Norteamérica, fue utilizado como yunque para los *coppers* (un tipo de monedas) en las *potlatches* (ceremonias de las tribus de la costa del Pacífico en las cuales los jefes se deshacían de los dioses malignos).

10 Buda Amitabha

Este impresionante buda de piedra está fechado hacia 585 d.C., durante la dinastía Sui, cuando el budismo se convirtió en la religión oficial de China.

Guía del museo

Hay mapas gratuitos y las guías se venden en el mostrador de información, en el Great Court y en la tienda. Otra forma de visitar el museo es comenzar por los asirios, a la izquierda de la entrada principal, y continuar con Egipto, Grecia y Roma. En el ala norte se sitúan las galerías etnográficas y de Asia, y en la parte este las colecciones inglesas antiguas, medievales y renacentistas.

Museos **ver pp. 48-49**

Izquierda **Columnata neoclásica, British Museum** Derecha **El Hombre de Lindow**

TOP 10 Colecciones del British Museum

Antiguo jarrón griego

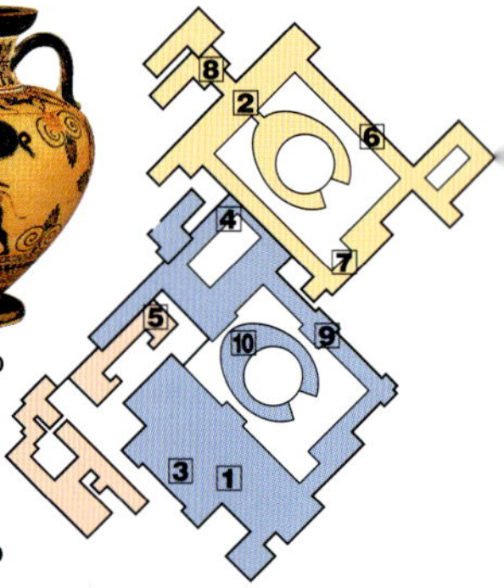

Plano

1 Oriente Próximo

Más de seis mil años de historia comienzan con estos bajorrelieves del palacio asirio en Nínive.

2 Antiguo Egipto y Sudán

Las momias y los sarcófagos son algunos de los 70.000 objetos de esta colección.

3 Antigüedades griegas y romanas

Las cimas artísticas del mundo clásico (desde 3000 a.C. hasta 400 d.C.); incluyen las esculturas del Partenón y las ánforas griegas y romanas.

4 Antigüedades japonesas y orientales

Relieves budistas en piedra de la India, antigüedades chinas, cerámica árabe e increíbles reliquias japonesas.

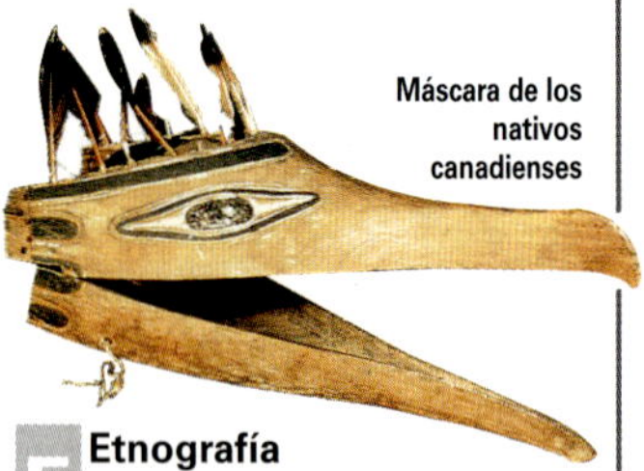

Máscara de los nativos canadienses

5 Etnografía

350.000 objetos indígenas procedentes de todo el mundo. La galería de África cuenta con excelentes piezas.

6 Prehistoria y Europa

Desde los primeros moradores de las cavernas hasta el presente. Incluye el Hombre de Lindow, un cuerpo con dos mil años de antigüedad, conservado en un pantano de turba, la nave de la necrópolis de Sutton Hoo, joyas de época medieval y relojes renacentistas.

7 Monedas y medallas

Completa colección que cuenta con más de 750.000 monedas y medallas, desde el siglo VII a.C. hasta la actualidad.

8 Grabados y dibujos

Inestimables grabados y dibujos del Renacimiento forman parte de la colección no permanente.

9 La Ilustración

Se exhiben las colecciones de ámbito mundial que reflejan el siglo XVIII.

10 The Joseph Hotung Great Court Gallery

Pequeña galería que se destina a exposiciones temporales.

Museos **ver pp. 48-49**

Los 10 lectores más célebres

1. Karl Marx (1818-1883), revolucionario alemán
2. Mahatma Gandhi (1869-1948), líder hindú
3. Oscar Wilde (1854-1900), dramaturgo
4. Virginia Woolf (1882-1941), novelista
5. W. B. Yeats (1865-1939), poeta irlandés
6. Thomas Hardy (1840-1928), novelista de Dorset
7. G. B. Shaw (1856-1950), dramaturgo irlandés
8. E. M. Forster (1879-1970), novelista
9. Rudyard Kipling (1865-1936), poeta, novelista y cronista
10. Trotsky (1879-1940), revolucionario ruso

Great Court

Esta ampliación del British Museum, con su magnífica cubierta de cristal, es el corazón del museo. Se inauguró en diciembre de 2000; el diseño se debe a Sir Norman Foster. En el centro de Great Court se encuentra la abovedada Sala de Lectura, de 1857, que conserva una de las más importantes colecciones de libros y manuscritos, y ha sido el lugar de trabajo de los más grandes escritores de Londres; ahora se utiliza como espacio para exposiciones temporales. Great Court es la plaza cubierta más grande de Londres, y en su interior alberga tiendas, cafeterías y el mostrador principal de información y entradas del British Museum.

Vista de los tejados del Great Court
En plena ciudad, la cúpula de la Sala de Lectura, la parte más alta del museo, se puede ver por encima de los tejados sobre el impresionante techo de cristal del Great Court.

Sala de Lectura, en el centro de Great Court

TOP 10 National Gallery

La National Gallery posee más de dos mil pinturas, desde el Renacimiento hasta los impresionistas (1250-1900). Los primeros fondos, en los que se incluían las principales escuelas europeas y muestras de sus artistas más importantes, las cedió al gobierno John Julius Angerstein en 1824 y se trasladaron al edificio actual en 1838 (sede también de la National Portrait Gallery, ver pp. 14-15*). El ala Sainsbury, construida en 1991, alberga la excepcional colección de arte renacentista.*

Fachada, National Gallery

Hay un café espacioso y un buen restaurante.

El ala Sainsbury tiene una excelente librería de arte.

Se pueden solicitar visitas con guía o auriculares.

Es posible observar la colección en pantalla con ArtStart, en Espresso Bar (entrada Getty).

- *Trafalgar Square WC2*
- *Plano L4*
- *020 7747 2885*
- *www.nationalgallery.org.uk*
- *Horario: 10.00-18.00 sá-ju (10.00-21.00 vi)*
- *Gratis*
- *Visitas guiadas gratuitas: 11.30 y 14.30 todos los días (también 19.00 vi)*

Los Top 10

1. *La Virgen y el Niño con santa Ana y san Juan Bautista*
2. *El matrimonio Arnolfini*
3. *Los embajadores*
4. Díptico Wilton
5. *La Venus del espejo*
6. *La Natividad*
7. *Los girasoles*
8. *Mujer de pie tocando el clavicémbalo*
9. *Mujer bañándose en el río*
10. *Bañistas en La Grenouillière*

1 *La Virgen y el Niño con santa Ana y san Juan Bautista*

Este dibujo es un esbozo pictórico, conocido como cartón (de *cartone*, gran pliego de papel), y una de las obras maestras del Renacimiento. Su autor es Leonardo da Vinci (1452-1519).

2 *El matrimonio Arnolfini*

Este increíble y magistral retrato de un banquero italiano y su mujer en Brujas *(arriba)* es una de las pinturas más famosas de la extensa colección de arte flamenco. Jan van Eyck (c.1385-1441) alcanzó con la pintura al óleo las más altas cotas de novedad y brillantez.

3 *Los embajadores*

En este cuadro de Hans Holbein (1533) abundan los símbolos, como la calavera reducida que predice la muerte.

Plano

- Siglos XIII-XV
- Siglo XVI
- Siglo XVII
- S. XVIII-comienzos XX

5 La Venus del espejo

Esta obra *(izquierda)* es el único desnudo de Diego Velázquez (1599-1660), pintor de la corte española de Felipe IV. Estaba destinada a sustituir una pintura veneciana perdida.

6 La Natividad

Nadie ha representado la elegancia femenina mejor que el pintor Sandro Botticelli (1445-1510). *La Natividad,* realizada en 1500, refleja los miedos del autor y puede observarse una inscripción de la *Revelación.*

9 Mujer bañándose en el río

Este retrato de Rembrandt (1606-1669) ofrece toda la perfección técnica del autor: muestra su destreza con el pincel y la maestría con los colores ocres.

7 Los girasoles

Este cuadro fue pintado en Arlés (Francia) durante el periodo poco habitual de optimismo mientras Van Gogh (1853-1890) esperaba la llegada de su héroe, el pintor vanguardista Paul Gauguin.

10 Bañistas en La Grenouillière

Claude Monet (1840-1926), el singular impresionista, estudió los efectos de la luz en el agua en un conocido lugar de baño junto al Sena, La Grenouillière *(arriba),* donde Monet trabajó con Auguste Renoir.

4 Díptico Wilton

Esta delicadísima pintura de la Inglaterra real, de autor anónimo, es una de las obras cumbres del arte gótico. Muestra a san Juan Bautista, san Eduardo y san Edmundo encomendando a Ricardo II a la Virgen *(abajo detalle).*

8 Mujer de pie tocando el clavicémbalo

La paz y el sosiego son las características del pintor alemán Jan Vermeer (1632-1675). Algunos de sus interiores *(arriba)* representan su casa de Delft, pero sus modelos jamás han sido identificados.

Guía del museo

El museo está dividido en cuatro zonas. El ala Sainsbury alberga la colección del primer renacimiento, con pinturas desde 1250 hasta 1500. El ala oeste muestra trabajos desde 1500 hasta 1600; el ala norte, desde 1600 hasta 1700, y el ala este, desde 1700 hasta 1900. Aunque se accede a la entrada principal desde Trafalgar Square, lo mejor es comenzar la visita en el ala Sainsbury.

Museos II **ver pp. 50-51**

TOP 10 National Portrait Gallery

Este museo es una de las sorpresas más agradables de Londres. Abrió sus puertas en 1856, ya desligado de la vecina National Gallery. Aquí puede ponérsele rostro a nombres muy conocidos, y es posible admirar algunas pinturas fascinantes desde la época Tudor hasta la actualidad. La monarquía está representada desde Ricardo II (1367-1400) hasta la reina Isabel II. La colección también alberga una miniatura de 1554, el autorretrato en óleo más antiguo de Inglaterra. Las colecciones cambian con frecuencia, así que no se pueden ver todos los cuadros.

Escudo de armas real en la entrada de la galería

El Portrait Restaurant tiene magníficas vistas de Trafalgar Square, desde Whitehall hasta el Parlamento.

La librería del museo posee libros de arte, moda, historia y biografías.

La tienda de regalos del primer piso tiene preciosas postales.

Los jueves y viernes tienen lugar charlas y espectáculos musicales gratuitos.

- *St Martin's Place WC2*
- *Plano L3*
- *020 7312 2463*
- *www.npg.org.uk*
- *Horario: 10.00-18.00 sá-mi, 10.00-21.00 ju-vi*
- *Gratis (recargo para algunas exposiciones)*

Los Top 10

1. *La reina Isabel I*
2. *William Shakespeare*
3. *Las hermanas Brontë*
4. *El mural de Whitehall*
5. *George Gordon, sexto lord Byron*
6. *Horatio Nelson*
7. *Carlos II de Inglaterra*
8. *Sir Walter Raleigh*
9. *Germaine Greer*
10. *Príncipe Guillermo y Príncipe Enrique*

1 *La reina Isabel I*

Este retrato anónimo es uno de los muchos que se le hicieron a Isabel I, bajo cuya monarquía tuvo lugar el renacimiento inglés (1533-1603). Las salas Tudor son las mejores de la galería y albergan dos vitrinas de pinturas en miniatura, un género muy popular en la época.

2 *William Shakespeare*

Éste es el único retrato del famoso dramaturgo inglés. Con toda certeza, el cuadro fue pintado en vida del escritor (1564-1616).

3 *Las hermanas Brontë*

Este retrato de las hermanas Brontë, Charlotte, Emily y Anne, fue encontrado en un cajón en 1914. Fueron pintadas por su hermano Branwell; él aparece en una imagen borrosa tras ellas.

Plano

■	Planta principal
■	Primera planta
■	Segunda planta

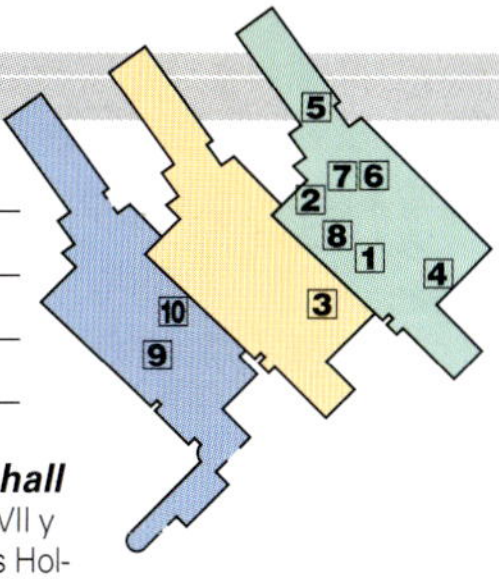

4 *El mural de Whitehall*

Este dibujo de Enrique VII y su hijo Enrique VIII, de Hans Holbein (1537), estaba pensado para un gran mural en el palacio de Whitehall. El mural se perdió en el incendio del palacio en 1698.

5 *George Gordon, sexto lord Byron*

Esta pintura de Thomas Phillips muestra al poeta y revolucionario con ropas albanesas. Murió luchando con los insurgentes griegos contra los turcos.

6 *Horatio Nelson*

Este retrato de 1799 *(abajo)*, pintado por Guy Head, muestra a Nelson después de la batalla del Nilo. Aparte de la reina Victoria y del duque de Wellington, Nelson fue el personaje británico más retratado de la historia.

7 *Carlos II de Inglaterra*

Pintado hacia 1680 por el retratista inglés Thomas Hawker, este cuadro representa al rey Carlos II hacia el final de su vida, con un aspecto bastante lujurioso y algo apesadumbrado. La imagen no es especialmente atractiva, pero sí importante.

8 *Sir Walter Raleigh*

Este retrato se pintó en 1602 cuando este comandante del Ejército y la Armada y escritor gozaba del renovado favor de la reina Isabel I. La imagen, de un artista anónimo, representa a Raleigh con su hijo.

9 *Germaine Greer*

La artista portuguesa Paula Rego, primera artista residente en la National Gallery, pintó con brillantez a Germaine Greer, la autora feminista que escribió *La mujer eunuco*.

10 *Príncipe Guillermo y Príncipe Enrique*

Encargado en 2009, este doble retrato de los príncipes fue pintado del natural por Nicola Jane ("Nicky") Philipps. Muestra a los príncipes con el uniforme de la Caballería de la Casa Real.

Guía del museo

Está organizada cronológicamente. Se puede comenzar por las galerías Tudor y Estuardo (1-8). Los hombres y mujeres de las artes, la ciencia y la industria del siglo XVIII y principios del XIX se reparten entre las salas 9 y 20. La primera planta muestra a las grandes personalidades de la época victoriana y las primeras fotografías. La terraza y la planta baja tienen obras de los siglos XX y XXI.

Museos II **ver pp. 50-51**

TOP 10 London Eye

Un verdadero prodigio de la ingeniería, la noria de observación en voladizo más alta del mundo ofrece maravillosas panorámicas de Londres. Se levanta en las riberas del Támesis, frente al Parlamento, y fue construida para celebrar el año 2000; desde entonces es muy popular. Sus 32 cabinas pueden llevar a 25 personas cada una y ofrecen una visibilidad absoluta en todas las direcciones. Las cabinas tardan media hora en completar el círculo y desde arriba, en un día claro, puede alcanzarse a ver hasta 40 kilómetros.

Cabina panorámica

Hay dos cafés en County Hall.

Es recomendable reservar, especialmente los fines de semana y en vacaciones, pero siempre hay entradas en ventanilla.

Se pueden alquilar prismáticos en la taquilla.

Las visitas al atardecer son muy románticas.

- *South Bank SE1*
- *Plano N5*
- *0871 781 3000*
- *www.londoneye.com*
- *Horario: sep-mar: 10.00-20.30 todos los días; abr-ago: 10.00-21.00 (21.30 jul-ago, vi y sá may-jun). La oficina de venta de entradas abre a las 9.30 todos los días. Cerrado 25 dic, 7-18 ene.*
- *Los precios no son fijos. Descuentos para niños, mayores y discapacitados. Accesos cada media hora*

Las 10 mejores vistas

1. Parlamento
2. Iglesias de Wren
3. Canada Tower
4. The Shard
5. BT Tower
6. Castillo de Windsor
7. Heathrow
8. Alexandra Palace
9. Crystal Palace
10. Queen Elizabeth II Bridge

1 Parlamento

La noria de Londres se eleva sobre el Parlamento *(ver p. 34)*, situado al otro lado del Támesis. Desde aquí se puede observar el Big Ben y la Terraza de los Comunes, donde los miembros del Parlamento y de la Cámara de los Lores cenan, beben y discuten de política junto al río.

3 Canada Tower

Con su distintiva pirámide en la azotea, Canada Tower se encuentra en el corazón de Docklands, el centro financiero y de negocios del este de Londres. Se eleva en medio de la Isle of Dogs, en un gran meandro del río, antiguamente ocupado por los West India Docks.

2 Iglesias de Wren

La cúpula de San Pablo *(ver pp. 40-43)* es la estrella de las iglesias de la City. Otras 31 iglesias se elevan hacia el cielo en torno a ella, como la iglesia de St Bride, que se imita en las tartas de boda.

4 The Shard

Diseñada por Renzo Piano, esta torre de 306 m se eleva en la orilla sur del London Bridge y ofrece un nuevo punto al horizonte de la ciudad. Hay un observatorio en el piso 72.

5 BT Tower

Esta torre *(izquierda)* es una antena de radio, televisión y telecomunicaciones. Se le otorgó el grado II en la lista de edificios clasificados en el 2003, lo que indica que su antena está protegida y no se puede mover.

6 Castillo de Windsor

El castillo de Windsor está emplazado junto al Támesis, en el oeste de Londres *(abajo)*. Es el castillo más grande del mundo que permanece ocupado.

7 Heathrow

Al oeste de la ciudad, el aeropuerto principal de Londres es uno de los aeropuertos internacionales más importantes del mundo. El Támesis parece una pista cuando los aviones aterrizan.

8 Alexandra Palace

Los primeros programas de televisión de alta definición fueron transmitidos por la BBC desde el Alexandra Palace el 2 de noviembre de 1936. Hay una pista de hockey sobre hielo y exposiciones.

9 Crystal Palace

Esta antena de televisión, para el sur de la ciudad *(abajo)*, está junto al Palacio de Cristal de la Exposición Universal de 1851, que fue trasladado aquí en 1852 y que sufrió un incendio en 1936.

10 Queen Elizabeth II Bridge

En un día claro puede verse el enorme puente colgante de Dartford, en el curso inferior del Támesis, a 32 kilómetros de distancia. El tráfico pasa al norte por un túnel bajo el río; hacia el sur, los automóviles pasan sobre el puente.

Celebraciones del año 2000

La noria de Londres fue uno de los proyectos nacionales para celebrar la llegada del año 2000. El punto central de dichas celebraciones fue la enorme carpa del Millennium Dome, una espectacular estructura construida en Greenwich para albergar una exposición nacional. Otros proyectos fueron: la Tate Modern *(ver pp. 18-19)* y el Millennium Bridge, el muelle Waterloo Millennium Pier, el Great Court del British Museum *(ver pp. 8-11)* y la apertura de Somerset House *(ver p. 99)*.

TOP 10 Tate Modern

Este apasionante museo, asociado a la Tate Britain (ver pp. 20-21)*, está emplazado en la antigua central eléctrica Bankside, junto al río y frente a la City. Sus numerosas galerías la convierten en un espacio amplio y luminoso en el que se puede disfrutar de la colección de arte moderno internacional, con obras de Dalí, Picasso, Matisse, Rothko y Warhol, así como otros trabajos de artistas contemporáneos. Las exposiciones se renuevan con frecuencia.*

Central eléctrica Bankside, sede de la Tate Modern

Magníficas vistas desde el restaurante, en la planta 7. El café de la planta 2 da a los jardines. El Espresso Bar, en la planta 4, tiene una terraza hacia el río.

La librería Turbine Hall, con más de 10.000 títulos, es la librería de arte más grande de Londres.

Los programas de cine, vídeo y conferencias se anuncian en la recepción todos los días.

- *Bankside SE1*
- *Plano R4*
- *020 7887 8888*
- *www.tate.org.uk*
- *Horario: 10.00-18.00 do-ju, 10.00-22.00 vi-sá. Cerrado 24-26 dic*
- *Gratis (excepto para las exposiciones temporales)*
- *Se puede ir en barco hasta la Tate Britain* (ver p. 20)

Los Top 10

1. *Caracol*
2. *El acróbata y su compañera*
3. *Whaam!*
4. *Tres bailarinas*
5. *Café*
6. *Suicidio*
7. *Verano nº 9A*
8. *El durmiente imprudente*
9. *Pez*
10. *Concepto espacial "Espera"*

1 *Caracol*

Este recortable de 1953 es uno de los últimos trabajos de Henri Matisse (1869-1954), que terminó postrado en cama. Las espirales de papel representan la concha de un caracol.

2 *El acróbata y su compañera*

Fernand Léger (1881-1955) completó esta obra en 1948, meses antes de asistir a un congreso por la paz en Polonia patrocinado por los comunistas. El acróbata es un símbolo de la energía yuxtapuesta contra una escalera estática, que parece anclada en el lienzo.

3 *Whaam!*

Esta obra de 1963 *(arriba)* de Roy Lichtenstein (1923-97) se basa en una imagen de *All American Men of War*, publicado por DC Comics en 1962. Se sirvió de cómics y anuncios para presentar escenas impactantes de un modo objetivo e imparcial.

4 *Tres bailarinas*

Pablo Picasso (1881-1973) destacó por dominar diferentes estilos mientras extendía los límites del arte moderno. Tres bailarinas *(arriba)* marca el comienzo de un periodo importante de su obra.

5 *Café*

Pierre Bonnard (1867-1947) a menudo pintaba escenas en la mesa del comedor. En este lienzo de 1915 el artista retrató a su esposa Marthe bebiendo café con su perro salchicha a su lado, sugiriendo una rutina doméstica íntima.

6 *Suicidio*

Este cuadro de George Grosz (1893-1959) refleja la desilusión del artista con la sociedad alemana, sobre todo durante la I Guerra Mundial.

7 *Verano nº 9A*

El americano Jackson Pollock (1912-1956) fue el pionero del movimiento Action Painting. Su primera obra en este estilo se presentó en 1947, elaborada con pintura lanzada sobre grandes lienzos clavados en el suelo. Pollock adopta un elemento al azar mientras controla el ritmo y el flujo, el espesor y las capas de pintura. *Verano nº 9A* es de 1948.

8 *El durmiente imprudente*

René Magritte (1898-1967) pintó esta obra *(abajo)* en 1928, durante un periodo en el que exploró el surrealismo y el simbolismo freudiano. Un hombre duerme en una alcoba sobre un cielo oscuro y una lápida con objetos diarios incrustados, como si fueran parte de un sueño del durmiente.

9 *Pez*

Constantin Brancusi (1876-1957), conocido por su habilidad para captar las cualidades esenciales de los sujetos en formas primarias y abstractas, creó *Pez (abajo)* en 1926. Esta escultura presenta un pez de bronce en un disco pulido sobre una base de madera.

10 *Concepto espacial "Espera"*

El artista ítalo argentino Lucio Fontana (1899-1968) comenzó a cortar lienzos en 1959. Aunque estos recortes fueron cuidadosamente meditados, los ejecutó en un instante. En *Concepto espacial "Espera" (abajo)*, el corte surge desde la superficie, lo que da la impresión de un gesto hacia el espectador de una forma tanto enérgica como amenazante.

Guía del museo

La entrada principal está al final de una rampa que da a Turbine Hall, por debajo del nivel del suelo, en la planta 1, donde está el puesto de información y la tienda principal. También se puede acceder al museo por la planta 2, al nivel del suelo. Las principales galerías temáticas se hallan en las plantas 3 (poesía y sueño), en la planta 4 (visiones transformadas) y en la 5 (estructura y claridad, energía y proceso). La mayoría de las exposiciones se encuentra en las plantas 3 y 4, y en la 7 hay un restaurante. A veces las obras de la Tate cambian temporalmente de ubicación, ya sea por préstamo o por restauración, por lo que alguna de las obras aquí descritas puede que no estén.

Museos II **ver pp. 50-51**

TOP 10 Tate Britain

Abierta al público en 1897 con el fin de convertirse en la galería nacional de arte británico, la magnífica colección de la primera Tate londinense abarca desde el siglo XVI hasta la actualidad. Su fundador fue Henry Tate (1819-1899). La colección alberga los trabajos de los pintores británicos más importantes, y fue ampliada en gran medida por J. M. W. Turner. Por préstamo o restauración, alguna de las obras de estas páginas puede no estar expuesta.

Fachada de la Tate Britain

Buen café en la planta principal y excelente restaurante.

Visitas guiadas diarias, charlas semanales y proyecciones mensuales, todo gratuito.

Servicio gratuito de audioguías.

Servicio gratuito de guardarropa.

Magnífica librería de arte.

- *Millbank SW1*
- *Plano E5*
- *020 7887 8888*
- *www.tate.org.uk*
- *Horario: 10.00-18.00 sá-ju, 10.00-22.00 vi. Cerrado 24-26 dic*
- *Gratis (excepto para las exposiciones temporales)*
- *Cada 40 minutos sale un barco desde Millbank Pier hasta la Tate Modern*

Los Top 10

1. *Amanecer en Norham Castle*
2. *The Deluge*
3. *Paisaje boscoso y agradable descanso*
4. *Tres jóvenes celebrando el himeneo*
5. *The Lady of Shalott*
6. *La creación de Adán*
7. *Mujer con perro blanco*
8. *Carnation, Lily, Lily, Rose*
9. *Durmientes en rosa y verde*
10. *Tres estudios para una figura en la Crucifixión*

3 *Paisaje boscoso y agradable descanso*

Thomas Gainsborough (1727-1788) fue retratista y paisajista. Sus grupos familiares en medio de paisajes se encuentran entre lo más granado de las "obras de conversación" *(conversation pieces)*, características del arte inglés. Esta interpretación de su Suffolk natal es uno de sus primeros paisajes, pintado en 1747.

1 *Amanecer en Norham Castle*

J. M. W. Turner (1775-1851) fue el genio del paisajismo inglés. Esta obra es representativa de su uso de la abstracción y de la brillantez de los colores.

4 *Tres jóvenes celebrando el himeneo*

Joshua Reynolds (1723-1792) fue el primer presidente de la Royal Academy y pintor del "estilo elevado", como fue catalogada esta obra *(arriba)*. Con él llegó el reconocimiento internacional para el arte británico.

2 *The Deluge*

El artista irlandés Francis Danby (1793-1861) llegó a Londres de Bristol en 1824, donde pintó temas bíblicos a escala grande y paisajes de fantasía como éste.

5 *The Lady of Shalott*

Tras formarse en las Royal Academy Schools de Londres, William Waterhouse (1849-1917) resucitó a las mil maravillas los temas literarios de los prerrafaelitas, como se aprecia en este cuadro. El tema lo toma del poema trágico homónimo de lord Alfred Tennyson.

6 *La creación de Adán*

William Blake (1757-1827) nació en Londres y estudió en la Royal Academy; poeta, místico, dibujante y grabador, sus obras reflejan sus visiones. Este cuadro es una muestra típica de su obra, de la cual hay una extensa representación en la Tate Britain. En él ilustra el libro del Génesis, cuando Dios (Elohim el hebreo) crea a Adán.

7 *Mujer con perro blanco*

Conocido por sus retratos psicológicos, esta obra del pintor británico Lucian Freud (1922-2011) muestra a la mujer del artista embarazada. Su estilo se inspira en los retratos lineales del pintor francés del siglo XIX Ingres.

8 *Carnation, Lily, Lily, Rose*

John Singer Sargent (1856-1925) se fue de Londres en 1885 y se instaló en París, donde adoptó algunas técnicas impresionistas de su amigo Claude Monet. El título de esta obra proviene de una canción de la época.

9 *Durmientes en rosa y verde*

Uno de los muchos pintores de Yorkshire del siglo XX es Henry Moore (1898-1986), que fue también escultor y cuyas obras aparecen diseminadas por las calles de Londres. Esta obra del artista representa dos figuras durmiendo *(arriba)*.

10 *Tres estudios para una figura en la Crucifixión*

Francis Bacon (1910-1992), figura principal de los artistas del Soho, fue inflexible en su concepción del mundo. Cuando se mostraron por primera vez sus cuadros, causaron sensación en un público asombrado ante la imaginería salvaje del autor. Estos primeros trabajos son los más conocidos del pintor *(abajo)*.

Guía del museo

La colección permanente ocupa tres cuartas partes de la planta principal. Desde la esquina noroeste, se sigue un orden cronológico desde el siglo XVI hasta la actualidad. La colección comienza con tomas históricos y se entremezcla con exposiciones dedicadas individualmente a importantes artistas. En la otra parte de la planta principal y en seis galerías de la planta baja se expone arte británico. La Clore Gallery alberga algunas obras de Turner de los 300 óleos y más de 20.000 acuarelas que el museo posee.

Museos // **ver pp. 50-51**

Natural History Museum

En la fantástica colección del Museo de Historia Natural hay más de 70 millones de muestras. Fue originalmente el depósito que albergó, entre otros, las muestras de Charles Darwin y del botánico Joseph Banks. Se combinan los expositores con secciones informativas, y es uno de los museos más populares de Londres. Un nuevo espacio, Darwin Centre, ofrece buena parte de sus fondos. Además de un invernadero dedicado a la investigación, cuenta con más de 300 científicos y bibliotecarios.

Entrada principal

Hay un restaurante en la zona verde, dos cafés y dos *snack bars*.

Es posible realizar diferentes tipos de visitas, incluyendo un recorrido por el Jardín de vida Salvaje (Wildlife Garden). Información detallada en el mostrador del Central Hall.

- *Cromwell Road SW7*
- *Plano B5*
- *020 7942 5000*
- *www.nhm.ac.uk*
- *Horario: 10.00-17.50 todos los días. Última admisión a las 17.30*
- *Cerrado 24-26 dic*
- *Gratis*

Los Top 10

1. Tesoros
2. Visita guiada Colección Spirit
3. Imágenes de la Galería de la Naturaleza
4. Attenborough Studio
5. El bebé
6. Vestíbulo central
7. Fósiles
8. Ballena Azul
9. Dinosaurios
10. Darwin Centre

1 Tesoros

Tesoros es un título apropiado para esta extraordinaria colección, con una primera edición de *El origen de las especies* de Darwin y dientes de dinosaurio que llevaron al descubrimiento de los reptiles gigantes que caminaron por la Tierra. Los 22 objetos que se exponen aquí son protagonistas anónimos de la historia natural.

2 Visita guiada Colección Spirit

Fascinante visita de algunos de los 22 millones de especímenes que hay en el museo, incluyendo los recogidos por Charles Darwin *(abajo)*.

3 Imágenes de la Galería de la Naturaleza

Esta galería expone las imágenes de la naturaleza y las obras históricas más bellas del museo. Más de 110 piezas abarcan 350 años hasta la actualidad.

4 Attenborough Studio

En la planta baja del Darwin Centre, el Attenborough Studio es una instalación audiovisual de vanguardia con 64 asientos. El lugar acoge actos, proyecciones y charlas que cubren todos los aspectos de la vida en la Tierra, así como de los descubrimientos científicos.

5 El bebé

Un modelo gigante de un niño aún no nacido muestra, en la galería de la biología humana (Human Biology), los sonidos que pueden oírse en el útero materno.

6 Vestíbulo central

Con una estructura de catedral, con frescos y esculturas, este vestíbulo forma un fantástico telón de fondo para Dippy, el esqueleto del diplodocus.

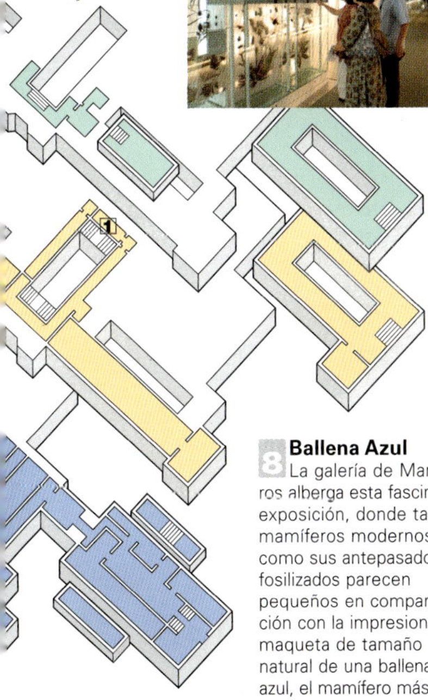

7 Fósiles

Los reptiles marinos de la época de los dinosaurios han sobrevivido en forma de fósiles, algunos muy notables, como una hembra embarazada de ictiosaurio, que vivió hace 180 millones de años. Fue hallada en un jardín de Dorset.

8 Ballena Azul

La galería de Mamíferos alberga esta fascinante exposición, donde tanto mamíferos modernos como sus antepasados fosilizados parecen pequeños en comparación con la impresionante maqueta de tamaño natural de una ballena azul, el mamífero más grande del mundo.

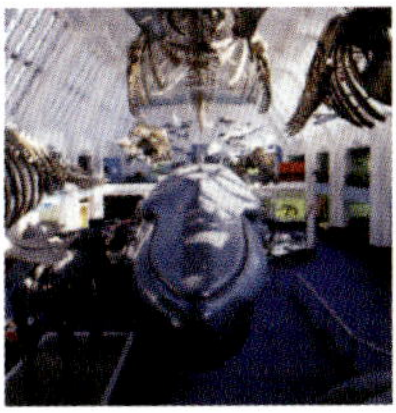

9 Dinosaurios

La estrella de la galería es un gran *Tiranosaurus rex* animado. Se mueve, ruge y olfatea en esta famosa galería. También se pueden ver muestras tradicionales de esqueletos y huevos fosilizados.

10 Darwin Centre

Uno de los numerosos atractivos del centro es Cocoon *(izquierda)*, una exposición permanente en la que los visitantes pueden ver increíbles especímenes de insectos, así como a los científicos más importantes del mundo en pleno trabajo.

Plano

- Planta principal
- Primera planta
- Segunda planta

Guía del museo

El museo está dividido en cuatro secciones: la zona azul, que incluye la galería de los dinosaurios e imágenes de la naturaleza; la zona verde, con las galerías de ecología; la zona naranja, con un jardín con flora y fauna; y la zona roja, que incorpora las muestras geológicas. La entrada de Cromwell Road, profusamente ornada, lleva al impresionante recibidor con su gran escalinata y animales de terracota. Hay una puerta adicional en el lateral del museo, en Exhibition Road, que lleva a la zona roja.

Museos ver pp. 48-49

TOP 10 Science Museum

Este museo de alta tecnología explora el fascinante mundo de la ciencia a través de siglos de desarrollo científico y tecnológico. La colección muestra cómo los británicos encabezaron la Revolución Industrial, los primeros telares mecánicos y las máquinas de vapor, los progresos de la navegación y los vuelos pioneros. También ofrece exposiciones sobre la ciencia de la era espacial, el cambio climático y las tecnologías de vanguardia en la moderna Welcome Wing.

Fachada del museo

Hay un restaurante, varios cafés y un área de descanso donde se puede comer.

La información y detalles sobre las exposiciones pueden obtenerse en pantallas interactivas.

La tienda del museo es un excelente lugar para comprar sorprendentes regalos.

- *Exhibition Road SW7*
- *Plano B5*
- *080 870 4868*
- *www.sciencemuseum.org.uk*
- *Horario: 10.00-18.00 todos los días (últ admisión 17.15)*
- *Cerrado: 24-26 dic*
- *Gratis (excepto para Exposiciones especiales, simuladores de viajes y el cine IMAX)*

Los Top 10

1. Exploring Space
2. La vida secreta de las casas
3. Módulo principal del *Apolo 10*
4. Telar de Harle Sykes Red
5. *Puffing Billy*
6. La computadora de Babbage
7. ¿Quién soy?
8. Plataforma de lanzamiento
9. Cine IMAX 3D
10. Pattern Pod

1 Exploring Space

Se pueden ver cohetes, satélites, sondas espaciales y aterrizadores y saber más del Sputnik, el primer satélite del mundo, cómo enviamos naves a otros planetas y cómo caminamos sobre la Luna.

2 La vida secreta de las casas

Esta galería alberga una curiosa variedad de aparatos y artilugios, desde lavavajillas hasta alarmas antirrobo.

3 Módulo principal del *Apolo 10*

El módulo principal del *Apolo 10,* que orbitó alrededor de la Luna en mayo de 1969, puede verse aquí, junto a una réplica del *Apolo 11.* Buzz Aldrin y Neil Armstrong pisaron la Luna viajando en el original en julio de 1969.

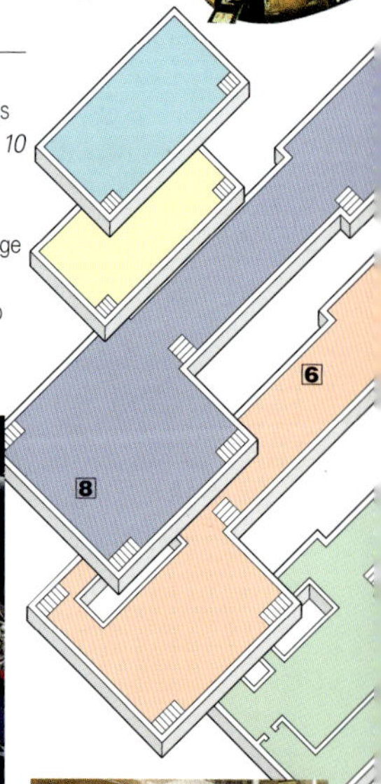

4 Telar de Harle Sykes Red

Esta impecable hiladora *(arriba)* puede observarse algunas veces en funcionamiento. Es uno de los objetos de la galería Energy Hall, en la que también se halla una máquina de vapor de James Watt, de 1788.

5 *Puffing Billy*

Puffing Billy (izquierda) es el ingenio de locomoción a vapor más antiguo del mundo. Fue construido en Tyneside en 1813 y utilizado para transportar carbón. Destaca el famoso *Rocket* de 1829, de George Stephenson, la primera máquina de locomoción para transportar pasajeros.

6 La computadora de Babbage

Las salas dedicadas a los ordenadores y las matemáticas muestran una reproducción de la *Difference Engine nº 2*. Diseñada por Charles Babbage (1791-1871), fue la precursora de los modernos ordenadores.

Plano

- Sótano
- Planta principal
- Primera planta
- Segunda planta
- Tercera planta
- Cuarta planta
- Quinta planta
- Wellcome Wing

7 ¿Quién soy?

La mejorada galería ¿Quién soy? presenta lo último en neurociencia y genética a través de una combinación de exposiciones interactivas y muestras cuajadas de objetos.

8 Plataforma de lanzamiento

Esta galería de prácticas está enfocada a los niños. Unos guías explican los principios y las claves de la ciencia de una forma fácil de entender.

9 Cine IMAX 3D

En su pantalla, más alta que cuatro autobuses de dos pisos, se proyectan películas en 2D, 3D y 4D. Un espectacular sistema de sonido envolvente consigue que el espectador se sumerja por completo en la acción.

10 Pattern Pod

Apropiada para menores de ocho años, esta galería multisensorial introduce ideas sobre las pautas del mundo. El caleidoscopio electrónico y las exposiciones interactivas hacen que la ciencia sea divertida.

Guía del museo

El museo se distribuye en siete plantas. La maquinaria pesada está en la planta principal. Las telecomunicaciones, la medida del tiempo, la agricultura y la meteorología están en la primera planta. La galería Energy y la informática se hallan en el segundo piso. Y la energía y la aviación, en la tercera. Las plantas cuarta y quinta acogen los hallazgos de la historia de la medicina. En el oeste del edificio se alza la vanguardista Wellcome Wing, de cuatro plantas.

Museos ver pp. 48-49

TOP 10 Buckingham Palace

El palacio de Buckingham, el más famoso de Londres y una de las referencias más importantes de la ciudad, fue construido como residencia por el primer duque de Buckingham hacia 1705. En 1825, Jorge IV encargó a John Nash su ampliación hasta convertirla en un verdadero palacio. Completado en 1840, fue ocupado por primera vez por la reina Victoria en 1837. La enorme fachada fue rediseñada por sir Aston Webb en 1913. El palacio es la residencia actual de la reina, pero algunas salas de Estado permanecen abiertas al público durante el verano. Muchos parques y jardines reales permiten también el acceso a los visitantes (ver pp. 28-29).

Cerradura artística en las puertas del palacio

Los Top 10

1. Cambio de guardia
2. Balconada
3. Queen's Gallery
4. Gran escalinata
5. Salón del trono
6. Picture Gallery
7. Sala de baile
8. Caballerizas reales
9. Jardín del palacio
10. Brougham

Estatua de la reina Victoria

Coincidir con el cambio de guardia.

* Buckingham Palace SW1
* Plano J6 • 020 7766 7300
* www.royalcollection.org.uk • Salas de Estado: ago-sep 9.45-18.00 diario (últ pase 15.45). Entrada: adultos 19 £; estudiantes y mayores de 60 años 17,50 £; menores de 17 años 10,85 £; gratis menores de 5 años • Caballerizas reales: 020 7766 7302; abr-oct 10.00-16.00 lu-ju; oct-mar 12.00-16.00. Entrada: adultos 8,50 £; estudiantes y mayores de 60 años 7,75 £; menores de 17 años 5,30 £; gratis menores de 5 años
* Queen's Gallery: 020 7766 7301; 10.00-17.30 (últ pase 16.30). Entrada: adultos 9,25 £; estudiantes y mayores de 60 años 8,50 £; menores de 17 años 4,65 £; menores de 5 años gratis

1 Cambio de guardia

Los guardias del palacio, con sus conocidas casacas rojas y sus gorros de piel negra de oso, hacen el relevo a las 11.30 cada mañana (y días alternos ago-abr, si el tiempo lo permite). Los guardias van hacia el palacio desde los cercanos cuarteles de Wellington.

2 Balconada

En ocasiones especiales, la reina y otros miembros de la familia real se asoman a la balconada del palacio para saludar a la multitud que se congrega en la plaza.

3 Queen's Gallery

La galería alberga un programa temporal de exposiciones de las obras maestras de la Royal Collection, con trabajos de artistas como Johannes Vermeer y Leonardo da Vinci.

4 Gran escalinata
La entrada de los Embajadores conduce hasta el Grand Hall. Desde aquí parte la espléndida escalinata, con su balaustrada dorada, hacia la primera planta, donde están las salas de Estado.

5 Salón del trono
Alberga los tronos utilizados en la coronación de la reina Isabel y del príncipe Felipe. El salón, diseñado por John Nash, tiene un techo profusamente ornamentado y suntuosas lámparas.

6 Picture Gallery
Es una de las salas más grandes del palacio y tiene una cúpula acristalada y alberga un buen número de pinturas de la Colección Real, obras de Rembrandt *(arriba)*, Rubens y Van Dyck.

7 Sala de baile
Los banquetes en honor de los jefes de Estado se celebran aquí. El acontecimiento más brillante del año es en noviembre, cuando 1.200 miembros del cuerpo diplomático acuden en traje de gala.

8 Caballerizas reales
Son los establos en funcionamiento más elegantes de Inglaterra y cuidan de los Windsor grises y los Cleveland zainos que tiran de la carroza real en ocasiones especiales. La colección de carrozas, automóviles y carruajes se completa con el espléndido State Coach de oro, de 1760.

9 Jardín del palacio
El extenso jardín del palacio es un oasis para los animales y cuenta con un lago. En este jardín real se celebran al menos tres grandes fiestas anuales, a las cuales acuden más de 30.000 invitados *(abajo)*.

10 Brougham
Todos los días, un carruaje Brougham tirado por caballos sale para recoger y entregar la paquetería real por Londres, incluido el ejemplar semanal del *Country Life* para el palacio.

La vida en palacio

Las oficinas centrales de la monarquía están emplazadas en el palacio, y tienen una plantilla de alrededor de 450 empleados. El duque de Edimburgo, el duque de York, el príncipe Eduardo y la princesa Ana tienen sus despachos aquí. El cargo más relevante de la Casa Real es lord Chamberlain. El jefe de la Casa Real y los empleados organizan numerosas recepciones al año, incluidas las ceremonias de entrega de premios ofrecidos por la reina.

Londres y la monarquía **ver pp. 54-55**

TOP 10 Jardines y parques reales

Buckingham Palace da a los dos parques reales más céntricos de Londres –St James y Green Park– y un corto paseo lo separa de Hyde Park y Kensington Gardens. Pueden disfrutarse durante todo el año y son un inestimable lugar de descanso para todos los que viven, trabajan o visitan la ciudad. En muchos se puede jugar al tenis, dar paseos a caballo o montar en barca. Merendar en un parque mientras una banda de música interpreta una pieza es uno de los grandes placeres veraniegos de Londres.

Estatua de Peter Pan en Kensington Gardens

La mayoría de los parques tiene cafés al aire libre, restaurantes y puestos de helados.

La mayoria de los parques abren al amanecer y cierran al anochecer (alrededor de las 21.30 en verano). Se recomienda no estar en mitad del parque al caer la noche.

En Hyde Park, Regent's Park y St James's Park son frecuentes los conciertos al aire libre, los festivales y otros acontecimientos durante los meses de verano.

- *Parques reales HQ, The Old Police House, Hyde Park, London W2*
- *Plano C4*
- *020 7298 2000*
- *www.royalparks.org.uk*

Los Top 10

1. Hyde Park
2. St James's Park
3. Kensington Gardens
4. Regent's Park
5. Green Park
6. Greenwich Park
7. Richmond Park
8. Primrose Hill
9. Bushy Park
10. Grosvenor Square

1 Hyde Park

Uno de los lugares más populares de este inmenso parque *(arriba)* es el lago *(ver p. 74)*, llamado Serpentine, con sus barcas de remo y su alberca. Se pueden alquilar caballos y dar paseos. El Speakers' Corner, cerca de Marble Arch, es el lugar indicado para subirse a la tribuna e improvisar un discurso para las personas que se reúnen aquí.

2 St James's Park

El parque más elegante de Londres *(abajo)* fue diseñado por Capability Brown en el siglo XVIII. Su lago acoge más de cuarenta variedades de aves acuáticas. Hay un bonito restaurante y, en verano, concie tos de una banda de música en el templete *(ver p. 113)*.

3 Kensington Gardens

Los jardines de Kensington *(abajo)*, continuación de Hyde Park, fueron abiertos al público en 1841. Desde 2000, el parque infantil de la princesa Diana es el lugar favorito de los niños.

Londres y la monarquía **ver pp. 54-55**

4 Regent's Park

Rodeado por las terrazas clásicas diseñadas por John Nash, el Regent's Park acoge un teatro al aire libre y el Zoo de Londres. El fragante jardín de rosas Queen Mary es una delicia *(arriba, ver p. 129)*.

5 Green Park

Este pequeño parque *(abajo)* es muy popular y en primavera se convierte en un mar de narcisos. Forma parte de St James's Palace.

6 Greenwich Park

El meridiano 0 pasa por el Observatorio Real, emplazado en una colina de este frondoso jardín familiar. Hay magníficas vistas hacia la Antigua Escuela de la Armada Real *(abajo)*, hacia el río y sobre Londres *(ver p. 147)*.

7 Richmond Park

Con sus 1.000 hectáreas, este parque es el más extenso. Manadas de ciervos y gamos *(abajo)* triscan entre los brezales. En primavera, el parterre Isabella aparece como una mancha de coloridos rododendros. La Escuela Real de Ballet está emplazada en el White Lodge, construido por Jorge II en 1727.

8 Primrose Hill

Situado al norte del Regent's Park, el pequeño Primrose Hill ofrece vistas espectaculares de la ciudad. Fue lugar conocido porque aquí se celebraban duelos y se salvó de la urbanización cuando los comisionados de la Corona lo tomaron a su cargo en 1841.

9 Bushy Park

El domingo de las castañas (Chestnut Sunday), en mayo, es uno de los mejores momentos para acudir a Bushy Park, cerca de Hampton Court. Destacan la Arethusa "Diana" Fountain y la Chestnut Avenue.

10 Grosvenor Square

Fue el centro de reunión de la alta sociedad desde principios del siglo XVIII hasta la II Guerra Mundial. Grosvenor Square es la única plaza de Londres que aún pertenece a la Corona.

Deporte de reyes

La mayor parte de los terrenos que hoy ocupan los jardines reales fue arrebatada a la Iglesia por Enrique VIII, en 1530, durante la Reforma. Este rey fue un apasionado cazador y llenó de ciervos Hyde Park, Green Park y los jardines de St James. Enrique VIII también cazó en Greenwich Park, el más antiguo, fundado en 1433. Hacia el siglo XVII, los parques fueron rediseñados. En 1689, los reyes Guillermo y María ordenaron la plantación de Kensington Gardens. En 1811 el príncipe regente y Nash realizaron las primeras obras de Regent's Park.

Páginas siguientes **Vista del Parlamento desde Trafalgar Square**

TOP 10 Westminster Abbey

Esta abadía benedictina, en el lado sur de Parliament Square (ver pp. 34-35)*, es un excepcional ejemplo de arquitectura medieval de impresionantes dimensiones. La fundó en el siglo XI Eduardo el Confesor, sobrevivió a la Reforma y es el lugar de las ceremonias reales. La coronación de la reina Isabel II se celebró aquí en 1953 y los funerales de la princesa Diana en 1997. Aquí se celebró en abril de 2011 la boda del príncipe Guillermo y Catherine Middleton.*

Crucero norte de la abadía

Se puede escuchar el coro todos los días a las 17.00, los sábados a las 15.00 y en los tres oficios religiosos del domingo.

Conciertos gratuitos de órgano los domingos a las 17.45.

Visitas guiadas y auriculares.

- *Broad Sanctuary SW1*
- *Plano L6*
- *020 7222 5152*
- *www.westminsterabbey.org*
- *Horario: abadía 9.30-15.30 lu-vi (hasta 18.30 mi), 9.30-13.30 sá; do sólo servicios religiosos. Museo: 10.30-16.00 todos los días. Pyx Chamber y sala capitular: 10.00-16.00 todos los días*
- *Entrada: adultos 18 £; descuentos 15 £; niños 11-17 años 8 £ (menores 11 gratis); para entradas familiares consultar la web*

Los Top 10

1. St Edward's Chapel
2. Nave central
3. El rincón de los poetas
4. Lady Chapel
5. Silla de la coronación
6. Tumba de Isabel I
7. Coro
8. Tumba del soldado desconocido
9. Sala capitular
10. Claustro

1 St Edward's Chapel

El sepulcro de Eduardo el Confesor (1003-1066), último de los reyes sajones, está situado en el corazón de la abadía. Él construyó el primer palacio real en Westminster y fundó esta abadía.

2 Nave central

Con 32 metros, esta nave gótica es la más alta de Inglaterra. Construida por el arquitecto del siglo XIV Henry Yevele, se mantiene gracias a los arbotantes exteriores.

3 El rincón de los poetas

En el crucero hay monumentos conmemorativos de grandes literatos, incluidos Shakespeare y Dickens.

4 Lady Chapel

La impresionante bóveda de abanico construida sobre la nave este en la ampliación de la iglesia es de estilo gótico tardío *(arriba)*. Levantada por Enrique VII (1457-1509), consta de dos naves laterales y cinco capillas; es también la sede de la Orden de Bath *(ver p. 36)*.

5 Silla de la coronación

Esta sencilla silla se hizo para Eduardo I en 1301. Cuando se empleaba para las coronaciones, se situaba frente al altar mayor, sobre un estrado de mosaicos del siglo XIII.

6 Tumba de Isabel I

La gran reina protestante de Inglaterra (1553-1603) está enterrada en un lateral de la Lady Chapel; María, su gran rival, la católica reina de Escocia (decapitada en 1587), está en el lado opuesto. Jacobo I llevó sus restos a la abadía en 1612.

7 Coro

Los niños de la Escuela del Coro de la abadía de Westminster, la única escuela dedicada por entero a la música coral, interpretan sus canciones todos los días. El órgano actual fue instalado en 1937 y se utilizó por primera vez en la coronación de Jorge VI.

8 Tumba del soldado desconocido

Un soldado de la I Guerra Mundial descansa aquí desde 1920. Representa a todos los británicos muertos en la guerra.

9 Sala capitular

En esta construcción octogonal, con su pavimento del siglo XIII *(arriba e izquierda)*, se reunían los monjes de la abadía. La Cámara de los Comunes celebraba sus sesiones aquí entre 1257 y 1542. Propiedad de la abadía, también se puede entrar por Dean's Yard.

Planta de la abadía

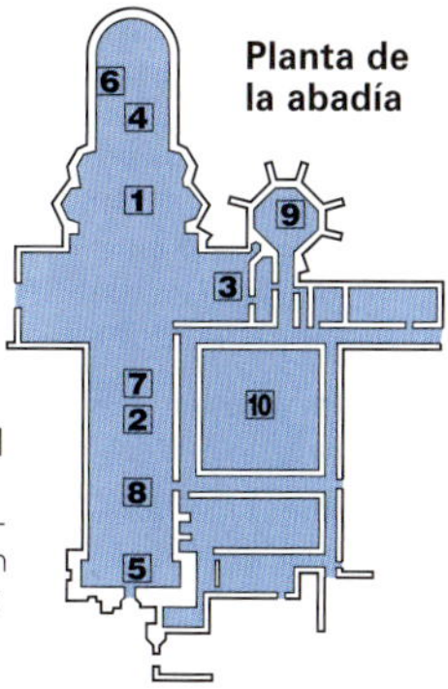

10 Claustro

El corazón del antiguo monasterio benedictino era la zona de mayor actividad. En la parte este aún pueden verse los restos de la iglesia normanda, la cámara del sagrario, donde se comprobaban las monedas en época medieval, y el invernadero, que ahora es un museo.

Historia de la abadía

Entre los años 909 y 988, san Dunstan estableció aquí un monasterio benedictino, sobre lo que era la cenagosa isla de Thorney. Eduardo el Confesor refundó el monasterio y levantó la iglesia actual en 1065. Guillermo el Conquistador fue coronado aquí en 1066. El arquitecto de Enrique III, Henry of Reyns, amplió la iglesia en 1245. La nave principal se completó en 1376. El extremo oriental se debe a Enrique VII, que financió la Lady Chapel. Entre 1734 y 1745, Nicholas Hawksmoor completó las torres gemelas del oeste.

Iglesias **ver pp. 46-47**

TOP 10 Parliament Square

El centro político y espiritual de la ciudad, el palacio de Westminster, se levantó aquí hace mil años como residencia real, sede del Gobierno y abadía. La plaza fue diseñada tras el incendio que destruyó el palacio en 1834. El nuevo palacio de Westminster, conocido como Houses of Parliament (Parlamento), está frente a la abadía de Westminster. En la parte norte de la plaza está Parliament Street, que conduce hasta Whitehall y el n° 10 de Downing Street, residencia oficial del primer ministro.

Detalle de una ventana de Central Hall

Se puede comer en el café de Central Hall.

Para evitar las colas en las Public Galleries es recomendable acudir después de las 18.00, lu-ju.

- *Parliament Sq SW1*
- *Plano M6*
- *www.parliament.uk*
- *Las Public Galleries tienen restringida la entrada. Los horarios se adquieren en la puerta de St Stephen o se puede llamar al 020 7219 4272*
- *Las visitas se reservan en www.parliament.uk Entradas para la apertura estival del Parlamento disponibles en el 0844 209 0382*

Los Top 10

1. Westminster Abbey
2. Parlamento
3. Big Ben
4. Westminster Hall
5. St Margaret's Church
6. Estatua de Churchill
7. Central Hall
8. Dean's Yard
9. Jewel Tower
10. Estatua de Cromwell

1 Westminster Abbey

Ver pp. 32-33.

3 Big Ben

La impresionante torre del reloj del palacio de Westminster se conoce con el nombre de Big Ben. Este apelativo remite al reloj de catorce campanas pensado para llevar el nombre de sir Benjamin Hall, comisionario de las obras cuando se instaló en 1858.

4 Westminster Hall

Westminster Hall *(izquierda)* es todo lo que queda del palacio tras el incendio de 1834. Durante siglos, los tribunales de justicia han trabajado bajo el maravilloso artesonado.

2 Parlamento

Emplazado en un edificio neogótico de la década de 1830 construido por sir Charles Barry y Augustus Welby Pugin, el Parlamento ocupa más de 3 hectáreas, y tiene 1.100 salas en torno a 11 patios. En la Cámara de los Comunes *(derecha)* trabajan los miembros del Parlamento.

7 Central Hall

Este gran salón de reuniones de estilo modernista se levantó para albergar la colección de arte de la Iglesia metodista. Se pretendía celebrar de ese modo el centenario de su fundador, John Wesley (1703-1791).

8 Dean's Yard

Los edificios en torno a esta apartada plaza los utilizaron los monjes antes de la Disolución de los Monasterios, en la década de 1530. Aquí tenían sus escuelas. La Escuela de Westminster fue fundada por Isabel I en 1560 y es una de las mejores escuelas públicas de Gran Bretaña.

Plano de la plaza

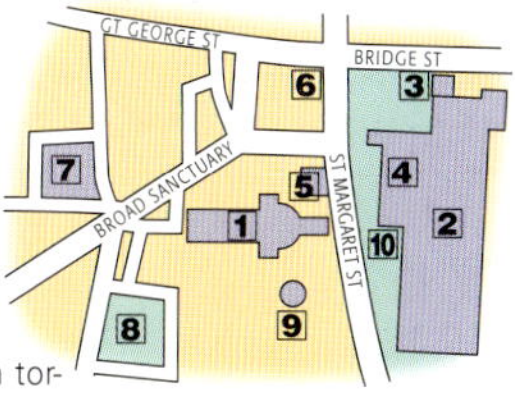

9 Jewel Tower

Esta torre, construida en 1365 para salvaguardar el tesoro de Eduardo III, es una solitaria superviviente del incendio de 1834. Alberga un pequeño museo sobre la historia del Parlamento.

10 Estatua de Cromwell

Oliver Cromwell (1599-1658) fue el mandatario del único periodo republicano de Inglaterra, tras la guerra civil. Fue enterrado en la abadía de Westminster, pero con la restauración de la monarquía en 1660, su cadáver se trasladó a Tyburn y fue colgado como si fuera un criminal.

5 St Margaret's Church

Churchill fue uno de los personajes que se casaron en esta iglesia del siglo XV. William Caxton (1422-1491), que instaló la primera prensa en Inglaterra, y sir Walter Raleigh, que estableció las primeras colonias en América, están enterrados aquí. Carlos I tiene un monumento conmemorativo *(derecha)*.

6 Estatua de Churchill

Esta poderosa estatua del líder británico (1874-1965) de la II Guerra Mundial lo muestra vestido con su famoso abrigo. Es una de las varias estatuas que hay en la plaza. También están la de Benjamin Disraeli (1804-1881), la del presidente estadounidense Abraham Lincoln (1809-1865) y Nelson Mandela (1918–).

Parlamento

Los 650 miembros del Parlamento, elegidos por el pueblo, ocupan la Cámara de los Comunes, donde el primer ministro y su Gobierno se sientan al lado derecho del presidente de la sala, el cual asegura el cumplimiento de las normas en la Cámara. La oposición se sienta a su izquierda. La Cámara de los Lores, o Cámara Alta, la componen miembros no electos, que suman más de 800 individuos y cuyo poder está restringido. El primer ministro tiene una audiencia semanal con la reina, que, en la actualidad, sólo tiene un papel simbólico.

TOP 10 Torre de Londres

La gran fortaleza de Londres, junto al río, se recuerda sólo como una prisión, pero tiene un pasado más glorioso. La Torre Blanca, en origen un castillo con foso, fue construida por Guillermo I el Conquistador en 1078. Fue ampliada por otros reyes –incluido Enrique VIII, que envió aquí a dos de sus mujeres para que fueran asesinadas en la Torre Verde– y albergó el arsenal de la ciudad, las joyas de la Corona, una casa de fieras y la Casa Real de la Moneda.

Royal Fusiliers' Museum

Es muy agradable comer en el restaurante o en el café de la torre.

La visita requiere al menos dos horas.

- *Tower Hill EC3*
- *Plano H4*
- *www.hrp.org.uk*
- *0844 482 7777*
- *Horario: 9.00-17.00 ma-sá (hasta 16.30 invierno), 10.00-17.30 do y lu (hasta 16.30 invierno)*
- *Entrada: adultos 21,45 £; niños 5–15 10,75 £ (menores de 5 años, gratis); familias (5 personas) 57,20 £; precios reducidos 18,15 £*

Los Top 10

1. Torre Blanca
2. Corona Imperial
3. Alabarderos
4. Torre Sangrienta
5. Capilla de San Juan Evangelista
6. Los cuervos
7. Arsenal Real
8. Torre Verde
9. Puerta de los Traidores
10. Torre Beauchamp

1 Torre Blanca

El corazón de la fortaleza es una sólida torre de 30 metros de altura con muros de 5 metros de grosor. Fue construida bajo el mandato de Guillermo I y concluida en 1097. En 1240 fue pintada de blanco por dentro y por fuera.

3 Alabarderos

Entre los 35 alabarderos reales actualmente hay una mujer. Son oficiales militares retirados y galardonados por servicios especiales; visten uniformes de la época Tudor.

2 Corona Imperial

Es la más deslumbrante de las 12 coronas que se encuentran en la Jewel House. Tiene más de 2.800 diamantes y el zafiro que está en lo alto procede del reinado de Eduardo el Confesor (1042-1066). La corona se realizó para la coronación de Jorge VI en 1937.

4 Torre Sangrienta

La exposición muestra la oscura historia de la torre, donde tuvieron lugar luctuosos actos, como el asesinato de los pequeños príncipes.

5 Capilla de San Juan Evangelista

Es la más hermosa de las iglesias normandas de Londres *(izquierda)* y, en gran parte, mantiene su forma original. Está en el piso superior de la Torre Blanca. En 1399, con motivo de la procesión de coronación de Enrique IV, 40 nobles caballeros velaron sus armas aquí. Después, tomaron un baño de purificación y el rey los ordenó como los primeros caballeros de la Orden de Bath.

6 Los cuervos

Cuando los cuervos abandonen la Torre de Londres, desaparecerá la Torre y la monarquía. Hay al menos siete cuervos, cuidados por el Ravenmaster, el Jefe de Cuervos.

7 Arsenal Real

La Torre del Arsenal fue ampliada bajo el reinado de Enrique VIII, el cual estableció la base de esta colección, compartida con un museo de Leeds y otro de Portsmouth.

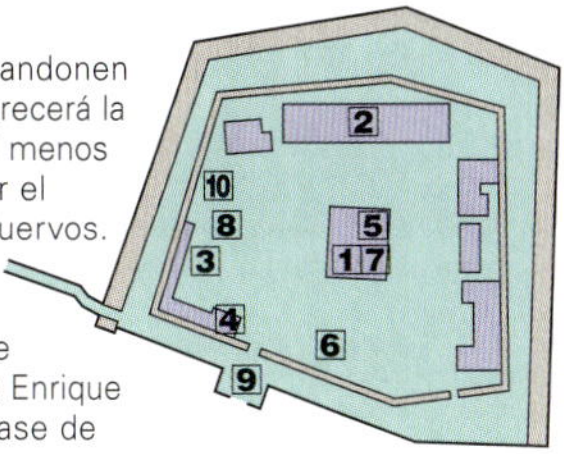

Planta de la torre

10 Torre Beauchamp

Se describen las experiencias vividas por algunos de sus prisioneros, como Jane Grey o los gemelos Kray. La torre toma el nombre de Thomas Beauchamp, conde de Warwick, encarcelado aquí durante dos años por Ricardo II, entre 1397 y 1399.

8 Torre Verde

Lugar de ejecución de la nobleza, aquí decapitaron a Jane Grey (1554), y a las esposas de Enrique VIII Catalina Howard (1542) y Ana Bolena (1536).

9 Puerta de los Traidores

La puerta de roble y hierro de la muralla exterior *(arriba)* fue utilizada para introducir a los prisioneros en la torre, por ello se llama la Puerta de los Traidores.

Historia de la torre

La Torre Blanca de Guillermo I, construida por Gundolfo, obispo de Rochester, tenía la misión de defender Londres de los ataques externos y ser el símbolo visible de los nativos anglosajones frente a los conquistadores normandos. Enrique III, que reinó entre 1216 y 1272, construyó el muro interior y trajo las joyas de la Corona. El arsenal de la ciudad se custodiaba aquí, y bajo el reinado de Enrique VIII (1509-1547) se amplió el arsenal real. Jaime I, que reinó de 1603 a 1625, fue el último monarca que utilizó la torre como residencia. Toda la moneda de Gran Bretaña se acuñó en la torre hasta 1810, cuando la Casa Real de la Moneda se estableció en Tower Hill.

Londres y la monarquía **ver pp. 54-55**

Izda **Torre de la Campana** Ctro ***Príncipes de la torre*, J. E. Millais** Derecha **Torre Beauchamp**

TOP 10 Prisioneros en la torre

1 Obispo de Durham
El primer prisionero político de la Torre Blanca fue Ralph de Flambard, obispo de Durham. Fue considerado responsable de la violenta política de Guillermo II, predecesor de Enrique I, el cual le encarceló en el año 1100.

2 Enrique VI
Durante la guerra de las Rosas, entre las familias de York y Lancaster, Enrique VI fue encarcelado en la Torre Wakefield cinco años, hasta que le fue devuelto el poder en 1470.

3 Los príncipes
El asesinato en 1483 de Eduardo, de 12 años, y Ricardo, de 10, dio a la Torre Sangrienta su nombre. Se cree que fue su tío, Ricardo III, el responsable.

4 Sir Tomás Moro
El ministro de Enrique VIII, Tomás Moro, fue encarcelado en la Torre de la Campana por negarse a aprobar su matrimonio con Ana Bolena. Fue decapitado en 1535.

Capilla de San Pedro ad Vincula

5 Esposas de Enrique VIII
Algunas de las prisioneras más famosas de la torre, como las esposas decapitadas de Enrique VIII, Ana Bolena y Catalina Howard, están enterradas en la capilla real de San Pedro ad Vincula.

Lugares de encarcelamiento

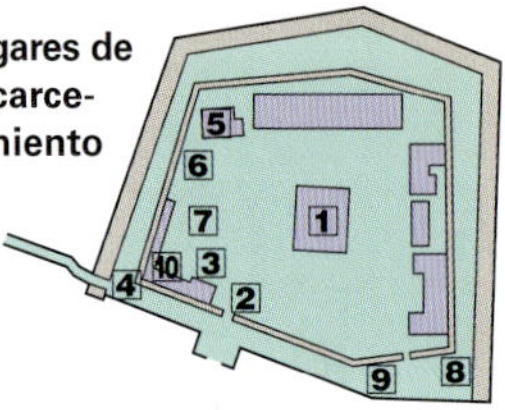

6 La familia Dudley
Lord Dudley y sus hijos fueron encarcelados (antes de su ejecución) en la Torre Beauchamp, por apoyar a Jane Grey al acceder al trono en 1554.

7 Lady Jane Grey
En 1554, lady Jane Grey fue reina durante 9 días. Con 16 años, fue encerrada en la Torre Verde y más tarde ejecutada por orden de la reina María I.

8 Mártires católicos
Bajo el reinado de Isabel I (1558-1603), fueron ejecutados muchos católicos. Casi todos fueron encerrados en la Torre de la Sal.

9 John Gerard
Escapó de la Torre Cradle con un compañero en 1597, con una soga hasta el foso, donde un cómplice les esperaba en una barca.

10 Rudolf Hess
El último prisionero de la torre fue este político nazi. Fue encarcelado en 1941, cuando vino a Inglaterra a pedir la paz.

Londres y la monarquía **ver pp. 54-55**

Las joyas de la Corona

Las 10 joyas

1. Corona imperial
2. Corona de St Edward
3. Corona de la India
4. Corona de Victoria
5. Cetro real
6. Espada del Estado
7. Corona de Jorge V
8. Anillo del soberano
9. Orbe del soberano
10. Cetro del soberano

Los suntuosos objetos y joyas que constituyen los atributos ceremoniales de la soberanía están custodiados en la Torre de Londres. La colección data de 1661, cuando se renovaron los símbolos reales destruidos por Cromwell tras la ejecución de Carlos I en 1649. La corona de St Edward, de oro puro, fue la primera corona de este nuevo conjunto de joyas y es la más antigua. Otras joyas expuestas son: un orbe de oro con piedras incrustadas, de 1661, y un cetro con la Estrella de África, un diamante de 530 facetas, el más grande del mundo. El anillo del soberano, fabricado para Guillermo IV, se denomina "el anillo de bodas de Inglaterra".

Cetro del soberano

Corona imperial

Esta corona fue diseñada para la coronación de Jorge VI en 1937. Está profusamente adornada con 2.868 diamantes, 17 zafiros, 11 esmeraldas, 5 rubíes y 273 perlas.

La reina Isabel II con la corona imperial el día de su coronación, 2 de junio de 1953

TOP 10 St Paul's Cathedral

Es la obra maestra de sir Christopher Wren, que reconstruyó las iglesias de la ciudad tras el Gran Incendio de 1666. Las obras de la catedral finalizaron en 1711 y es la primera que se levantó con la intención de dedicarla al culto protestante. Tiene la campana más grande de Europa, Great Paul, que suena todos los días a las 13.00. La campana horaria, Great Tom, marca las horas y suena cuando muere un miembro de la familia real o alguna personalidad religiosa. La catedral es famosa por su música, y los miembros del coro se forman en la Escuela de la catedral.

Entrada semicircular de la puerta sur de St Paul

Se puede tomar algo en el Crypt Café.

La misa más popular es el servicio de vísperas (habitualmente a las 17.00 todos los días). Se puede escuchar el coro. Es posible solicitar visitas guiadas y auriculares.

- *St Paul's Cathedral, Ludgate Hill EC4*
- *Plano R2*
- *020 7236 4128*
- *www.stpauls.co.uk*
- *Catedral: 8.30-16.00 lu-sá* • *Galerías: 9.30-16.00 lu-sá*
- *Entrada: 15,50 £; niños 6-16 6 £ (menores de 6 gratis); personas mayores y estudiantes 14 £; familias 38 £; tarifas de grupo disponibles, llamar para detalles*
- *Visitas guiadas: 10.00, 11.00, 13.00, 14.00, incluida en el precio de la entrada. Reservar al llegar*

Los Top 10

1. Fachada oeste y torres
2. Cúpula
3. Galería de los Susurros
4. Coro
5. Capilla de la Orden del Imperio Británico
6. Altar mayor
7. La luz del mundo
8. Puertas de Tijou
9. Mosaicos
10. *Madre y niño*, Moore

1 Fachada oeste y torres

La imponente fachada oeste está enmarcada por dos enormes torres. Los pináculos simbolizan la paz y la prosperidad. La gran puerta oeste tiene 9 metros de altura y se abre sólo en ceremonias importantes.

2 Cúpula

Es una de las cúpulas más grandes del mundo *(arriba)* con sus 111 metros de altura y sus 65.000 toneladas de peso. La Galería Dorada, en la parte superior, y la Galería de Piedra tienen buenas vistas.

3 Galería de los Susurros

La famosa Galería de los Susurros está en el interior de la cúpula. Las palabras que se pronuncian contra la pared en un extremo pueden oírse desde el otro lado.

4 Coro

Los maravillosos bancos y la caja del órgano situados en el coro son de Grinling Gibbons. Handel y Mendelssohn tocaron este órgano, que data de 1695.

5 Capilla de la Orden del Imperio Británico

En el este de la cripta hay una capilla dedicada a los hombres y las mujeres que recibieron la Orden del Imperio Británico, un honor civil y militar establecido en 1917.

6 Altar mayor

El espléndido altar mayor *(abajo)* está construido con mármol italiano y el dosel fue diseñado por Wren. Los grandes candelabros son copias de los que se hicieron en el siglo XVI para el cardenal Wolsey.

7 La luz del mundo

Esta obra del artista prerrafaelita Holman Hunt data de alrededor de 1900. Muestra a Cristo llamando a una puerta que se abre desde dentro y simboliza que Dios puede entrar en nuestras vidas sólo si le invitamos.

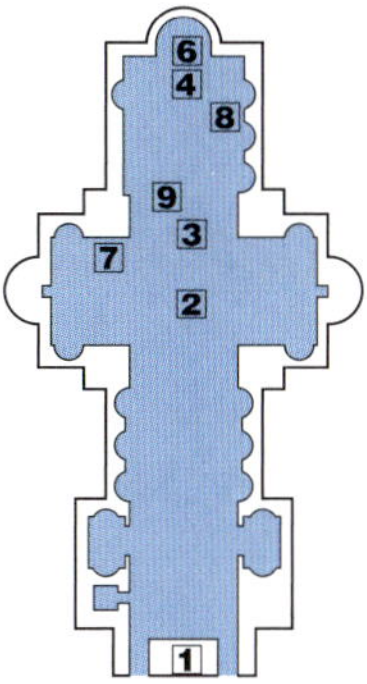

Planta de la catedral

10 *Madre y niño,* Moore

El escultor Henry Moore es homenajeado en la cripta. Esta obra *(derecha)* es una de las numerosas obras de arte in roducido en St Paul desde la década de 1960.

Historia de la catedral

La primera iglesia conocida dedicada a san Pablo fue construida en este mismo lugar en el año 604. Era de madera y se derrumbó en el incendio del año 675. La iglesia posterior fue destruida por los vikingos en el año 962. La tercera iglesia se levantó en piedra, pero otro incendio ocurrido en el año 1087 acabó con ella; fue reedificada por los normandos ya como catedral, con muros de piedra y tejado de madera. Esta catedral se terminó en 1300. En 1666, Christopher Wren diseñó la restauración del edificio cuando el gran incendio derribó la antigua catedral.

8 Puertas de Tijou

El maestro forjador francés Jean Tijou diseñó estas puertas de hierro *(un detalle arriba)* para la nave norte, así como la balaustrada de la Galería de los Susurros y otros trabajos en metal para la catedral.

9 Mosaicos

Los azulejos del mosaico de colores fueron instalados en el coro y en la girola *(arriba)* en el siglo XIX. Están realizados con cubos irregulares de cerámica, colocados en ángulo para que brillen.

Iglesias **ver pp. 46-47**

Izquierda **Vista de la nave central** Derecha **Tumba de lord Nelson**

TOP 10 Monumentos en la catedral

1 Tumba de Wren
Sir Christopher Wren (1632-1723) tiene una sencilla sepultura en la capilla de la Orden del Imperio Británico. Su inscripción reza: *Lector, si monumentum requiris, circumspice* ("Tú que lees esto: si buscas un monumento, mira a tu alrededor").

2 Tumba de Wellington
El gran militar británico y primer ministro Arthur Wellesley (1769-1852), primer duque de Wellington, yace en la cripta. Tiene también un monumento en la nave.

3 Tumba de Nelson
El almirante lord Nelson (1758-1805) está enterrado en el centro de la cripta. Fue devuelto a Inglaterra desde Trafalgar, conservado en *brandy*.

4 Monumento a John Donne
El poeta filósofo John Donne (1572-1631) fue investido deán de San Pablo en 1621.

Monumento de América, detalle

5 Monumento Gallípoli
Uno de los muchos monumentos de la guerra. Dedicado a aquellos que murieron en la batalla de Gallípoli en 1915.

Monumento de Turner

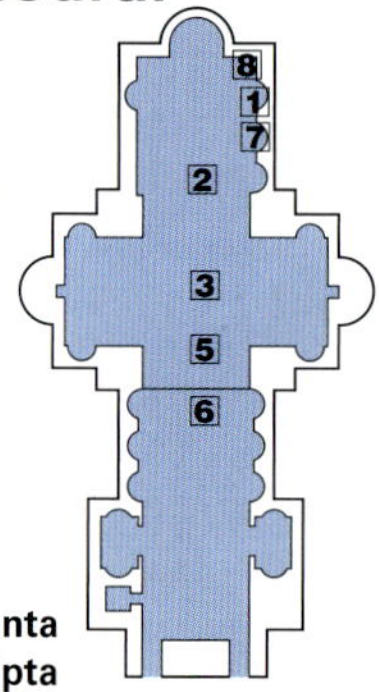

Planta de la cripta

6 Placa conmemorativa de Churchill
Durante los bombardeos, Churchill dijo: "Por encima de todo, St Paul debe ser salvada".

7 Monumento de la Hermandad de los Canteros
En una placa ofrecida por este gremios se lee: "Recuerda a los hombres que dieron forma a las piedras de la catedral de San Pablo".

8 Tumba de Turner
El paisajista (1775-1851) descansa en la capilla de la Orden del Imperio Británico.

9 Monumento a América
La capilla conmemorativa de América honra a los militares muertos en tierras británicas durante la II Guerra Mundial.

10 Monumento a los bomberos
Recuerda a aquellos que salvaron la iglesia durante los bombardeos de 1940.

Los 10 hitos de la catedral

1. Jubileo de diamante de Isabel II (2012)
2. Boda del príncipe Carlos y lady Diana (1981)
3. Funeral de Winston Churchill (1965)
4. Sermón de Martin Luther King (1964)
5. Inauguración del Festival de Gran Bretaña (1951)
6. Bombardeo (1940)
7. Jubileo de diamante de la reina Victoria (1897)
8. Funeral del duque de Wellington (1852)
9. Funeral de Nelson (1806)
10. Primera misa (1697)

La catedral en la historia

San Pablo pertenece al país y a la ciudad de Londres. Está dirigida por un deán y por prelados. Las misas anuales por los gremios de la ciudad tienen lugar aquí desde hace mil años. Una de sus principales funciones es acoger las celebraciones y los duelos nacionales. En el siglo XIX, más de 13.000 personas llenaron la catedral en los funerales del duque de Wellington. El jubileo de la reina Victoria fue también un acontecimiento especial. El príncipe de Gales y lady Diana Spencer prefirieron casarse en San Pablo antes que en la abadía real de Westminster, lo que ayudó a retratarlos como el príncipe y la princesa del pueblo.

Boda del príncipe de Gales, 1501

El funeral de Nelson

La popularidad del almirante era tan grande que fue honrado con un funeral de Estado *(izquierda)*. Su cuerpo se trasladó en una barcaza, desde el hospital de Greenwich hasta San Pablo.

Boda del príncipe Carlos y lady Diana Spencer en 1981

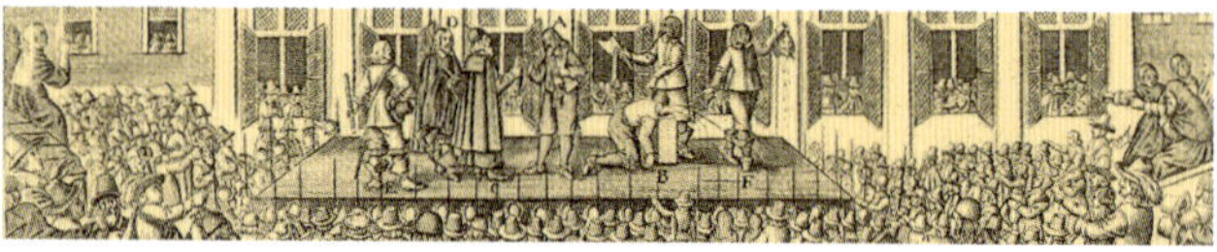

Ejecución de Carlos I en la plaza de Banqueting House

TOP 10 Acontecimientos históricos

1 43: invasión romana

Cuando los romanos llegaron a Gran Bretaña construyeron un puente sobre el Támesis desde Southwark y rodearon Londres con una muralla, parte de la cual es aún visible en la City *(ver pp. 134-139)*. El foro estaba en Cornhill y el anfiteatro está bajo Guildhall.

La invasión romana

2 1066: conquista normanda

La siguiente invasión llegó desde el norte de Francia. La llevó a cabo Guillermo el Conquistador, duque de Normandía, que fue coronado rey de Inglaterra el día de Navidad del año 1066, en la abadía de Westminster, que acababa de reconstruirse *(ver pp. 32-33)*.

3 1240: Parlamento

El primer Parlamento estaba en Westminster y llegó a convertirse en sede del Gobierno, alejado de la City, que se expandía sobre el antiguo emplazamiento romano.

4 1534: Reforma

El enfrentamiento entre Enrique VIII y el papa Clemente VII a propósito del divorcio del rey concluyó con la ruptura, y el monarca se invistió como cabeza de la Iglesia de Inglaterra. En la actualidad, el soberano continúa siendo el jefe de la Iglesia.

5 1649: ejecución de Carlos I

La fe de Carlos I en el derecho divino de la monarquía condujo a Inglaterra a la guerra civil. La causa fue derrotada y fue decapitado en 1649. Tras 11 años de puritanismo, su hijo Carlos II accedió al trono para dar paso a la Restauración.

6 1666: Gran Incendio

La mayor parte de Londres, incluida la catedral de San Pablo y 87 iglesias, fue destruida por un incendio que duró 5 días. Sir Christopher Wren rediseñó por completo la ciudad y levantó la catedral *(ver p. 40)*.

7 1863: primer tren metropolitano

Originalmente pensada para unir las principales estaciones ferroviarias de Londres, la línea metropolitana fue el primer ferrocarril subterráneo del mundo.

El Gran Incendio de Londres

Ruinas de los bombardeos junto a San Pablo

8 1875: construcción de los diques

Los diques fueron la gran obra de ingeniería del periodo victoriano. Fueron diseñados por sir Joseph Bazalgette para albergar un sistema de alcantarillado que expulsara las aguas fecales fuera de Londres.

9 1940-1941: bombardeo

Desde septiembre de 1940 hasta mayo de 1941, los bombardeos alemanes causaron 30.000 muertes en Londres. Las bombas destruyeron parte de los muelles, el East End y la City. La Cámara de los Comunes, la abadía de West minster y la Torre de Londres fueron alcanzados. El metro se utilizaba como refugio por la noche.

10 1992-presente

En 1992, la renovación de Docklands mostró el desarrollo de Canary Wharf y el aeropuerto. En julio de 2005 el sistema de transporte londinense se vio afectado por el ataque terrorista, con pérdidas humanas. En abril de 2011 contrajeron matrimonio el príncipe Guillermo y Catherine Middleton, y en 2012 Londres albergó los Juegos Olímpicos.

Los 10 hitos culturales

1 Llegada de Shakespeare

La primera mención de William Shakespeare (1564-1616) en Londres como dramaturgo data de 1585.

2 El caballero Rubens

El pintor flamenco Rubens fue nombrado caballero en 1629 por Carlos I, tras pintar el techo de Banqueting House.

3 Nombramiento de Purcell

El más grande de los compositores de su tiempo, Henry Purcell, fue nombrado organista de Westminster en 1679.

4 *Música acuática* de Händel

George Friedrich Händel compuso la *Música acuática* para un espectáculo en el estanque de Jorge I, en 1711.

5 Gran Exposición

En 1851 se celebró la exposición en una estructura de cristal en Hyde Park.

6 Legado de Turner

Las pinturas de J. M. W. Turner son del Estado con la condición de que se vean de forma gratuita *(ver pp. 20-21)*.

7 Acontecimiento en la Royal Opera House

Gustav Mahler dirige el concierto de *El Anillo de los Nibelungos*, de Wagner, en 1892.

8 Emisión de radio

La BBC emite por primera vez el día de Año Nuevo de 1927.

9 Festival de Gran Bretaña

En 1951 tiene lugar el festival en South Bank, por el centenario de la Gran Exposición.

10 Royal National Theatre

Esta compañía se fundó en 1963 en Old Vic, bajo la dirección de Laurence Olivier.

Izquierda **Esculturas, Westminster Abbey** Centro **Brompton Oratory** Derecha **Querubín, St Bride's**

TOP 10 Iglesias

St Martin-in-the-Fields

1 Westminster Abbey

Ver pp. 32-33.

2 St Paul's Cathedral

Ver pp. 40-43.

3 St Martin-in-the-Fields

Iglesia parroquial en Buckingham Palace, famosa por sus eventos musicales. En este lugar había una iglesia en el siglo XIII, pero la iglesia actual fue diseñada por James Gibbs en 1726. Hay un café. *Trafalgar Square WC2 • Plano L4 • Horario: 8.30-18.00 lu-sá (17.00 mi), 9.30-18.00 sá, 15.30-17.00 do • Gratis • www.smitf.com*

4 Southwark Cathedral

Este priorato se convirtió en catedral en 1905. Tuvo muchas relaciones con el teatro isabelino y con Shakespeare, al cual está dedicado un monumento y una vidriera. El fundador de la universidad americana, John Harvard, fue bautizado aquí y se le recuerda en la Harvard Chapel. *London Bridge SE1 • Plano G4 • Horario: 8.00-18.00 todos los días (desde 8.30 sá y do) • Gratis • http://cathedral.southwark.anglican.org*

Vidriera de Southwark Cathedral

5 Temple Church

Esta iglesia circular fue construida en el siglo XII para los caballeros templarios. Sus efigies están incrustadas en el suelo. El presbiterio fue añadido más tarde y el retablo es de Wren. Fue reconstruida en 1958, tras haber sido destruida durante la II Guerra Mundial. *Middle Temple Lane EC4 • Plano P2 • Horario: consultar www.templechurch.com • Gratis*

Puerta de St Bartholomew-the-Great

6 St Bartholomew-the-Great

Aparte de la capilla de San Juan en la Torre de Londres, ésta es la única iglesia normanda. Fue fundada por un cortesano de Enrique I en 1123: sus sólidos pilares y el coro permanecen como en aquellos tiempos. La Lady Chapel, del siglo XIV, restaurada en 1890 por sir Aston Webb, albergó en cierta ocasión la imprenta de Benjamin Franklin *(ver p. 138)*. La iglesia sobrevivió al Gran Incendio de 1666.

7 Brompton Oratory

Esta iglesia, de aspecto italiano, fue erigida por un católico converso, John Henry Newman (1801-1890). Él trajo a Inglaterra el Oratorio, una institución de clérigos seglares fundada en Roma en el siglo XVI. El edificio, diseñado por Herbert Gribble, fue abierto en 1884 y muchos de sus ornamentos se trajeron de Italia. *Brompton Rd SW7 • Plano C5 • Horario: 6.30-20.00 todos los días • Gratis • www.bromptonoratory.com*

Detalle de estilo italiano en Brompton

8 Westminster Cathedral

La principal iglesia católica de Inglaterra es de estilo bizantino. Su diseño es de John Francis Bentley y su construcción finalizó en 1903. Tiene un campanario de 83 metros con maravillosas vistas. Los mosaicos y más de 100 variedades de mármol decoran el interior. *Victoria Street SW1 • Plano E5 • Horario: 8.00-19.00 lu-vi, 8.00-19.00 sá y do • Gratis • www.westminstercathedral.org.uk*

9 St Bride's

En este mismo lugar hubo ya una iglesia en tiempos de los romanos. Sir Christopher Wren construyó la aguja imitando una tarta de bodas. Es tradicionalmente la iglesia de los periodistas y algunas ceremonias conmemorativas se celebran aquí. *Fleet St EC4 • Plano Q2 • Horario: 8.00-18.00 lu-vi, 10.00-18.30 do (sá horario varía) • Gratis • www.stbrides.com*

10 All Souls

Este edificio singular, con su pórtico semicircular y su estilizada aguja, fue diseñado por John Nash, creador de Regent Street. Después de que la BBC instalara sus estudios junto a la iglesia, ésta se convirtió en el lugar de las retransmisiones religiosas. *Langham Place W1 • Plano J1 • Horario: 9.30-17.30 lu-vi, servicios religiosos sólo do • Gratis • www.allsouls.org*

Estela funeraria en All Souls

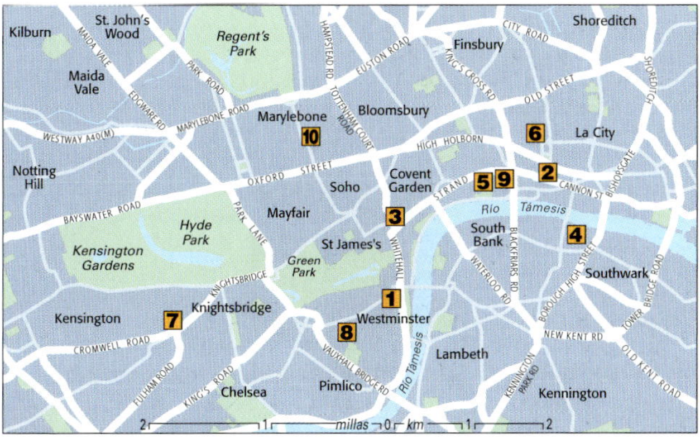

Izquierda **Theatre Museum** Derecha **London's Transport Museum**

TOP 10 Museos

Victoria and Albert Museum

1 British Museum

Es el museo más antiguo del mundo y uno de los más interesantes de Londres. Alberga obras y objetos de todos los rincones del mundo *(ver pp. 8-11)*.

2 Natural History Museum

Con exposiciones tradicionales e interactivas, este museo ilustra la historia de la Tierra y la existencia de vida en ella.

3 Science Museum

Este interesante museo estudia la evolución y el desarrollo de los avances tecnológicos, con demostraciones sorprendentes y educativas *(ver pp. 24-25)*.

4 Victoria and Albert Museum

Uno de los grandes placeres de Londres es este museo de artes decorativas. Tiene 145 variopintas salas. Destacan las galerías medieval y renacentista, con sus notables colecciones de tesoros. El museo también tiene muestras de joyería, textiles, orfebrería, cristalería, pintura, grabados, escultura y salas con objetos de la India y Oriente *(ver p. 119)*.

5 Museum of London

Este educativo museo situado cerca de Barbican Centre *(ver p. 137)* ofrece un recorrido por la vida londinense desde los tiempos prehistóricos hasta la actualidad. Es particularmente llamativo el apartado del Londinium romano, también destaca la gran maqueta que recrea el Gran Incendio de 1666, así como reconstrucciones de espacios interiores de distintas épocas *(ver p. 136)*.

6 National Maritime Museum

El mayor museo marítimo del mundo, perteneciente al Maritime Greenwich World Heritage Site, tiene mucho que ofrecer. A través de historias inspiradoras del pasado marinero de Gran Bretaña, relata los efectos continuados que los océanos aún tienen en el mundo actual. Se puede ver la casaca agujereada del almirante Nelson, se rememoran las trágicas expediciones polares de diversos exploradores y un moderno simulador da una idea de cómo es gobernar un barco a través de un puerto *(ver p. 47)*.

Monja sonriente, Museum of London

7 Imperial War Museum

En este museo, emplazado en el antiguo manicomio de Bethlehem, llamado Bedlam, un contador situado en el sótano va contando inexorablemente todos los muertos en la guerra. Actualmente supera los 100 millones. Seis millones de muertos se recuerdan en la exposición del Holocausto. Otras salas muestran escenas de la I Guerra Mundial, con sus trincheras, o la vida de los londinenses en el bombardeo de la II Guerra Mundial. Ahora se asiste a la "guerra total" y este aspecto también puede examinarse *(ver p. 83).*

8 Design Museum

Este museo, situado en un edificio blanco de la década de 1930, junto a Tower Bridge, es el único de Gran Bretaña dedicado al diseño de los siglos XX y XXI. Sus exposiciones temporales ofrecen lo mejor del diseño moderno, incluidos el diseño gráfico y de productos, moda, mobiliario, arquitectura e ingeniería. *28 Shad Thames SE1 • Plano H4 • Horario: 10.00-17.45 todos los días • Se cobra entrada • www.designmuseum.org*

Imperial War Museum

9 London Transport Museum

Está situado en un antiguo mercado de flores. La historia del sistema de transportes londinense se ilustra con carteles, fotografías y modelos de los primeros autobuses, trenes de metro y coches de caballos. Existen zonas interactivas para los niños, donde éstos pueden tocar y jugar *(ver p. 100).*

10 V&A Museum of Childhood

El V&A Museum de Bethnal Green cuenta con la mayor colección del país de objetos relacionados con la infancia. Su selección de juguetes, juegos, casitas de muñecas de lujo, maquetas de trenes, muebles y ropa de niños desde el siglo XVII hasta hoy (*ver p. 154).*

Taxi Austin, London Transport Museum

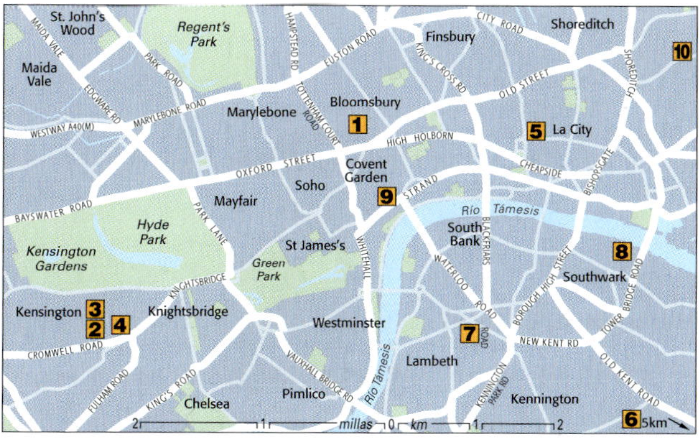

Londres para niños ver pp. 68-69

Izquierda **National Gallery** Derecha ***Satán hiriendo a Job con terribles llagas*, de Blake, Tate Britain**

Museos II

1 National Gallery y National Portrait Gallery

Situados puerta con puerta, al fondo de Trafalgar Square, estos célebres museos albergan las colecciones más importantes del arte británico *(ver pp. 12-15).*

***En el teatro*, de Renoir, National Gallery**

2 Tate Modern

Emplazado en una enorme central eléctrica reconvertida, en la ribera sur del Támesis, este atractivo museo ofrece muestras artísticas que van desde 1900 hasta la actualidad *(ver pp. 18-19).*

3 Tate Britain

El segundo museo Tate de Londres, centrado en el arte desde 1500 hasta la actualidad, tiene la colección de arte británico más grande del mundo *(ver pp. 20-21).*

4 Courtauld Art Gallery

Con obras que van desde Fra Angelico a Van Gogh, este museo es un curso completo de arte en un espacio razonable. El núcleo lo forman las obras de los mejores impresionistas y posimpresionistas, adquiridas por el magnate de la industria textil Samuel Courtauld (1876-1947). Algunas se reconocen de inmediato, como *El bar del Folies Bergère y Desayuno en la hierba,* ambas de Manet, *Autorretrato con oreja vendada,* de Van Gogh, y *Te Reiroa,* de Gauguin. Se puede visitar el café Courtauld o el patio con la fuente de Somerset House y tomar algo en la terraza del café junto al río.

5 Wallace Collection

Esta preciosa mansión victoriana perteneció a sir Richard Wallace (1818-1890). Su viuda donó la casa y la colección de arte al Estado. Las dos plantas y las 25 salas abiertas al público muestran una de las mejores colecciones de arte francés del siglo XVIII, porcelana y mobiliario. La pintura ofrece riqueza y voluptuosidad: son reseñables los trabajos de Nicolas Poussin *(Danza de la música del tiempo)* y Frans Hals *(El caballero sonriente).* Hay también retratos de Gainsborough y Reynolds *(ver p. 129).*

***El caballero sonriente*, de Frans Hals, Wallace Collection**

Muchacha tocando la guitarra, de Vermeer

6 Dulwich Picture Gallery

Si se dispone de tiempo es recomendable visitar este museo, situado en las afueras. Es la galería privada de arte más antigua de Gran Bretaña; abrió en 1817. La colección incluye *Muchacha de la flor* de Murillo, *El triunfo de David* de Poussin, y *La muchacha en la ventana* de Rembrandt *(ver p. 148).*

7 Serpentine Gallery

Los mejores artistas contemporáneos exponen sus obras en la magnífica Serpentine. Cindy Sherman y Gerhard Richter han mostrado sus trabajos. A menudo transforma su espacio para albergar instalaciones de obras que, incluso, se exhiben en el parque.

Ⓢ Kensington Gardens W2 • Metro Lancaster Gate • Horario: 10.00-18.00 todos los días • www.serpentinegallery.org

8 Royal Academy

Aunque no posee una colección permanente, las continuas exposiciones temporales de la Royal Academy, dedicadas a grandes artistas, atraen a gran cantidad de personas, y a menudo es necesario reservar entradas. La tradicional exposición de verano (Summer Exhibition) es también muy popular *(ver p. 113).*

9 Queen's Gallery, Buckingham Palace

Fundada en 1962 para mostrar los trabajos de la colección real, la Queen's Gallery ha reabierto sus puertas tras una remodelación, para el año del jubileo de la reina *(ver p. 26).*

10 Kenwood House

Esta majestuosa mansión, con interiores diseñados por Robert Adam, tiene una pequeña pero importante colección que abarca pintura flamenca y holandesa del siglo XVII, retratos ingleses del siglo XVIII y arte rococó francés. Hay estatuas de Henry Moore y de Barbara Hepworth en los jardines *(ver p. 142).*

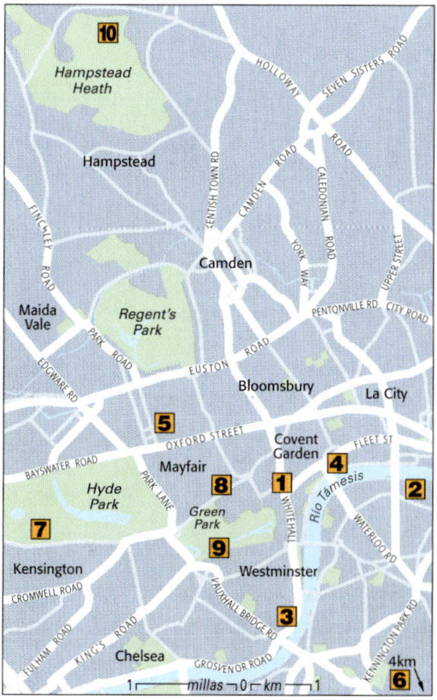

Izquierda **Casa de Dickens** Derecha **Interior de la casa de Carlyle**

TOP 10 Personajes célebres

1 Sherlock Holmes

El famoso detective de ficción creado por sir Arthur Conan Doyle apareció por primera vez en 1891. Holmes aún recibe cartas en el 221b de Baker Street, que alberga el Sherlock Holmes Museum *(ver p. 130)*.

2 Charles Dickens

Dickens (1812-1870), el gran novelista victoriano y crítico social, vivió en Doughty Street dos años, a partir de 1837. De sus casas, ésta es la única que queda en Londres, y pensaba que era "una mansión terriblemente de clase alta, que imponía odiosas responsabilidades" *(ver p. 108)*.

3 Doctor Johnson

"Cuando un hombre está cansado de Londres, está cansado de la vida", dijo Samuel Johnson (1709-1784). Vivió en esta casa desde 1748 hasta 1759, y buena parte de su famoso diccionario fue compilado aquí. Su compañero, James Boswell, dio cuenta de las idas y venidas de la gente en la casa. *Dr Johnson's House, 17 Gough Square EC4 • Plano P2 • Horario: 11.00-17.00 lu-sá • Se cobra entrada • www.drjohnsonshouse.org*

El famoso diván de Freud

Sherlock Holmes, el famoso detective

4 John Keats

El poeta romántico (1795-1821), nacido en Londres, vivió en Hampstead de 1818 a 1820, cuando marchó a Italia para curarse de su tuberculosis mortal. Después de enamorarse de la hija de su vecino, Fanny Brawne, escribió su maravillosa *Oda al ruiseñor (ver p. 141)*.

5 Sigmund Freud

El vienés Sigmund Freud (1856-1939), fundador del psicoanálisis, pasó el último año de su vida en una casa del norte de Londres. Como judío, se vio obligado a huir de la persecución nazi, y trajo consigo su famoso diván *(ver p. 141)*.

6 Lord Leighton

Frederic Leighton (1830-1896), nacido en Yorkshire, fue el pintor más célebre en el Londres victoriano y llegó a ser presidente de la Royal Academy. Esta exótica casa fue construida para él en 1866 *(ver p. 121)*.

7 Thomas Carlyle

El historiador y ensayista escocés Thomas Carlyle, famoso por su historia de la Revolución Francesa, vivió en Londres desde 1834. *Carlyle's House, 24 Cheyne Row SW3 • Plano C6 • Horario: abr-oct 14.00-17.00 mi-vi, 11.00-17.00 sá, do y festivos • Se cobra entrada • www.nationaltrust.org.uk/carlyles-house*

8 Duque de Wellington

Arthur Wellesley, primer duque de Wellington (1769-1852), vivió en Apsley House, cuya única dirección era sólo 1, Londres, desde 1817, después de sus triunfos en las guerras napoleónicas *(ver p. 114)*.

9 Georg Friedrich Handel

El gran compositor alemán visitó Londres por primera vez en 1710 y se asentó aquí en 1712. *Handel House Museum, 25 Brook St W1 • Plano D3 • Horario: 10.00-18.00 ma-sá (10.00-20.00 ju), 12.00-18.00 do • Se cobra entrada • www.handelhouse.org.*

10 William Hogarth

Hogarth (1697-1764, *(ver pp. 20-21)*, el gran pintor de la vida londinense, consideraba su casa de Chiswick "un pequeño retiro junto al Támesis". *Hogarth's House, Hogarth Lane W4 • Horario: 12.00-17.00 ma-do • Cerrado ene • Gratis • www.hounslow.info*

La fastuosa decoración de Leighton House

Las 10 placas azules

Las placas circulares azules de los edificios recuerdan a personajes que vivieron en la ciudad.

1 Wolfgang A. Mozart

El compositor austriaco (1756-1791) escribió su primera sinfonía, a los ocho años, en el 180 de Ebury Street.

2 Benjamin Franklin

El político y científico estadounidense (1706-1790) vivió en el 38 de Craven Street.

3 Charlie Chaplin

El recordado actor de cine (1889-1977) nació en el 287 de Kennington Road.

4 Charles de Gaulle

El general (1890-1970) organizó la Resistencia francesa en el 6 de Carlton Terrace, en su exilio de la II Guerra Mundial.

5 Dwight Eisenhower

Durante la II Guerra Mundial, el comandante aliado (1880-1969) vivió en el 20 de Grosvenor Square, junto a la Embajada de EE UU.

6 Mark Twain

El escritor americano (1835-1910) vivió durante un año en el 23 de Tedworth Square.

7 Mahatma Gandhi

El padre del independentismo hindú (1869-1948) estudió en Inner Temple, en 1889.

8 Jimi Hendrix

El guitarrista americano (1942-1970) vivió en el centro, en el 23 de Brook Street.

9 Henry James

El escritor americano (1843-1916) vivió en Bolton Street, en Vere Gardens y en Cheyne Walk, donde murió.

10 Giuseppe Mazzini

Desde 1837 hasta 1849, el revolucionario italiano (1805-1872) vivió en el 183 de Gower Street.

Izquierda **Buckingham Palace** Derecha **Kensington Palace**

TOP 10 Londres y la monarquía

1 Buckingham Palace

Ver pp. 26-27.

2 Hampton Court

Es el ejemplo más refinado de la arquitectura de la época Tudor. Hampton Court comenzó a levantarse en 1514 bajo las órdenes del cardenal Wolsey, privado de Enrique VIII, y más tarde le fue entregado al rey. Fue ampliado, primero, por el monarca y, después, por Guillermo y María, quienes contrataron al arquitecto Wren. Destacan la enorme cocina, una galería renacentista de pintura, la capilla real y las bellas habitaciones reales. Los jardines tienen más de 24 hectáreas y son tan interesantes como el mismo palacio *(ver p. 147).*

3 Kensington Palace

Pequeño palacio real, situado en los jardines de Kensington, famoso por ser la residencia de la princesa Diana. Los primeros monarcas que vivieron aquí fueron Guillermo y María, en 1689, y la reina Victoria nació aquí en 1837. El interior está organizado en cuatro zonas históricas centradas en la vida de los residentes como William y Mary, Victoria y Diana. La Orangery tiene un delicioso café *(ver p. 119).*

4 St James's Palace

Aunque no está abierto al público, el palacio de St James es muy importante en el Londres de la realeza. Su estilo Tudor lo sitúa en el reinado de Enrique VIII. El príncipe de Gales tiene su despacho aquí *(ver p. 113).*

Entrada de St James's Palace, de estilo Tudor

5 Kew Palace y Queen Charlotte's Cottage

El palacio real más pequeño, Kew Palace, fue construido en 1631 y fue la residencia del rey Jorge III y la reina Carlota. La finca de la reina Carlota (Queen Charlotte's Cottage) se utilizaba para meriendas campestres y como albergue de mascotas reales.
Kew, Surrey • Palacio: abr-oct 11.00-17.00 todos los días • Cottage: abierto en verano • www.hrp.org.uk

6 Banqueting House

Construido por Inigo Jones, este magnífico edificio merece citarse por su techo, pintado por Rubens. Carlos I encargó este palacio y salió de aquí para ir a su ejecución (1649). *Whitehall SW1 • Plano L4 • Horario: 10.00-17.00 lu-sá • Se cobra entrada • www.hrp.org.uk*

Detalle del techo, Banqueting House

7 Queen's House

Esta deliciosa casa en mitad de Greenwich Park fue el primer edificio palaciego construido por Inigo Jones, y sirvió como residencia de la esposa de Carlos I. Ha sido restaurado y alberga el National Maritime Museum. *Romney Road SE10 • Tren a Greenwich; DLR Cutty Sark, Greenwich • Horario: 10.00-17.00 diario • Se cobra entrada • www.nmm.ac.uk*

8 Caballerizas reales

Ver pp. 26-27.

9 Queen's Chapel

Esta exquisita capilla real se abre sólo para su congregación (los visitantes pueden asistir a los servicios). Fue construida por Inigo Jones en 1627 y su mobiliario permanece prácticamente intacto, incluido un retablo de Annibale Carracci. *Marlborough Road SW1 • Plano K5*

10 Clarence House

Diseñada por Nash y terminada en 1827 para Guillermo IV, duque de Clarence, que vivió aquí tras ser nombrado rey en 1830. Fue la residencia de la Reina Madre hasta su muerte en 2002. *Stable Yard SW1 • Plano K5 • Horario: consulte la web www.royalcollection.org.uk para horarios*

Queen's House, en Greenwich

Los 10 detalles de la monarquía en la vida cotidiana

1 Spaniel de Carlos II
Eran los perros favoritos del rey Carlos II. En la actualidad la reina prefiere los galeses.

2 Queen Anne's Gate
Una deliciosa callecita en Westminster Street, con una estatua de esta reina.

3 Regent's Park
El príncipe regente, Jorge IV, encargó a John Nash su ambicioso plan urbanístico.

4 Escalera del duque de York
Su estatua se yergue en lo alto de esta escalinata.

5 Victoria Station
Las principales estaciones ferroviarias de Londres son del mandato de la reina Victoria. De esta estación salen los trenes hacia el sur de Inglaterra.

6 Albert Memorial
El príncipe Alberto, el amado consorte de la reina Victoria, tiene un monumento en Kensington Gardens *(ver p. 119)*.

7 Cruz del rey Jorge
Esta medalla premia los actos de heroísmo de los civiles; fue instituida en 1940 bajo el reinado de Jorge VI.

8 *Pubs* de la princesa de Gales
Varios *pubs* han cambiado su nombre para recordar a Diana: "la princesa del pueblo".

9 El nudo Windsor
El elegante duque de Windsor, que abdicó del trono en 1938, dio su nombre al popular nudo de la corbata.

10 Patata de Eduardo VII
Esta variedad de patata recibe su nombre de Eduardo VII, que visitó Irlanda después de la hambruna de 1903.

Jardines y parques reales **ver pp. 28-29**

Izquierda **Columnata del ICA** Centro **The Old Vic** Derecha **Actores en Sadler's Wells**

TOP 10 Teatros

1 Royal Opera House

Uno de los teatros de ópera más grandes del mundo. Es la sede de la Royal Ballet Company y presenta producciones internacionales de ópera. Aparte del suntuoso auditorio principal, aquí se encuentran también los teatros Linbury y Clore, dedicados a la danza y la música. Habitualmente realizan giras y, a veces, se retransmiten sus actuaciones en una pantalla en la Piazza *(ver p. 99)*.

***El cascanueces,* en la Royal Opera House**

2 The National Theatre

Ver una obra aquí es estar en el centro de la vida cultural londinense. En el interior de este innovador edificio de ladrillos grises, diseñado por Denys Lasdun en 1976, se puede ver un musical, una obra clásica o una moderna en alguno de sus tres escenarios: Olivier, Lyttelton o Cottesloe. En el vestíbulo hay información sobre espectáculos y exposiciones gratuitas. Los billetes con tarifa reducida se venden a partir de las 10.00 el mismo día de la actuación. ✆ *South Bank SE1 • Plano N4 • 020 7452 3000*

3 Barbican Centre

Es la sede de una de las mejores compañías de música: la Orquesta Sinfónica de Londres. El Barbican Centre es el complejo dedicado a las artes más importante de la City. Teatro, cine, conciertos, danza y exposiciones tienen lugar aquí y hay, además, muchos restaurantes, cafés y bares. También tiene una biblioteca y una sala de convenciones. Cerca se halla el Guildhall School of Music and Drama *(ver p. 135)*.

Globo dorado del London Coliseum

4 London Coliseum

Es otro de los centros importantes dedicados a la ópera. Presenta musicales de la English National Opera. El teatro más grande de Londres es un buen ejemplo de decoración eduardiana. ✆ *St Martin's Lane WC2 • Plano L3 • 020 7845 9300 • www.eno.org*

5 Southbank Centre

El centro cuenta con tres salas de conciertos, Royal Festival Hall, Queen Elizabeth Hall y Purcell Rooms, además de la Hayward Gallery, tiendas y restaurantes. ✆ *South Bank SE1 • Plano N4 • 020 7960 4200 • www.southbankcentre.co.uk*

6 Sadler's Wells

Considerado el mejor teatro de danza de Londres en 1950, en la actualidad ofrece música y ópera. El deslumbrante edificio se enorgullece tanto de sus actuaciones locales como de sus espectáculos de danza internacional *(ver p. 144)*.

7 Royal Albert Hall

Este inconfundible edificio circular fue diseñado como un anfiteatro romano. Su excelente acústica lo convierte en un escenario privilegiado para todo tipo de conciertos, incluidos los famosos *proms (promenade concerts)*, en los que una parte del público permanece en pie *(ver p. 120)*.

8 The Old Vic

Famoso por sus asociaciones con Laurence Olivier y otros grandes actores británicos, este histórico teatro ha ganado brío con el actual director artístico, el actor Kevin Spacey. Una amplia gama de producciones incluye reposiciones de clásicos olvidados. *The Cut SE1 • Plano P5 • 0844 871 7628 • www.oldvictheatre.com*

9 Donmar Warehouse

Donmar ha creado algunas de las producciones más dinámicas de Londres de los últimos años, que han pasado a los grandes teatros y han sido muy aclamadas. Tal es su fama que a menudo las producciones cuentan con estrellas como Gwyneth Paltrow o Ewan McGregor. *41 Earlham Street WC2 • Plano P5 • 0844 871 7624 • www.donmarwarehouse.com*

10 ICA

El Institute of Contemporary Arts, ICA, el museo más moderno de Londres, está en un imponente edificio de Nash. Su programa vanguardista incluye el desarrollo de obras experimentales con tecnología digital, y otorga el premio Becks Futures, el más importante para estudiantes de arte. *The Mall SW1 • Plano K5 • 020 7930 3647 • www.ica.org.uk*

Actuación en el Royal Albert Hall

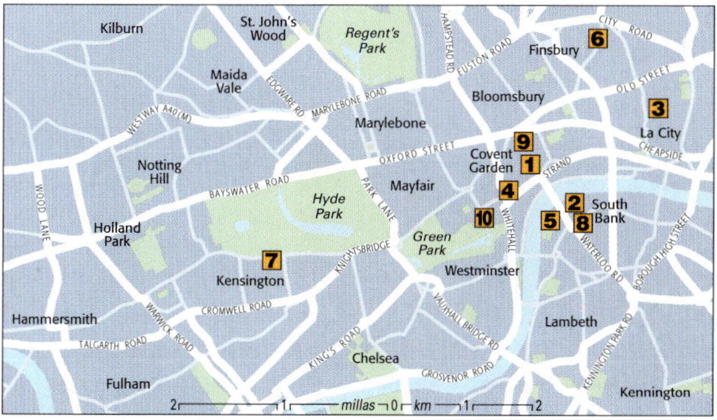

Espectáculos en West End **ver pp. 60-61**

Izquierda **The Jazz Café** Derecha **The O2 Arena**

TOP 10 Música en directo

1 Ronnie Scott's
Este legendario club de jazz londinense fue abierto en 1959 por el saxofonista Ronnie Scott (1929-1996). En su pequeño escenario han actuado estrellas como Ella Fitzgerald o Dizzy Gillespie, y continúa ofreciendo los trabajos de los mejores artistas *(ver p. 93)*.

2 100 Club
Local de jazz y soul, abierto hasta las 2.00. El legado de este club es legendario: los Rolling Stones, los Sex Pistols y otros grupos *punk* de los setenta tocaron aquí. Hoy también acoge a grupos *indie*. No es necesario ser socio. *100 Oxford Street W1 • Plano K2 • 020 7636 0933 • www.the100club.co.uk*

3 Jazz Café
Los mejores grupos de jazz y soul y una excelente comida pueden disfrutarse en este local. Las mesas de los balcones tienen magníficas vistas. *5 Parkway NW1 • Plano D1 • 020 7485 6834*

4 The Forum
Local con capacidad para 2.300 personas en el corazón de Kentish Town que acoge a numerosos artistas de renombre. *9-17 Highgate Road NW5 • Metro Kentish Town • 020 7428 4087 • www.mamacolive.com/theforum*

El club de jazz Ronnie Scott's

5 O2 Academy Brixton
Excelente lugar para ver actuaciones de todo tipo. Aunque el local puede acoger a más de 4.000 personas, mantiene una atmósfera íntima, con buena visión de los artistas desde cualquier parte del auditorio. *211 Stockwell Road SW9 • 0844 477 2000 • Metro Brixton*

6 Koko
Acoge sobre todo conciertos indie y estrellas como Prince y Madonna, además de organizar noches famosas, como la fiesta del pop, Guilty Pleasures. *1a Camden High Street NW1 • Plano D1 • 0870 432 5527*

Koko, Camden

7 Hammersmith Apollo
Este antiguo cine es cada vez más popular y en

él se han organizado grandes conciertos, desde Queen a Bob Marley o Adele. *45 Queen Caroline Street W6 • Metro Hammersmith • 020 8563 3800*

8 Borderline

Es uno de los mejores clubes de Londres. Ofrece actuaciones de grupos internacionales, desde música country a heavy metal. *Orange Yard, junto a Manette Street W1 • Plano L2 • 020 7734 5547*

9 The O2

La desafortunada Millenium Dome se ha transformado en el enorme O2 Arena, que acoge a las estrellas más importantes, como los Rolling Stones o Justin Timberlake. IndigO2 ofrece un escenario más íntimo, con capacidad para 2.350 personas. Llegar en el *Thames Clipper* o Emirates Air Line es parte de la diversión. *Millennium Way, North Greenwich SE10 • Metro North Greenwich • 020 8463 2000*

Música en directo en el Troubadour

10 Troubadour Coffee House

Café de ambiente intimista y acogedor, dedicado a la música en directo. Los mejores cantantes folk de los sesenta tocaron aquí, y en la actualidad es un local tranquilo donde se dan cita cantantes aficionados, poetas y humoristas. *263-267 Old Brompton Road SW5 • Plano A6 • 020 7370 1434*

Las 10 mejores discotecas

1 Fabric

La mejor discoteca de la ciudad, con música a tope. Abierta las 24 horas. *77a Charterhouse Street EC1 • Plano Q1*

2 333 Mother Bar

Club de tres plantas que ofrece música *drum 'n' bass, hip hop* y *soul.* Música en directo en el sótano. *333 Old Street, Hoxton EC1 • Plano H2*

3 Volupté

Club burlesco con cabaré de primer nivel. *9 Norwich Street EC4 • Metro Chancery Lane*

4 Madame Jo-Jo's

Con las mejores actuaciones de *drag-queens.* *8-10 Brewer Street W1 • Plano K3*

5 Cargo

Uno de los mejores locales para música de vanguardia. *83 Rivington Street EC2 • Plano H2*

6 Plastic People

Club en un sótano pequeño pero agradable con un excelente equipo de sonido. *147-149 Curtain Road EC2 • Plano H2*

7 Brixton Jamm

El local del sur de Londres para rock indie y ritmos trance y electrónicos. *261 Brixton Road SW9 • Metro Brixton*

8 Café de Paris

Discoteca y restaurante en un elegante edificio. *3 Coventry St W1 • Plano K3*

9 Heaven

El local gay más conocido de Londres; tiene varias barras y pistas de baile. Debajo de la estación Charing Cross. *Villiers Street WC2 • Plano M4*

10 Egg

Club con tres salas de temática diferente y DJs de vanguardia. *200 York Way N7 • Plano E1*

Locales nocturnos **ver p. 93**

Izquierda y derecha **Escenas de Los miserables**

TOP 10 Espectáculos en el West End

1 *Los miserables*

Esta novela clásica del francés Victor Hugo, de 1862, fue adaptada para la escena en 1985 por Trevor Nunn, para la Royal Shakespeare Company. Con música de Alain Boublil y Claude-Michel Schönberg, cuenta la historia de los oprimidos y los conflictos sociales y políticos de la Francia revolucionaria. Originalmente en el Palace Theatre, en Cambridge Circus, hoy se halla en el Queens Theatre. *Queens Theatre, Shaftesbury Avenue W1 • Plano K3 • 0870 1403 300*

***El rey León*, Lyceum Theatre**

2 *La ratonera*

La ratonera, obra de misterio de la escritora Agatha Christie, está en escena en Londres desde 1952 y ha sido vista por más de cien millones de espectadores. La autora predijo que sólo permanecería en escena seis meses. En 1955, con ocasión de la representación número mil, un crítico escribió: "El mayor misterio de la noche es por qué la obra ha permanecido en cartel tanto tiempo". *St Martin's Theatre, West Street WC2 • Plano L3 • 08444 991 515*

3 *Mamma Mia!*

Esta comedia sobre al amor y la amistad, ambientada en una isla griega y escrita en torno a los éxitos de ABBA, se ha convertido en un éxito mundial. *Novello Theatre, Aldwych WC2 • Plano N2 • 0844 482 5170*

4 *El fantasma de la Ópera*

Éxito musical de Andrew Lloyd Webber de 1986. *El fantasma de la Ópera* está basada en la novela homónima de Gaston Leroux y se desarrolla en la Ópera de París. *Her Majesty's Theatre, Haymarket SW1 • Plano L4 • 0844 412 2707*

5 *El rey León*

Una imaginativa producción Disney, basada en la película de dibujos de 1994, y brillantemente adaptada para la escena. Un vestuario divertido y los efectos especiales asombran a niños y mayores por igual. Música de Elton John y Tim Rice. *Lyceum Theatre, 21 Wellington Street WC2 • Plano N3 • 0844 871 3000*

Actores de *El fantasma de la Ópera*

War Horse en New London Theatre

6 *The woman in black*

En escena en este pequeño y encantador teatro desde 1989, cuenta una clásica historia de fantasmas, que consigue que el espectador permanezca en tensión durante toda la obra. *Fortune Theatre, Russell Street WC2 • Plano M2 • 0844 871 7626*

7 *Wicked*

Basado en la novela de Gregory Maguire y revendido como "la historia no contada de las brujas de Oz", este musical ofrece una protosecuela de la historia de *El mago de Oz*, que lleva al momento en el que la casa de Dorothy cae sobre la Bruja Mala del Este. *Apollo Victoria, Wilton Road SW1 • Plano D5 • 020 7834 6318*

8 *Billy Elliot*

Esta historia que cuenta la lucha de un joven por convertirse en bailarín, con el transfondo de la huelga de mineros de la década de 1980, es todo un éxito. El diálogo ingenioso, la música de Elton John y sobre todo el baile de los jóvenes estrellas se han ganado el aplauso del público. *Victoria Palace Theatre, Victoria Street SW1 • Plano D5 • 0844 248 5000*

9 *War Horse*

Los títeres de tamaño real cuentan la historia del caballo Morpurgo en la I Guerra Mundial. *War Horse* es un éxito para todas las edades. *New London Theatre, Drury Lane WC2 • Plano M2 • 020 7452 3000*

10 *Charlie y la fábrica de chocolate*

La siniestra historia del joven Charlie Bucket y el misterioso confitero Willy Wonka escrita por Roald Dahl está dirigida por Sam Mendes. La entrada, un tique dorado, da acceso a una fiesta sensorial, con una ingeniosa escenografía que recrea el cuento mágico de Dahl. *Theatre Royal, Drury Lane WC2 • Plano M2 • 0844 858 8877*

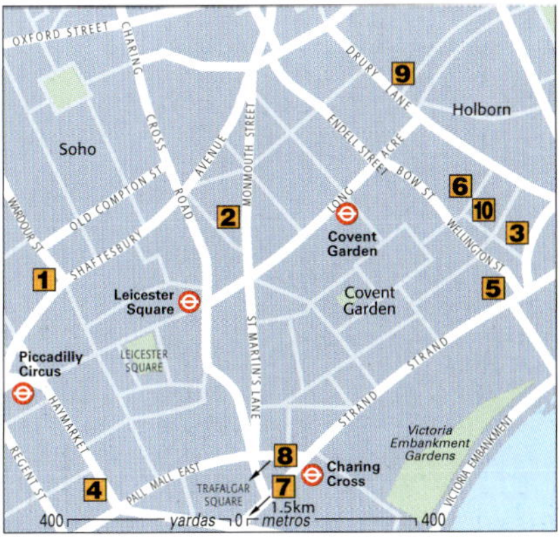

Teatros ver pp. 56-57

Izquierda **Cartel del George Inn** Derecha **Terraza del George Inn**

TOP 10 'Pubs'

1 The Lamb and Flag

Este antiguo establecimiento esconde un callejón semejante a los que presenta Charles Dickens en sus obras. Está en el corazón de Covent Garden y atrae a mucha gente. A John Dryden, poeta del siglo XVII, lo sacaron a golpes de esta taberna, conocida entonces como The Bucket of Blood ("el barreño de sangre") porque eran frecuentes las peleas *(ver p. 104).*

2 Dog and Duck

Este pequeño *pub* victoriano es como una encantadora casita en el corazón del Soho. Tiene una barra diminuta donde se pueden encontrar estudiantes de literatura o dibujantes, y una pizarra con la última selección de cervezas de todos los rincones de Inglaterra *(ver p. 94).*

The Lamb and Flag, Covent Garden

Dog and Duck, Soho

3 Ye Olde Cheshire Cheese

Situado en un callejón de Fleet Street, este laberinto de habitaciones aún parece que tuviera serrín por el suelo. Fue reconstruido en 1667, después del Gran Incendio, y fue el lugar favorito del Dr. Johnson *(ver p. 52)* y de otros escritores. Nunca está demasiado lleno y sus tranquilos rincones lo convierten en un buen lugar de encuentro. *Wine Office Court EC4 • Plano Q2*

4 George Inn

Construida en 1676, es la única posada con galería para coches que queda en Londres. Aquí pueden disfrutarse magníficas cervezas en sus muchas salas, con ventanas enrejadas y vigas de madera, o en su amplio patio *(ver p. 86).*

5 Jerusalem Tavern

Pequeño y delicioso *pub* con diminutos apartados. Tiene una mínima barra, más pequeña aún que la que sirvió como café en el siglo XVIII. Destaca la amplia carta de cervezas de la rara pero muy popular fábrica de cervezas St Peter, en Suffolk. Se sirven comidas ligeras; cierra los fines de semana. *55 Britton Street EC1 • Plano G2*

Nota: *Está prohibido fumar en todos los* pubs, *clubes y restaurantes.*

6 Spaniards Inn

Este encantador *pub* del siglo XVI situado en el norte de Hampstead Heath, con su delicioso jardín de verano, está jalonado de historias y leyendas: en el siglo XVIII el bandolero Dick Turpin estuvo aquí, así como los genios literarios Keats, Shelley o Byron *(ver p. 145)*.

7 Princess Louise

El Princess Louise es un precioso *pub* del siglo XIX con vidrieras, recovecos y diversos ambientes. Un reclamo adicional e inesperado es que la pinta de cerveza cuesta menos de 2 libras además de los deliciosos y suculentos pasteles y budines. *208-209 High Holborn WC1 • Plano M1*

8 The Grapes

Este clásico *pub* que está aquí desde 1583, aunque gran parte del edificio actual data de la década de 1720, aparece en *Nuestro común amigo* de Charles Dickens. Ahora es propiedad de un grupo, incluido el actor sir Ian McKellen, que trata de mantener el encanto tradicional, pero añadiendo un restaurante cómodo y de alta calidad en el primer piso. *76 Narrow Street E14 • DLR Westferry*

9 The Eagle

A este animado *pub* victoriano a menudo se le atribuye la invención del *gastropub,* concepto que indica que se sirve cocina moderna en un *pub*. Algunos *gastropubs* se han vuelto más refinados, pero Eagle conserva sus mesas y el ambiente relajado. *159 Farringdon Road EC1 • Metro Farringdon • No acepta reservas*

10 French House

Durante la II Guerra Mundial fue lugar de reunión de la resistencia francesa, de donde viene su nombre. Con fama de ser un bohemio lugar seguro, era también frecuentado por artistas y poetas como Francis Bacon, Brendan Behan y Dylan Thomas. Hoy es célebre por su refrescante sidra bretona y sus buenos vinos. *49 Dean Street W1 • Plano L3*

Jerusalem Tavern, la City

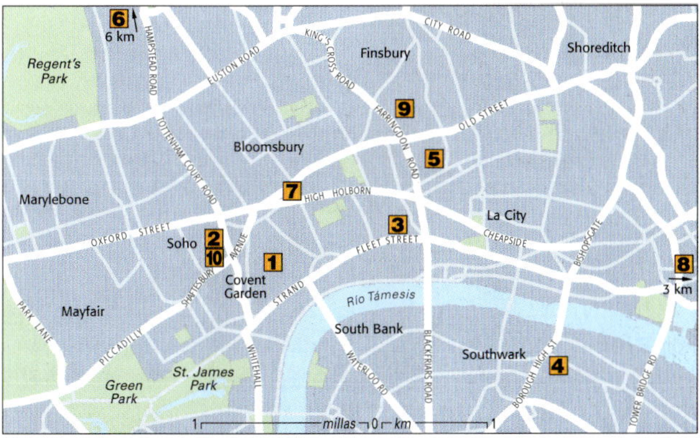

Dónde comer **ver pp. 76-77**

Izquierda **Hamleys** Derecha **Harrods por la noche**

TOP 10 Compras

Fachada de Liberty, de imitación Tudor

1 Liberty

Este elegante edificio data de 1925. Fue construido con vigas de madera, y merece la pena disfrutar de su interior, con su suelo y sus paredes también en madera. Ha estado relacionado con el movimiento Arts and Crafts, y empleó a artistas como William Morris para diseñar las telas. Ofrece sus propios tejidos florales, mobiliario para el hogar, regalos muy originales y magnífica ropa *(ver p. 92).*

2 Fortnum and Mason

La tienda más elegante de Londres apenas ha notado la llegada del siglo XXI. La planta principal es famosa por sus productos tradicionales ingleses; pueden encontrarse magníficas cestas de *pic-nic* y vinos en el sótano. Las plantas superiores venden ropa de hombre y de mujer de diseñadores y elegantes regalos *(ver p. 116).*

3 Harrods

Son los grandes almacenes más famosos y exclusivos de Londres: casi más un espectáculo que un verdadero lugar de compras. En las siete plantas hay desde pianos a coches de carreras para niños, y todo a muy buen precio. El departamento de juguetes es excelente, y el de alimentación es justamente famoso, con helados de categoría, pizzas y cientos de delicias *(ver p. 123).*

4 Harvey Nichols

Casi una parodia de sí misma, Harvey Nicks es la tienda del *glamour.* Uno tras otro aparecen marcas de ropa, miles de perfumes, departamentos de belleza o cacharrerío moderno. La quinta planta está dedicada a la comida, con un supermercado, un bar de *sushi* y el restaurante Fith Floor, especial para dejarse ver en él *(ver p. 123).*

5 Hamleys

Las cinco plantas de la tienda de juguetes más grande de Londres tienen todo lo que un niño puede desear, desde muñecas tradicionales y juegos hasta muñecos de peluche gigantes, maquetas, artesanía y los últimos ingenios electrónicos. También hay muchas ideas para los que se resisten a dejar atrás su infancia *(ver p. 92).*

Osos gigantes de peluche en Hamleys

Información sobre compras **ver p. 170**

6 Portobello Road

La calle más animada del oeste de Londres vende una mezcla de antigüedades y baratijas. Hacia el norte están las tiendas de alimentación, artesanía, ropa y música. Tiendas y algunos puestos abren todos los días, pero el mercado de antigüedades es el sábado *(ver p. 120)*.

7 Camden Market

Magnífico para pasar el sábado. Este laberíntico mercado en torno a Camden Lock abarca varias calles y edificios. Es como si los años sesenta no hubieran pasado. Los domingos se llena *(ver p. 141)*.

8 Waterstone's Piccadilly

Esta enorme librería almacena más de 13 km de libros. Hay restaurante, cafés, bares y champañería en la quinta planta *(ver p. 116)*.

Interior de Camden Market

Tienda de antigüedades en Portobello Road

9 John Lewis

Esta tienda tiene una amplia y fiel clientela. Sus departamentos abarcan menaje de cocina, mercería y mobiliario, moda, telas y aparatos eléctricos. Los dependientes son diligentes, los precios, excelentes, y la calidad está garantizada *(ver p. 132)*.

10 Westfield

Este enorme centro comercial mezcla alta costura con marcas extranjeras y de lujo (ubicado en The Village, un entorno estilo *boutique)*. Hay otro Westfield en Stratford, al este de Londres.

Ariel Way W12

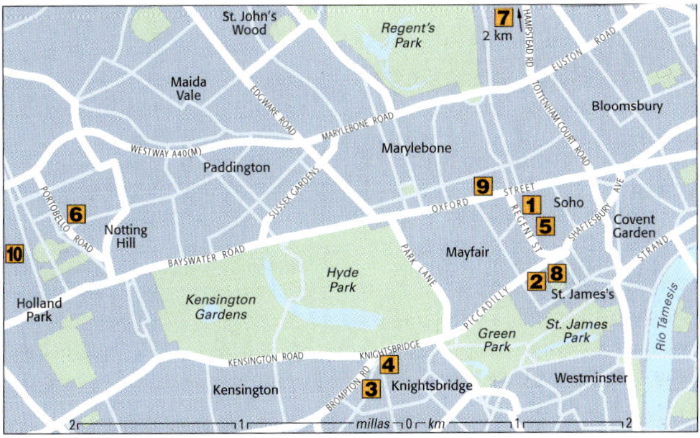

Izquierda **RHS Chelsea Flower Show** Derecha **Lord Mayor's Show**

TOP 10 Fiestas y acontecimientos

1 Carnaval de Notting Hill

Este festival caribeño es el más grande de Europa. Tres días con todo tipo de música, comida en las calles, vestidos brillantes y animadas bailarinas. El desfile infantil es el domingo; para los mayores, el lunes. *Notting Hill W11 • Plano A3 • Últimos sá-lu agosto*

2 RHS Chelsea Flower Show

Esta prestigiosa muestra anual organizada por la Royal Horticultural Society es tanto un encuentro social como un espectáculo botánico. Se crean jardines preciosos e imaginativos especialmente para este festival. *Chelsea Royal Hospital SW1 • Plano C6 • Med may • Se cobra entrada*

Trooping the Colour, desfile de la guardia

3 Trooping the Colour

La reina celebra su cumpleaños con un desfile en Horse Guards, en el que las tropas de la Casa Real desfilan con sus casacas rojas y los gorros de pelo de oso de modo impecable antes de escoltar a Su Majestad hasta Buckingham Palace. *Horse Guards Parade SW1 • Plano L5 • Sá, en torno al 10 junio*

Disfraces en el carnaval de Notting Hill

4 BBC Proms

Es el ciclo de conciertos más amplio del mundo. El último concierto es muy popular, se retransmite en vivo en Hyde Park, mientras el Royal Albert Hall *(ver p. 120)* se estremece con el *Land of Hope and Glory*. *Royal Albert Hall SW1 • Plano B5 • Med jul-med sep*

5 Exposición de verano de la Royal Academy

Durante el verano, alrededor de 1.000 obras son seleccionadas entre el público y los académicos para la muestra de arte más ecléctica del mundo. *Piccadilly W1 • Plano J4 • Jun-ago • Se cobra entrada*

6 Lord Mayor's Show

Todos los años la City de Londres elige a su alcalde, el cual desfila por Square Mile en una carroza dorada. Bandas militares, carrozas y gentes vestidas con trajes tradicionales le acompañan desde Guildhall hasta Law Courts. *City of London • Plano R2 (Guildhall) • Segundo sá noviembre*

7 La noche de Guy Fawkes

La imagen de Guy Fawkes, que intentó volar el Parlamento en 1605, se quema en hogueras por todo el país, con acompañamiento de fuegos artificiales. Los niños hacen Guys de juguete y piden dinero para pagar sus petardos. ⊗ *5 noviembre*

8 Año Nuevo chino

Chinatown *(ver p. 89)* saca a la calle dragones danzantes que lanzan fuego durante este festival animado y colorista. La comida y la artesanía son chinas de verdad. ⊗ *Soho W1 • Plano L3 • Fin ene-princ feb*

9 Festival de Cine de Londres BFI

Durante este festival se proyectan cientos de películas internacionales en todos los cines, incluyendo el National Film Theatre, con precios reducidos. En Leicester Square hay un puesto para reservar y dan programas. ⊗ *West End • Oct-nov*

10 Meltdown Festival

La atracción especial de este festival de arte es que cada año está dirigido por un comisario invitado. Han sido directores David Bowie y Patti Smith. ⊗ *Southbank Centre, Belvedere Road SE1 • Junio • Se cobra entrada para eventos*

Fuegos artificiales del Lord Mayor's Show

Los 10 hitos deportivos

1 Torneo de tenis de Wimbledon

El campeonato sobre hierba más importante del mundo. ⊗ *All England Lawn Tennis and Croquet Club, Wimbledon • Jun-jul*

2 Maratón de Londres

Carrera de 42 kilómetros desde Greenwich Park hasta The Mall. ⊗ *Abril*

3 The Derby

Este es el punto culminante de las carreras de caballo. ⊗ *Epsom Downs • Junio*

4 Regata de Oxford y Cambridge

La regata se desarrolla sobre una distancia de 6,5 kilómetros en el Támesis. ⊗ *Desde Putney a Mortlake • Marzo*

5 The London International Horse Show

Diversión familiar en este espectáculo navideño. ⊗ *Olympia W8 • Diciembre*

6 Rugby League Challenge Cup

El norte de inglaterra acude a Londres para la final. ⊗ *Wembley Stadium • Agosto*

7 Final de la Copa FA

Último partido de fútbol. ⊗ *Wembley Stadium • Med mayo*

8 Torneo Seis Naciones

Torneo de rugby con Inglaterra, Francia, Irlanda, Italia, Escocia y Gales. ⊗ *Twickenham Rugby Ground • Feb/mar/abr*

9 Ascot

La sociedad se da cita en estas carreras. ⊗ *Ascot, Berkshire • Junio*

10 Test Matches

Críquet de primer nivel, con juegos que duran hasta cinco días. ⊗ *Campos de críquet Lord's and The Oval • May-sep*

Izquierda **Zoo de Londres** Derecha **London Dungeon**

TOP 10 Londres para niños

1 Science Museum

Ver pp. 24-25.

2 Natural History Museum

Ver pp. 22-23.

3 Madame Tussauds

Es uno de los lugares más populares de Londres. Un viaje llamado Spirit of London conduce al visitante por los hitos históricos de la ciudad. La famosa Cámara de los Horrores enfrenta al visitante con los criminales más infames y se puede observar la guillotina que decapitó a la reina María Antonieta durante la Revolución Francesa. Una de las secciones, Premier Night, está dedicada a las estrellas del mundo del espectáculo. Es recomendable reservar en la página web para evitar las colas. *(ver p. 129).*

La realeza en cera, Madame Tussauds

4 Zoo de Londres

Se puede disfrutar todo un día en este zoo de 14,5 hectáreas. Es la sede de la Zoological Society of London y pone especial interés en la conservación y en la investigación. Sus instalaciones han ganado numerosos premios. El recinto Meet the Monkeys ofrece un hábitat de selva tropical a los monos y demás fauna y flora *(ver p. 129).*

5 London Sea Life Aquarium

Situado en el South Bank, el acuario alberga miles de criaturas marinas. Un viaje a través de la cinta transportadora oceánica las muestra en todo su esplendor. Se pueden ver cocodrilos, tortugas verdes o tiburones cebra. Para pasar un buen rato interactivo, con Eco Pirates se puede subir a bordo del *Good Ship SOS (ver p. 84).*

Tiburones en el acuario de Londres

6 Diana Memorial Playground

Con un barco pirata inspirado en las historias de Peter Pan, el monumento a la princesa de Gales en los jardines de Kensington es el lugar ideal para hacer funcionar la imaginación. *Kensington Gardens W2 • Plano A4 • Horario: 10.00-atardecer todos los días • Gratis • www.royalparks.org.uk*

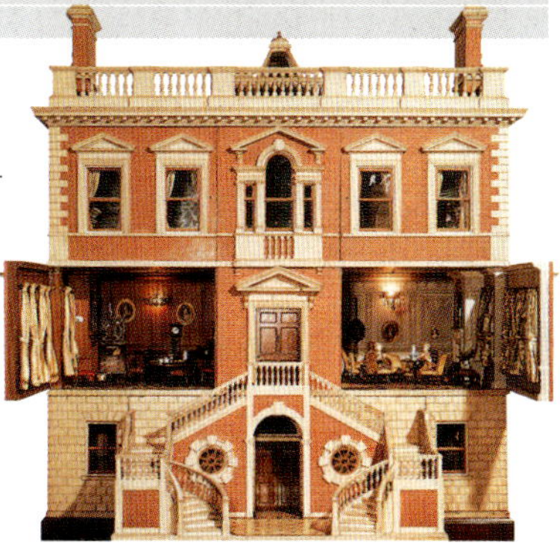

Casa de muñecas, V&A Museum of Childhood

7 V&A Museum of Childhood

Este museo de East End propone a los niños disfrutar con las colecciones de juguetes más grandes del mundo: muñecas, ositos de peluche, marionetas, juegos y ropa infantil. Se organizan actividades los fines de semana y durante las vacaciones escolares *(ver p. 154).*

8 Coram's Fields

No se permite la entrada a adultos que no vayan acompañados de niños. Hay una piscina, áreas de juego y una granja escuela con animales. *93 Guilford Street WC1 • Plano F2 • Abierto diario (cerrado 25 y 26 de dic) • Gratis • www.coramsfields.org*

9 Battersea Park

Este enorme parque del sur de Londres es ideal para los niños. Hay jardines de flores, una zona de aventura, un lago para navegar, un recinto de ciervos y un zoo infantil *(ver p. 150).*

Albert Bridge Road SW11 • Plano D6 • Zoo abierto 10.00-17.30 Semana Santa-oct, 16.30 en invierno • Se cobra entrada • www.batterseaparkzoo.co.uk

10 London Dungeon

El lugar más espeluznante de la ciudad combina historia y terror para celebrar una fiesta de los horrores con muertes, sangre y violencia a cada paso. Se puede seguir el rastro sangriento, en la época victoriana, del asesino en serie Jack el Destripador, dar testimonio de los conspiradores Guy Fawkes o ser condenado por Enrique VIII. No apto para cardíacos. *County Hall, Westminster Bridge Road SE1 • Plano N6 • Horario: varía; consultar la web para más información, www.thedungeons.com • Se cobra entrada*

Reparto en London Dungeon

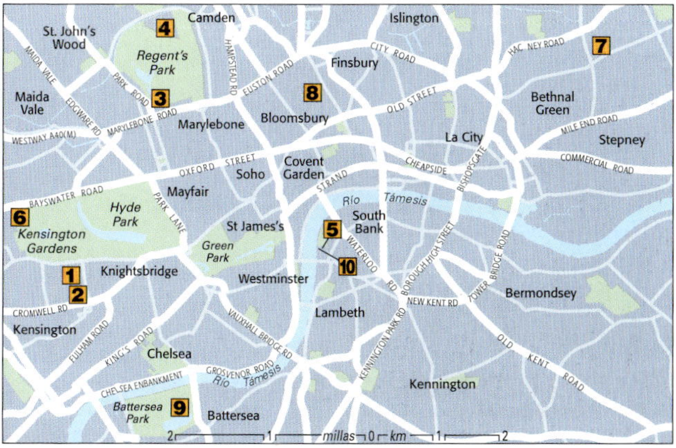

Izquierda **Tower Bridge** Derecha **St Katharine Docks**

TOP 10 Lugares de interés junto al Támesis

1 Lambeth Palace

Es la residencia oficial en Londres del arzobispo de Canterbury y una parte data del siglo XIII. Sin embargo, su característica y distintiva entrada principal, visible desde el Támesis, procede de la época Tudor y fue construida en ladrillo en 1490. *Lambeth Palace Road SE1 • Plano F5 • Cerrado al público*

Puerta Tudor, Lambeth Palace

2 Parlamento

Ver pp. 34-35.

3 Hotel Savoy

El primer hotel de lujo de Londres abrió en 1889 sobre el medieval Savoy Palace. Sus ascensores, diseñados con lacados chinos, fueron de los primeros de Europa. A Oscar Wilde no le gustaba la instalación de fontanería: quería que le trajeran el agua caliente como se hacía antaño, como a un caballero. El hotel reabrió sus puertas en 2010 tras una restauración multimillonaria *(ver p. 177).*

La parte posterior del hotel Savoy da al Támesis

4 Millennium Bridge

Este espectacular puente colgante une Tate Modern en Bankside con St Paul y la City al otro lado del río. Es el primer puente construido en 100 años. Es un modo delicioso e idóneo para ir a la Tate Modern. Por la noche, iluminado, se ve magnífico. *Plano R3*

5 Shakespeare's Globe

Este moderno edificio construido en roble, paja y 36.000 ladrillos fabricados a mano está cerca del emplazamiento original del Globe Theatre, destruido por un incendio en 1613. El centro no está cubierto, de modo que las representaciones sólo tienen lugar en ciertas épocas del año. Pero hay una exposición muy interesante todo el año, un café y un restaurante y bar con vistas al río *(ver p. 83).*

6 *HMS Belfast*

El último de los barcos de cañones, el *HMS Belfast,* fue construido en 1938 y prestó servicio en la II Guerra Mundial y en Corea. En 1971 fue rehabilitado y transformado en museo: ilustra la historia de la armada británica de principios del siglo XX. Los visitantes pueden acceder al puente, a las enormes salas de máquinas, a los fogones y a los camarotes. *The Queen's Walk SE1 • Plano H4 • Horario: mar-oct 10.00-17.00 todos los días; nov-feb 10.00 16.15 todos los días • Se cobra entrada • www.hmsbelfast.iwm.org.uk*

7 Tower Bridge

Este histórico punto de referencia de Londres es una maravilla de estilo neogótico. El puente fue construido en 1894. Es una obra maestra de la ingeniería civil y sus dos mitades se levantaban mediante bombas de vapor. Las visitas incluyen subir al mirador en lo alto de las torres *(ver p. 135).*

8 St Katharine Docks

Ésta fue la primera y más exitosa construcción en la remodelación de los nuevos Docklands. El atractivo muelle está situado junto a Tower Bridge. Diseñado por el ingeniero civil Thomas Telford en 1824, sufrió importantes daños durante la II Guerra Mundial y se remodeló en la década de 1980. La zona está rodeada de lujosos apartamentos, tiendas y cafés *(ver p. 137).*

Dique del Támesis

Mascarón de proa del *Cutty Sark*

9 *Cutty Sark*

Fue construido en 1869 y es el último de los grandes navíos que traían té a Londres. El barco reabrió en 2012 después del incendio de 2007, con un mejor acceso y exposiciones que detallan su historia. *King William Walk SE10 • Tren a Greenwich; DLR Cutty Sark • Para horarios, visitar www.cuttysark.org.uk*

10 Dique del Támesis

Esta enorme barrera, a lo largo del curso bajo del Támesis, fue construida entre 1974 y 1982 para prevenir la peligrosa combinación de viento y marea alta, y evitar las inundaciones. El centro para visitantes detalla una larga historia de inundaciones en Londres *(ver p. 154).*

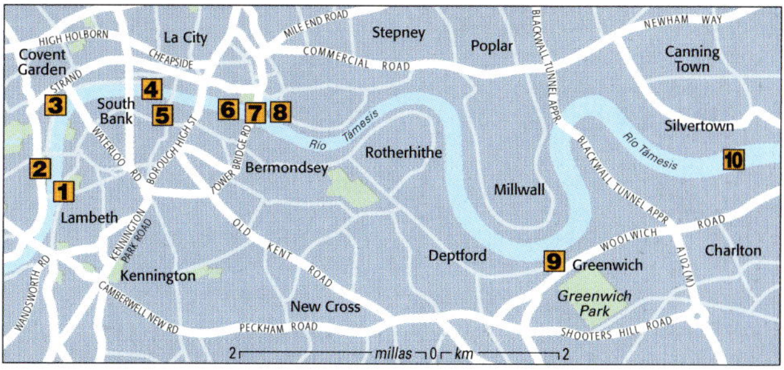

Izquierda **Geoffrey Chaucer** Centro **Oscar Wilde** Derecha **Martin Amis**

TOP 10 Londres y la literatura

1 Samuel Pepys

El extraordinario *Diario* de Samuel Pepys (1633-1703) comienza el día de Año Nuevo de 1660 y concluye el 31 de mayo de 1669. Describe la vida de la época, la peste y el Gran Incendio, y el ataque de los alemanes contra Londres. Fue escrito en caracteres taquigráficos y sólo pudo descifrarse en 1825.

2 Samuel Johnson

Conocido por los británicos como Dr. Johnson (1709-1784), este escritor fue la gran figura de su tiempo, presidió reuniones literarias en *pubs,* cafés y clubes, incluso en su propia casa *(ver p. 52).* Su poema satírico *Londres* (1738) critica la miseria de la ciudad. Sus *Fragmentos parlamentarios* y su *Diccionario* lo hicieron famoso.

Grabado de Samuel Johnson

3 Geoffrey Chaucer

Chaucer (1343-1400), hijo de un tabernero londinense, llegó a ser diplomático. Sus *Cuentos de Canterbury* son una pieza clásica de la literatura inglesa y narran los viajes de un grupo de peregrinos que va desde Southwark a Canterbury a lo largo de 17.000 versos.

Peter Ackroyd

4 Oscar Wilde

Nacido en Dublín, Wilde (1854-1900) deslumbró al público con sus obras de teatro, y a la sociedad con su ingenio. Cayó en desgracia cuando reveló que era homosexual. Sus obras, como *El abanico de lady Windermere* (1892) o *La importancia de llamarse Ernesto* (1895), vuelven a la escena con frecuencia.

5 Virginia Woolf

Woolf (1882-1941) y su hermana Vanessa Bell vivieron en Gordon Square, donde el influyente grupo de Bloomsbury crecía en reuniones sociales. Desarrolló la corriente impresionista del conocimiento en novelas como *Mrs Dalloway* (1925) y *Al faro* (1927).

6 John Betjeman

Betjeman (1906-1984), con un elegante desdén hacia la burocracia, la mediocridad y la horrorosa arquitectura, llegó a ser Poeta Laureado en 1972 y sus poemas, plenos de fino ingenio, lo convierten en uno de los autores favoritos de Inglaterra.

7 Colin MacInnes
MacInnes (1914-1976) recogió en su obra la cultura inmigrante de los adolescentes y los negros en Notting Hill en los años cincuenta. *City of Spades* (1957) y *Principiantes* (1959) se sitúan en escenarios de alcohol y drogas en un tiempo de gran malestar.

8 Martin Amis
El niño mimado del Londres literario de los setenta y ochenta, Martin Amis (1949), tuvo un padre famoso, Kingsley, y un talento precoz: publicó su primera obra, *El libro de Raquel* (1974), a la edad de 24 años. Londres le ha inspirado novelas como *Dinero* (1984) o *Campos de Londres* (1989).

9 Zadie Smith
Su primera novela, *Dientes blancos* (1999), sobre los inmigrantes asiáticos en el norte de Londres, convirtió a Smith (1975) en una estrella. La obra, maliciosamente divertida, dibuja un retrato perfecto de la vida londinense.

10 Peter Ackroyd
Ackroyd (1949), biógrafo de Dickens, también examinó las vidas de otros londinenses, como el arquitecto Nicholas Hawksmoor y Oscar Wilde. Su obra más ambiciosa es *Londres: una biografía* (2000).

Zadie Smith

Las 10 canciones sobre Londres

1 *London's Burning*
Recuerda el Gran Incendio de 1666 y se canta en corro. Es una canción muy popular desde tiempos isabelinos.

2 *London Bridge is Falling Down*
Canción tradicional sobre el antiguo puente de Londres, que se derrumbó.

3 *Oranges and Lemons*
Es una canción infantil de iglesia, y se canta en juegos.

4 *Maybe It's Because I'm a Londoner*
Canción procedente de un dúo de *music-hall,* Flanagan y Allen. Fue un tema patriótico durante la posguerra.

5 *The Lambeth Walk*
Se hizo popular en los treinta a partir del musical *Me and My Girl.* Es una canción típicamente obrera desde entonces.

6 *London Pride*
Una canción sentimental, nada propia de Londres, que elogia a la ciudad.

7 *England Swings*
Este éxito estadounidense apareció en 1966 en la revista *Time,* que anunciaba la marcha de Londres.

8 *Waterloo Sunset*
Los grupos pop no suelen alabar Londres, pero este disco de los sesenta, de The Kinks, es una excepción.

9 *A Nightingale Sang in Berkeley Square*
Un clásico de Frank Sinatra y otros. En la actualidad, es muy raro escuchar ruiseñores en el centro de Londres.

10 *Burlington Bertie*
Una canción de *music-hall* sobre la vida de un caballero de Mayfair en el Londres eduardiano.

Personajes célebres **ver pp. 52-53**

Izquierda **Battersea Park** Derecha **Paseo del Támesis, en South Bank**

TOP 10 Londres a pie

1 Paseo del Támesis, South Bank

Comienza junto a la noria, London Eye, y continúa a lo largo de South Bank, corriente abajo, hasta London Bridge y el Design Museum, más allá de Butler's Wharf. Este tramo del Támesis ofrece suficientes atractivos para dedicarle todo un día. *South Bank • Plano N5*

2 Regent's Canal

Se puede caminar a lo largo de los 14 kilómetros de canal desde Paddington hasta Limehouse. El tramo más accesible está entre Camden Lock y Regent's Park. En Little Venice están las barcazas amarradas de gentes adineradas *(ver p. 130).*

Casa flotante, en Regent's Canal

3 Richmond

Richmond ofrece un encantador paisaje sobre el río Támesis. Aparte de su parque *(ver p. 29)*, hay *pubs* y cafés, y barcas de remo. Es un paseo de media hora por un camino del siglo XVII hasta Ham House, que pertenecía al National Trust. En verano se puede coger un transbordador hasta Marble Hill House, en Twickenham *(ver p. 148).*

Vista de Londres desde Hampstead Heath

4 Hampstead Heath

Este mirador verde sobre la ciudad cubre 8 km² y es una mezcla campestre de prados, bosques, lagos y estanques, para nadar o pescar. Se puede caminar en cualquier dirección y pasar por Spaniards Inn *(ver p. 145)* o Kenwood House *(ver p. 141).*

5 Hyde Park y Kensington Gardens

La zona verde más grande del centro de Londres puede agotar a cualquier caminante. Se puede llegar a emplear más de una hora y media en recorrerla. Ofrece muchos atractivos, desde la Serpentine Gallery, hasta cafés, fuentes y jardines de flores *(ver p. 28). Hyde Park W2 • Plano C4 • Horario: 5.00-24.00 todos los días*

6 Battersea Park

Este animado parque no es sólo para los niños *(ver p. 69).* Tiene un agradable paseo junto al río, una pagoda budista, caminos junto al lago y los Festival Gardens *(ver p. 150).*

7 Wimbledon Common

Es fácil perderse en este lugar silvestre. Se puede comenzar en Windmill y bajar hacia Queens Mere Pond o cruzar por la pista de ceniza hasta el bosque de pinos, donde se halla el Caesar's Camp, un fuerte de la edad de hierro.

8 Blackheath

Esta extensión sin árboles, adorada por los voladores de cometas, está detrás de Greenwich Park *(ver p. 29)*. Hay paseos en burro, y en la parte más alejada está Blackheath Village. *Blackheath SE3 • Tren a Blackheath*

9 WWT London Wetland Centre

Santuario ornitológico con más de 42 hectáreas en cuatro antiguas represas victorianas. Hay caminos, un centro de visitantes y un observatorio para contemplar algunas de las 180 especies que se han catalogado aquí *(ver p. 150)*.

10 Highgate Cemetery

Es el mejor cementerio de Londres, lleno de suntuosas tumbas, muchas de personajes ricos y famosos. El cementerio está dividido en dos mitades, este y oeste, esta última sólo puede visitarse con guía *(ver p. 143)*.

Grandeza marchita en el Highgate Cemetery

Las 10 actividades al aire libre

1 Paseos en barca
Hyde Park, Regent's Park y Battersea Park tienen lagos para dar un paseo en barca.

2 Patinaje sobre hielo
En el interior de Queens Ice and Bowl. En invierno, incluye Broadgate, Natural History Museum y Somerset House.

3 Vuelo de cometas
Los mejores lugares son Hampstead Heath, Primrose Hill y Blackheath.

4 Natación
Hay varias piscinas públicas cubiertas. *The Oasis, Endell Street WC2 • Porchester Centre, Queensway W2 • Chelsea Sports Centre, Chelsea Manor St SW3*

5 Observación de la naturaleza
Los espacios abiertos y los bosques son magníficos lugares de observación.

6 Monopatín
Muchos parques tienen instalaciones y en South Bank *(ver p. 83)* se reúnen los aficionados.

7 Ciclismo
Barclays Cycle Hire (www.tfl.gov.uk) cuenta con puntos de alquiler en toda la ciudad. Otra opción es London Bicycle Tour Company *(020 3318 3088)*.

8 Tenis
En pista cubierta, Islington Tennis Centre, Market Rd N7. Al aire libre, Holland Park, Battersea Park o Regent's Park.

9 Patinaje
Hyde Park es el lugar más popular para patinar.

10 Equitación
Los establos en Hyde Park son el mejor lugar. *63 Bathurst Mews W2*

Jardines y parques reales **ver pp. 28-29**

Izquierda **The Wolseley** Derecha **Clarke's**

Dónde comer

1 Anchor & Hope

No se admiten reservas durante la semana en este bullicioso *pub* camino del teatro Old Vic, pero vale la pena esperar por la comida inglesa, como ragú y embutidos. El almuerzo de los domingos es muy popular, por lo que conviene reservar. *36 The Cut SE1 • Plano Q5 • 020 7928 9898*

2 Clarke's

Es un restaurante muy popular desde que abrió sus puertas en 1984. La comida es maravillosamente fresca y se basa en la cocina mediterránea, con asados y platos al horno a la última. Los menús fijos de Sally Clarke son el epicentro, pero también hay una selección de platos que cambia cada día. En la carta de vinos priman los caldos de California *(ver p. 125)*.

Rasa Samudra, Fitzrovia

3 Rasa Samudra

Los platos con *curry* de la India son, en parte, platos británicos también, pero este restaurante se sale de los patrones habituales. La cocina es deslumbrante y los novatos deben elegir minuciosamente su inusual menú *(ver p. 111)*.

L'Atelier de Joël Robuchon, Covent Garden

4 The Wolseley

A pesar de que abrió en 2033, el ambiente de Wolseley es el de un café *brasserie* del siglo XIX, y los londinenses acuden a él como si hubiera estado aquí siempre. Está abierto desde el desayuno hasta la cena. Sirve platos europeos, y sus ventanales ofrecen unas buenas vistas de Piccadilly *(ver p. 117)*.

5 L'Atelier de Joël Robuchon

Robuchon, premiado por Michelin, acerca a Londres esta insuperable experiencia gastronómica en su restaurante de inspiración japonesa. Destacan los ravioles de langosta y el puré de patatas. El bar del tercer piso es un lugar elegante para tomar una copa *(ver p. 105)*.

6 Hakkasan

Alan Yau, el hombre al mando de la exitosa cadena Wagamama, creó esta elegante experiencia gastronómica. La comida, de inspiración oriental, y premiada por Michelin, se sirve en un lujoso espacio diseñado por Christian Liaigre. Destacan el pato asado con jengibre dulce y piña. Los cócteles son sublimes *(ver p. 111)*.

7 The Ledbury

El chef australiano Brett Graham es una estrella culinaria; en poco tiempo su restaurante en Notting Hill ha ganado dos estrellas Michelin. De postre se recomienda el helado de apio y chocolate pavé *(ver p. 125).*

8 Rules

El restaurante más antiguo de Londres (inaugurado en 1798) parece una cápsula del tiempo; las paredes encima de los asientos de terciopelo están cubiertas de trofeos de caza y retratos de personajes olvidados. Aquí se puede probar el clásico asado inglés, quizá el mejor de la ciudad *(ver p. 105).*

9 Barrafina

Uno de los mejores bares de tapas de la zona, emplea ingredientes de primera calidad. Hay que sentarse en el bar con un vaso de fino o una Cruzcampo y ver trabajar a los expertos. Suele haber colas *(ver p. 95).*

10 St John

Antaño una antigua casa de fumadores, en la actualidad es un gran restaurante junto al mercado de Smithfield. Ofrece una variedad de comida británica de calidad y tiene su propia panadería. Destacan los pasteles Eccles con queso de Lancashire. Los aperitivos del bar no son caros *(ver pp. 139, 155, 157).*

The Ledbury, Notting Hill

Los 10 mejores restaurantes con vistas

1 Oxo Tower
En South Bank, tiene vistas de vértigo *(ver p. 87).*

2 Rhodes 24
Está en el piso 24 del rascacielos más alto de la City. *Tower 42, Old Broad St EC2 • Plano H3 • 020 7877 7703*

3 Le Pont de la Tour
Comida francesa moderna con vistas al Tower Bridge. *36d Shad Thames SE1 • Plano H4 • 020 7403 8403*

4 Tate Modern Restaurant: Level 7
Vistas panorámicas del río y buena comida. Menús variados. *Bankside SE1 • Plano R4 • 020 7887 8888*

5 Portrait Restaurant
Vistas de Trafalgar Square y Whitehall. *National Portrait Gallery, St Martin's Pl WC2 • Plano L4 • 020 7312 2490*

6 Blueprint Café
Restaurante con una vista espectacular del London Bridge. *Design Museum, Shad Thames SE1 • Plano H4 • 020 7378 7031*

7 Skylon
Una de las mejores vistas del río de la ciudad. *Royal Festival Hall SE1 • Plano N4 • 020 7654 7800*

8 Swan At The Globe
Vistas de la City a través de ventanas con parteluz. *New Globe Walk SE1 • Plano G4 • 020 7928 9444*

9 Galvin at Windows
Suntuosa cocina y buenas vistas de Hyde Park desde lo alto del Hilton Hotel. *22 Park Lane W1 • Plano D4 • 020 7208 4021*

10 Coq d'Argent
Agradables vistas y bar francés. *1 Poultry EC2 • Plano G3 • 020 7395 5000*

Dónde comer **ver pp. 87, 95, 105, 111, 117, 125, 133, 139, 145, 151, 157**

RECORRIDOS POR LONDRES

Westminster, South Bank y Southwark 80-87

Soho y West End 88-95

Covent Garden 98-105

Bloomsbury y Fitzrovia 106-111

Mayfair y St James's 112-117

Kensington y Knightsbridge 118-125

Regent's Park y Marylebone 128-133

La City 134-139

Norte de Londres 140-145

Sur y oeste de Londres 146-151

Este de Londres 152-157

Izquierda **Parlamento** Derecha **Shakespeare's Globe**

Westminster, South Bank y Southwark

ESTAS ZONAS DE LONDRES OFRECEN *gran variedad de visitas. Desde Westminster Abbey y el Parlamento, hasta los museos Tate, SouthBank Centre o el Shakespeare's Globe, los puntos de interés se encadenan. En el camino se encuentra la noria, London Eye, y otros entretenimientos en County Hall, las antiguas oficinas del Ayuntamiento de Londres. Dos pasarelas peatonales –una en Hungerford Bridge y otra junto a la Tate Modern– unen ambas orillas del río.*

TOP 10 Lugares de interés

1. **Westminster Abbey**
2. **Tate Modern**
3. **London Eye**
4. **Parlamento**
5. **Tate Britain**
6. **Downing Street**
7. **Churchill War Rooms**
8. **SouthBank Centre**
9. **Shakespeare's Globe**
10. **Imperial War Museum**

Estatua de la reina Boadicea, cerca de Westminster

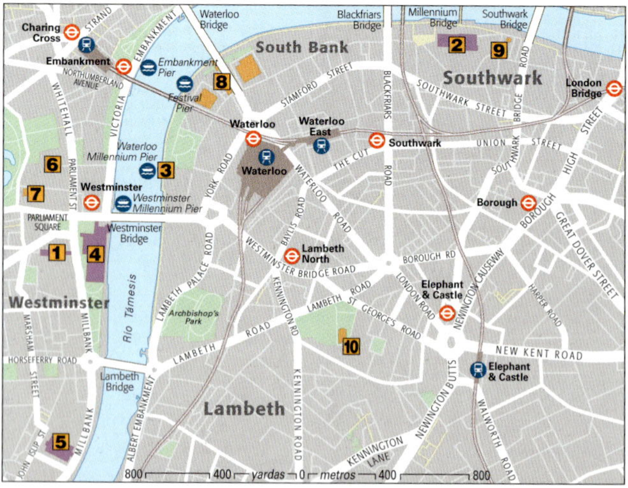

Páginas anteriores **Palacio de Westminster**

Vista desde Whitehall hasta el Big Ben

1 Westminster Abbey

La iglesia más venerable y bella de Londres ha sido el escenario de coronaciones y bodas reales y el lugar de descanso final de los monarcas *(ver pp. 32-33).*

2 Tate Modern

Es una de las galerías de arte contemporáneo más grandes del mundo. Un barco enlaza la Tate Britain y la Tate Modern. Sale de Bankside Pier hacia la Tate Modern cada veinte minutos *(ver pp. 18-19).*

3 London Eye

La noria en voladizo más alta del mundo ofrece vistas de vértigo sobre la ciudad y sus alrededores. Mientras se espera para acceder a las cabinas, se pueden visitar las atracciones del cercano County Hall: el acuario de Londres, London Dungeon y el London Film Museum *(ver pp. 16-17 y p. 84).*

4 Parlamento

El antiguo palacio de Westminster es la sede de las dos Cámaras del Parlamento –la de los Lores y la de los Comunes–. Una bandera de la Unión ondea en la Victoria Tower cuando la Cámara de los Comunes tiene sesión parlamentaria. Las sesiones nocturnas se anuncian con una luz en la Clock Tower –la torre que alberga el Big Ben– *(ver pp. 34-35).*

5 Tate Britain

Lo mejor del arte británico se encuentra aquí: las obras abarcan desde el año 1500 hasta la actualidad. Corriente abajo puede verse la sede del servicio secreto británico (M15). Conocido como Thames House, está construido a prueba de micrófonos *(ver pp. 20-21).*

Vista desde London Eye hacia el Big Ben y Westminster Abbey

6 Downing Street

La residencia oficial y las oficinas del Primer Ministro británico están en una de las cuatro casas originales construidas en 1680 para sir George Downing (1623-1684), el cual se fue a América siendo un niño y volvió para luchar junto a los parlamentaristas en la guerra civil de Inglaterra. Alberga un salón para banquetes de Estado y la sala del Gabinete, donde 20 ministros del Gobierno se reúnen para diseñar la política del país. En la puerta de al lado, en el 11, está la residencia del ministro de Hacienda. Downing Street permanece cerrada al público desde 1989 por razones de seguridad. *Downing Street SW1 • Plano L5 • Cerrada al público*

El 10 de Downing Street

7 Churchill War Rooms

Durante los días oscuros de la II Guerra Mundial, Winston Churchill y su Consejo de Guerra se encontraban en estas oficinas situadas debajo del Ministerio de Hacienda. Se mantienen tal y como quedaron en 1945, con habitaciones espartanas y con los teléfonos especiales de colores. Se pueden ver las salas donde los ministros dirigían la guerra o visitar el Churchill Museum, que repasa la vida y carrera del estadista. *Clive Steps, King Charles Street SW1 • Plano L6 • Horario: 9.30-18.00 todos los días • Se cobra entrada • www.iwm.org.uk*

Whitehall y Horse Guards

La amplia calle que une Parliament Square y Trafalgar Square recibe su nombre del palacio de Whitehall, construido para Enrique VIII en 1532. El palacio estaba vigilado en su parte norte, lo que en la actualidad es Horse Guards, donde aún pueden verse a los centinelas a caballo todas las mañanas a las 11.00 (en invierno a las 10.00), y una revista a pie a las 16.00.

8 SouthBank Centre

El centro artístico más accesible de Londres conserva el ambiente de optimismo igualitario con que fue creado entre los años cincuenta y sesenta. El Royal Festival Hall y el Queen Elizabeth Hall ofrecen distintos programas y la Hayward Gallery alberga grandes exposiciones de arte. El BFI Southbank, perteneciente al British Film Institute, ofrece una amplia selección de películas. Los tres teatros del National Theatre están más adelante, en la ribera este del Támesis *(ver p. 56).* *SouthBank Centre SE1 • Plano N4*

Izquierda **Churchill War Rooms** Derecha **Hayward Gallery**

Exposición en el Imperial War Museum

9 Shakespeare's Globe

Ver una obra de Shakespeare en el reconstruido Globe es una experiencia mágica. El teatro está abierto al cielo, con las localidades dispuestas en tres gradas a los lados y espacio para estar de pie en el patio central. Los visitantes que acuden a la exposición pueden realizar una visita guiada al teatro, salvo cuando hay representaciones matutinas. *21 New Globe Walk, Bankside SE1 • Plano R4 • Reservas (obras sólo abr-oct): 020 7401 9919 • Exposición/visita al teatro: abr-oct 9.00-17.00 todos los días; oct-abr 10.00-17.00 todos los días • Se cobra entrada • www.shakespearesglobe.com*

10 Imperial War Museum

Algunas galerías pueden permanecer cerradas por reformas para conmemorar el centenario del comienzo de la I Guerra Mundial. Merece la pena visitar este museo, en el cual se muestran las consecuencias sociales de la guerra y cómo se ha desarrollado la tecnología. El museo se dedica especialmente a los conflictos de los siglos XX y XXI. Organiza exposiciones temporales y cuenta con una excelente tienda de interés para los interesados en la guerra en Londres *(ver p. 45)*. *Lambeth Road SE1 • Plano F5 • Horario: 10.00-18.00 todos los días • www.iwm.org.uk*

Un día por el Támesis

Mañana

Se puede comenzar desayunando en Waterloo y con una visita al Marriott Hotel, lugar en el que estaba el antiguo Ayuntamiento de Londres. Si se cruza Westminster Bridge se puede visitar la **Westminster Abbey** *(ver pp. 32-33)* y la cercana iglesia de St Margaret.

Es recomendable seguir por Abingdon Street hasta Lambeth Bridge y volver a cruzar el río. Después de pasar el **Lambeth Palace** *(ver p. 70)* se puede tomar algo en el pequeño y delicioso café de Lambeth Pier. Hacia el Albert Embankment se puede disfrutar de las estupendas vistas del **Parlamento** *(ver p. 81)*.

Para comer destaca **Skylon** *(ver p. 87)*, en el Royal Festival Hall, **Southbank Centre,** que cuenta con fantásticas vistas del río.

Tarde

Caminando junto al río se puede curiosear en los puestos de libros que están junto al BFI Southbank. También se puede entrar en las tiendas de artesanía de **Gabriel's Wharf** *(ver p. 85)* y a las galerías de la **Oxo Tower** *(ver p. 84)*. Desde lo alto de la torre se contempla un magnífico panorama de la ciudad.

Más tarde, se puede caminar por los muelles que van hacia la **Tate Modern** *(ver pp. 18-19)*. Tome un aperitivo mientras contempla las vistas en el **Espresso Bar: Level 4;** río abajo, el *pub* **The Anchor** *(ver p. 86)* es un buen lugar para relajarse y cenar.

Izquierda **Oxo Tower** Derecha **County Hall**

TOP 10 Lo mejor de lo mejor

1 Clink Prison Museum

La que fuera primera prisión de Londres alberga una exposición sobre crímenes y castigos. *1 Clink Street SE1 • Plano G4 • Horario: 10.00-18.00 todos los días (19.30 sá y do; 21.00 jul-sep) • Se cobra entrada*

2 London Sea Life Aquarium

Se pueden ver miles de criaturas marinas en fascinantes entornos temáticos en uno de los mayores acuarios de Europa *(ver p. 68)*. *County Hall SE1 • Plano N6 • Horario: 10.00-18.00 todos los días (19.00 vi-do) • Se cobra entrada*

3 Duck Tours

Visitas guiadas en vehículos anfibios antes de zambullirse en el Támesis. *55 York Road SE1 • Plano N5 • 020 7928 3132 • www.londonducktours.co.uk*

4 BFI IMAX

Pantalla de cine gigante con películas sobre el mundo natural. *South Bank SE1 • Plano N4 • Abierto todos los días (los horarios de las proyecciones varían) • Se cobra entrada • www.bfi.org.uk*

5 London Dungeon

Aquí se puede conocer la historia sangrienta de la capital *(ver p. 69)*.. *County Hall SE1 • Plano N6 • Horario: varía • Se cobra entrada • www.thedungeons.com*

6 Florence Nightingale Museum

Fascinante museo dedicado a la vida y la obra de Florence Nightingale, célebre enfermera del siglo XIX. *2 Lambeth Palace Road SE1 • Plano N6 • Horario: 10.00-17.00 diario • Se cobra entrada*

7 *Golden Hinde*

Réplica del barco con el que sir Francis Drake dio la vuelta al mundo entre 1577 y 1580. *St Mary Overie Dock SE1 • Plano G4 • Horario: 10.00-17.30 todos los días • Se cobra entrada • www.goldenhinde.com*

8 Fashion and Textile Museum

El museo de Zandra Rhodes es un escaparate de lo mejor en moda contemporánea, tejidos y joyas. *Bermondsey Street SE1 • Plano H4 • Horario: 11.00-18.00 ma-sá • Se cobra entrada • www.ftmlondon.org*

9 Young Vic Theatre

Esta famosa compañía de teatro independiente cultiva el talento de jóvenes actores y atrae a un público diverso gracias a sus aclamadas producciones. *The Cut SE1 • Plano Q6 • www.youngvic.org*

10 Oxo Tower Wharf

Fara sobrecogerse con el gran panorama de la ciudad hay que tomar el ascensor que sube hasta la pequeña sala abierta al público *(ver p. 77)*. *Bargehouse Street SE1 • Plano P4 • Abierto todos los días*

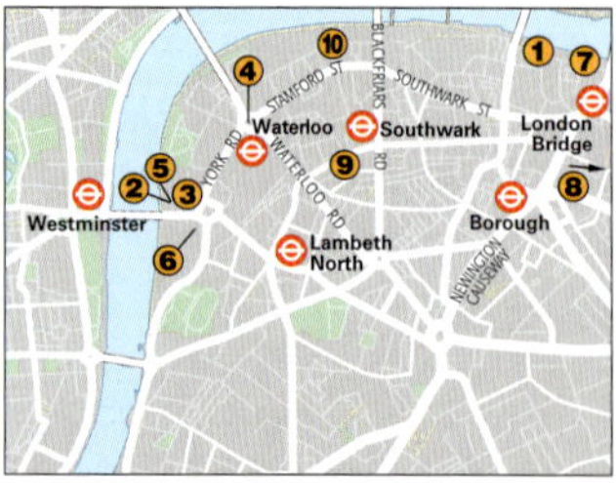

Izquierda **Gabriel's Wharf** Centro **Letreros, SouthBank Centre** Derecha **Konditor & Cook**

TOP 10 Compras

1 Librería del Parlamento

Discursos políticos actuales, carteles y textos parlamentarios y otros recuerdos. *12 Bridge St SW1 • Plano L6*

2 Lower Marsh

Uno de los mercados callejeros más grandes de Londres. Ropa, música, informática y comida a buen precio, todas las mañanas de lunes a viernes. *Lower Marsh SE1 • Plano P6*

3 BFI Filmstore

Esta tienda es imprescindible para los amantes del cine. *South Bank SE1 • Plano N4 • Horario: 11.00-20.30 todos los días*

4 SouthBank Centre

Además de sus salas de conciertos y la galería de arte *(ver p. 56)*, en el Southbank Centre hay algunas tiendas excelentes. FestivalTerraza es especialmente buena para los diseños originales, regalos y joyas, mientras que fuera hay puestos de libros de segunda mano. *South Bank SE1 • Plano N4*

5 Gabriel's Wharf

Sus tiendas exponen vidrios pintados a mano, cerámica, moda, interiorismo y joyería. *Gabriel's Wharf • Plano P4*

6 Bankside Gallery

La galería de la Royal Watercolour Society y la Royal Society of Painter-Printmakers tiene obras a la venta y una tienda. *48 Hopton Street SE1 • Plano R4 • Horario: 11.00-18.00 todos los días durante las exposiciones*

7 Oxo Tower Wharf

Dos plantas están destinadas a los diseñadores de moda, joyería e interiorismo, y the.gallery@oxo muestra fotografía, arte, diseño y arquitectura vanguardistas. *Bargehouse Street SE1 • Plano P4 • Abierto todos los días*

8 Konditor & Cook

Esta panadería urbana cuenta con una clientela de culto entre los expertos en bollería. Sus modernas tartas heladas Magic son legendarias. *22 Cornwall Road SE1 • Plano P5 • Horario: 7.30-18.30 lu-vi, 8.30-15.00 sá*

9 Vinopolis

Exposición de vinicultura y tienda con más de mil marcas vinateras. *1 Bank End SE1 • Plano G4 • Horario: varía • Se cobra entrada • www.vinopolis.co.uk*

10 Borough Market

En este tradicional mercado cubierto, cerca de la catedral de Southwark, se puede disfrutar de buena comida traída de todas las regiones del país. *8 Southwark Street SE1 • Plano R4 • Horario: 11.00-18.00 vi, 8.00-17.00 sá*

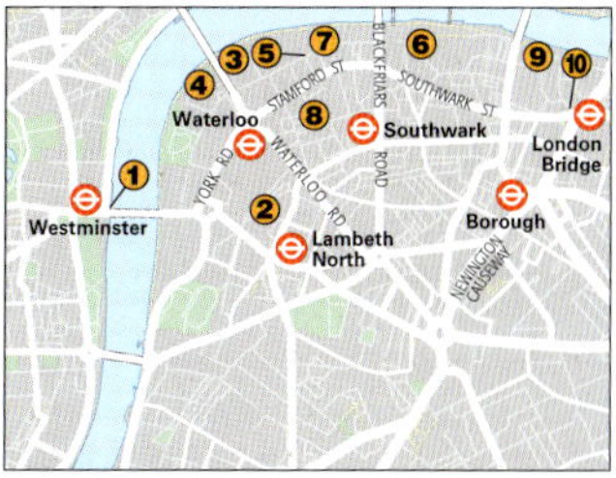

Información sobre compras **ver p. 170**

Izquierda **The Anchor** Derecha **The George**

TOP 10 'Pubs' y cafés

1 The Southwark Tavern
Popular *pub* con una amplia gama de comida y bebida. El *bar de morosos,* abajo, tiene reservados con televisión. ✆ *22 Southwark St SE1 • Plano G4*

2 Caffè Vergnano
Posiblemente el mejor café de la ciudad. Clásica cocina italiana en un elegante espacio en South Bank. ✆ *10 Festival Terrace SE1 • Plano N4*

3 Anchor & Hope
No hay que amedrentarse con las colas. La comida es de las mejores de la ciudad. Excelentes ingredientes ingleses para una maravillosa experiencia de *gastropub (ver p. 76).* ✆ *36 The Cut SE1 • Plano Q5*

4 Monmouth Coffee Company
Este café con carácter se halla en pleno Borough Market y sin duda sirve el mejor café de Londres. También ofrece deliciosos pastelitos y aperitivos. ✆ *2 Park Street SE1 • Plano G4*

5 The Anchor at Bankside
Viejo y acogedor *pub* inglés, con mesas fuera durante el verano. El comedor del piso de arriba sirve comida tradicional británica. ✆ *34 Park Street SE1 • Plano Q4*

6 Vinopolis Wine Wharf
El bar de este templo de la vinicultura tiene una amplia carta de vinos y más de 20 variedades de cava. ✆ *Stoney Street SE1 • Plano G4*

7 Tate Modern Café 2
Un buen lugar para descansar después de visitar las galerías de arte. Comida tentadora, buen café y vistas del río. ✆ *Level 2, Tate Modern SE1 • Plano R4*

8 Market Porter
Un *pub* de mercado, histórico y muy popular. Abre para los comerciantes y los juerguistas noctámbulos desde las 6.00 hasta las 8.30 de la mañana. ✆ *9 Stoney Street SE1 • Plano G4*

9 Rake
Este *pub* cerca del Borough Market ofrece una espléndida selección de cervezas. La zona exterior del muelle es estupenda para tomar algo en verano. ✆ *14 Winchester Walk SE1 • Plano G4*

10 George Inn
Es la única parada de carruajes cubierta que queda en Londres: un verdadero laberinto, con salones en madera y bares en la planta de arriba. Se sirve comida de 12.00 a 21.00 de lunes a sábado y de 12.00 a 17.00 los domingos. ✆ *77 Borough High St SE1 • Plano G4*

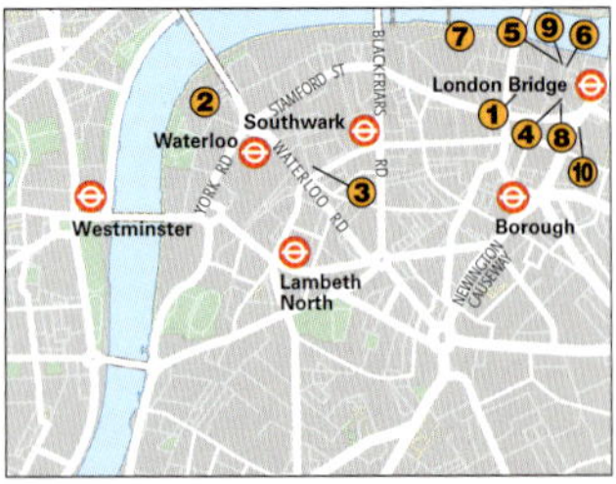

'Pubs' **ver pp. 62-63**

Sucursal de Giraffe en South Bank

Precios

Una comida de tres platos, con media botella de vino, servicio e impuestos incluidos.

£	hasta 15 £
££	15-25 £
£££	25-35 £
££££	35-50 £
£££££	más de 50 £

TOP 10 Dónde comer

1 The Cinnamon Club

Innovadora cocina hindú servida en este confortable establecimiento. *The Old Westminster Library, 30-32 Great Smith Street SW1 • Plano E5 • 020 7222 2555 • ££££*

2 Skylon

Debe su nombre al símbolo del Festival de 1950. Restaurante de mucha clase. Excelentes vistas al río y comida británica clásica. *Southbank Centre, Belvedere Road SE1 • Plano N4 • 020 7654 7800 • £££££ • Parrilla: ££££*

3 Giraffe

Con sucursales por toda la ciudad, la carta de Giraffe ofrece comida para todos, desde hamburguesas hasta fideos y ensaladas. El local de South Bank cuenta con una buena ubicación junto al río. *Southbank Centre • SE1 • Plano N4 • 020 7928 2004 • ££*

4 Roast

En medio del popular Borough Market *(ver p. 85)*, es un restaurante bonito con vistas a St Paul. Excelente cocina inglesa con muy buenos ingredientes. *The Floral Hall, Stoney Street SE1 • Plano G4 • 0845 034 7300 • ££££*

5 The Archduke

Ubicado en una preciosa arcada de tren reconvertida, este restaurante sirve comida británica moderna en un ambiente elegante pero relajado. Abre de lunes a sábado y hay jazz cada noche. *153 Concert Hall Approach SE1 • Plano N5 • 020 7928 9370 • £££*

6 Smith Square Restaurant

Comida sabrosa y moderna servida en una cripta de lunes a viernes y por las noches conciertos. *St John's, Smith Square SW1 • Plano E5 • 020 7222 2779 • £££*

7 Gourmet Pizza Company

En este maravilloso local se ofrece un buen número de pizzas variadas. *Gabriel's Wharf SE1 • Plano P4 • 020 7928 3188 • ££*

8 Oxo Tower Restaurant Bar and Brasserie

Deliciosos platos modernos. El bar ofrece jazz en vivo *(ver p. 77)*. *Oxo Tower Wharf SE1 • Plano G4 • 020 7803 3888 • Restaurante: ££££ • Brasserie: £££*

9 Swan at the Globe

Al lado de Globe, con una espléndida vista de St Paul y con una creativa carta. *21 New Globe Walk SE1 • Plano R4 • 020 7928 9444 • ££££*

10 fish!

Innovadores platos de pescado servidos en restaurantes modernos y con estilo. *Cathedral St SE1 • Plano G4 • 020 7407 3803 • £££*

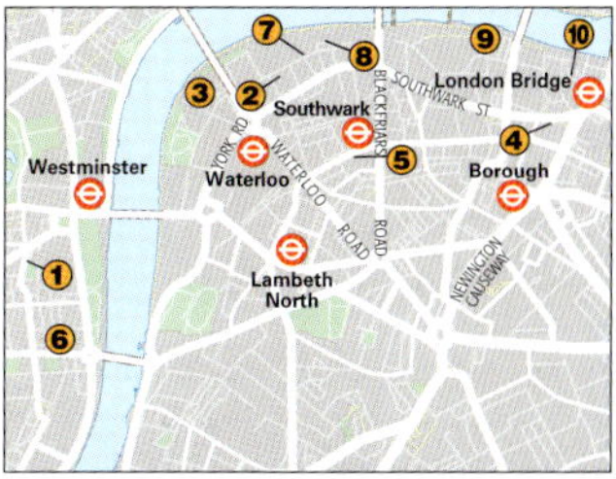

Nota: *todos los restaurantes aceptan tarjetas de crédito y sirven platos vegetarianos si no se especifica lo contrario.*

Izquierda **Trafalgar Square** Centro **Old Compton Street** Derecha **Estatua en Leicester Square**

Soho y West End

EN WEST END ES DONDE *empieza la noche. Desde las afueras de Londres, los aficionados a las discotecas cogen el último tren hacia la capital y se dirigen a los bares y locales de música. Aquí están los grandes teatros de Shaftesbury Avenue y Charing Cross Road, los cines de estreno de Leicester Square y el corazón de West End, el Soho, que hierve de actividad a medida que avanza la noche. Pero no todo es para los noctámbulos empedernidos: en Trafalgar Square están la National Gallery, la National Portrait Gallery y los conciertos matutinos gratuitos en St Martin-in-the-Fields.*

TOP 10 Lugares de interés

1. National Gallery
2. National Portrait Gallery
3. Trafalgar Square
4. Piccadilly Circus
5. Chinatown
6. Soho Square
7. Old Compton Street
8. Mercado de Berwick Street
9. London Trocadero
10. Leicester Square

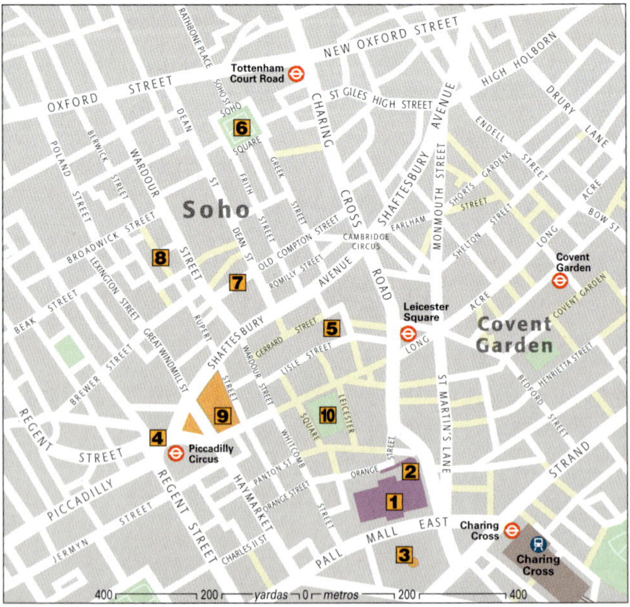

Estatua de Eros en Piccadilly Circus

1 National Gallery
Ver pp. 12-13.

2 National Portrait Gallery
Ver pp. 14-15.

3 Trafalgar Square
Trafalgar Square –donde antaño estaban las caballerizas reales– es el eje principal de West End y un espacio público para concentraciones y espectáculos. El almirante lord Nelson, famoso por luchar contra la flota napoleónica en la batalla de Trafalgar (1805), mira desde lo alto de su columna de 50 metros hacia Whitehall y el Parlamento. La columna está vigilada en su base por cuatro enormes leones (obra de Edwin Landseer). Sito en la esquina noroeste de la plaza, Fourth Plinth presenta trabajos artísticos temporales de destacados artistas nacionales e internacionales. En el lado norte de la plaza están la National Gallery *(ver pp. 12-13)* y St Martin-in-the-Fields *(ver p. 46)*; hacia el suroeste, por el Admiralty Arch, se llega hasta Buckingham Palace. *WC2 • Plano L4*

4 Piccadilly Circus
John Nash planificó este lugar como un cruce en Regent Street. El Circus es el punto final de la calle Piccadilly. La estatua de Eros –erigida en recuerdo del conde de Shaftesbury– es una referencia ineludible para los londinenses y un lugar de encuentro muy común. Piccadilly Circus es también muy conocido por sus anuncios de neón, que señalan la entrada a la zona de entretenimiento de la ciudad. En el lado sur está el Criterion Theatre, junto a Lillywhite's, la principal tienda de deportes de Londres. *W1 • Plano K3*

5 Chinatown
Los arcos de estilo oriental de Gerrard Street señalan la entrada a Chinatown, una zona que ha sido, desde los años cincuenta, el centro capitalino de los residentes chinos. Hay supermercados chinos, puestos callejeros y El Año Nuevo chino, que se celebra a últimos de enero o a principios de febrero, es un acontecimiento peculiar. Chinatown tiene además magníficos restaurantes. *Calles en torno a Gerrard Street, W1 • Plano L3*

Izquierda **Admiralty Arch** Derecha **Dragón chino, en Chinatown**

6 Soho Square

Esta agradable plaza, con sus palmeras, está muy concurrida a mediodía, después del trabajo y los fines de semana, con un ambiente relajado, especialmente en verano. Muchos de los edificios de la plaza están en la actualidad ocupados por compañías cinematográficas. En el lado norte hay una iglesia protestante construida por los franceses bajo un fuero otorgado por Eduardo VI en 1550. La iglesia de St Patrick, con su fachada roja de ladrillo, en el lado este, ofrece algunas veces recitales de música. En la esquina de Greek Street está la House of St Barnabas in Soho, perteneciente a una fundación caritativa del siglo XVIII que a veces se abre al público. *Plano K2*

Casa estilo Tudor, en Soho Square

7 Old Compton Street

La calle principal del Soho está siempre animada, día y noche. Es también el centro erótico de Londres y, en la actualidad, el lugar preferido de los homosexuales por sus *pubs* gays, como el Compton y el Admiral Duncan. El estilo de vida vibrante y callejero del Soho se extiende hasta las calles Frith, Greek y Wardour. Algunos, como el Bar Italia, en Frith Street, están abiertos las 24 horas, y el Balans Café, en el 34 de Old Compton Street, vende *fish and chips* hasta primera hora de la mañana. Todos los establecimientos se llenan cuando acaba la función en el Prince Edward Theatre. Se puede tomar un delicioso desayuno en la Patisserie Valerie, en el nº 44. Los antiguos establecimientos, como el de *delicatessen* italianas I Camisa o el Vintage House (con más de 1400 whiskies de malta), dan al barrio su apariencia de pueblo. Los tatuadores trabajan en esta zona y las tiendas para fetichistas muestran que la industria erótica está en su apogeo. *Plano L2*

Columna de Nelson

El centro de Trafalgar Square es la enorme columna con una estatua del vizconde Horatio Nelson (1758-1805). El gran héroe británico de la armada recibió un disparo mortal en el momento más glorioso de su carrera, en la batalla contra las flotas francesa y española en Trafalgar, al sur de España. Su último romance con Emma Hamilton añadió a su imagen un toque romántico.

8 Mercado de Berwick Street

En este lugar ha habido un mercado desde el siglo XVIII. La fruta y las verduras de los puestos son baratas, y los tenderos son auténticos *cockneys* (nacido en el este de Londres de clase obrera). Los comerciantes hablan habitualmente con términos antiguos *(ten bob* son 50 peniques) y redondean

Izquierda **Old Compton Street** Derecha **Mercado de Berwick Street**

Bar Italia, Frith Street

los productos con un *nicker* o un *quid* (1 libra). Abre alrededor de las 9.00 los días de diario. *Plano K2*

9 London Trocadero

Si se coge la escalera mecánica hasta el final de Funland, se accede a una jungla electrónica de videojuegos y atracciones de realidad virtual, incluida la última experiencia de realidad virtual en 5D: "5D London". También cuenta con una zona de hip hop, *laser tag* y casino. Restaurantes, bares, tiendas y cines completan este espacio.
Picadilly Circus W1 • Plano K3 • Horario: 10.00-12.00 do-ma, 10.00-1.00 vi y sá

10 Leicester Square

Cuando esta plaza fue erigida en 1760, se convirtió en un precioso y agradable lugar para vivir. De entre la celebridades que tuvieron aquí su residencia en los siglos XVII y XVIII destacan sir Isaac Newton y los pintores Joshua Reynolds y William Hogarth. En la actualidad, la plaza es el corazón del West End, el barrio del entretenimiento. Alberga los cines Empire y Odeon, de estilo *art déco,* donde se estrenan *premières* de glamurosas películas. Es también el lugar habitual para adquirir entradas de teatro a bajos precios. *Plano L3*

Un día en el West End

Mañana

El día puede comenzar en **Trafalgar Square** *(ver p. 89)* a las 8.30, cuando se encienden las fuentes y se puede ver lo último en arte en el Fourth Plinth. Se puede pasar el día en la **National Gallery** *(ver pp. 12-13),* o limitar la visita a una hora o dos y sólo ver, quizá, el ala Sainsbury.

Para el café, se puede ir al Portrait Restaurant, en la **National Portrait Gallery** *(ver pp. 14-15).* Tiene unas vistas muy agradables de Trafalgar Square.

Subiendo por Charing Cross Road se llega a Leicester Square. En el centro de la plaza están las estatuas de Shakespeare y de Charles Chaplin. Se puede seguir a través de los luminosos de **Piccadilly Circus** *(ver p. 89)* y ver la famosa estatua de Eros; y subir después por Shaftesbury Avenue, centro de los teatros de la ciudad. Aquí se puede girar hacia **Chinatown** *(ver p. 89).*

Es obligatorio comer en Chinatown y disfrutar del bullicio en el Golden Dragon de Gerrard Street, o del sosiego en el excelente Joy King Lau, en Leicester Street.

Tarde

La tarde se puede pasar en el colorido y animado **Soho.** Es una buena idea comer una fruta en un puesto del **mercado de Berwick Street,** y después dar un paseo por Wardour Street, sede de la industria del cine. Tomar un té y un pedazo de pastel en la deliciosa **Maison Bertaux** *(ver p. 94),* en **Greek Street,** será toda una recompensa.

Izquierda **Fachada de Algerian Coffee Stores** Derecha **Cafeteras en Algerian Coffee Stores**

TOP 10 Compras

1 Hamleys
Si se está en el Soho, se puede hacer alguna travesura. Los *sex shops* Ann Summers llevan tanto tiempo aquí que parecen inofensivos (pero sus productos en realidad son bastante subidos de tono). *79 Wardour Street W1 • Plano K3*

2 The Kooples
Tienda de ropa inspirada en la moda rock 'n' roll con un toque británico. Fundada por tres hermanos franceses. *22 Carnaby Street W1 • Plano J3*

3 Foyles
Este establecimiento es casi una institución: es el decano de las librerías londinenses y está emplazado en una calle dedicada casi por completo a los libros. *113-119 Charing Cross Road WC2 • Plano L2*

4 Lillywhites
Célebre por su ingente colección de material deportivo, que se extiende por seis enormes plantas, con multitud de gangas. *24-36 Lower Regent St SW1Y • Plano K3*

5 Milroy's of Soho
Es el especialista en whisky de West End; tiene un pequeño bar para degustar los maltas. *3 Greek Street W1 • Plano L2*

6 Liberty
Uno de los almacenes más atractivos de Londres. Abierto en 1875, la tienda es famosa por su tela Liberty Print *(ver p. 64)*. *210–220 Regent Street W1 • Plano J2*

7 Agent Provocateur
Lencería sexy de calidad de Joseph Corré, hijo de Vivienne Westwood, y su mujer, Serena Rees. Es fácil sucumbir a la tentación. *6 Broadwick Street W1 • Plano E3*

8 I. Camisa
Una de las *delicatessen* más conocidas de Londres; es famosa por su pasta fresca. Es como entrar en una tienda italiana de los años cincuenta. *61 Old Compton Street W1 • Plano K3*

9 Algerian Coffee Stores
Abrió sus puertas en 1887 y es uno de los establecimientos más antiguos del Soho. Desprende un maravilloso aroma de cafés. También pueden comprarse aquí tés especiales e infusiones. *52 Old Compton Street W1 • Plano K3*

10 David Drummond
La librería más encantadora en Cecil Court está repleta de recuerdos teatrales, obras de teatro y carteles. *11 Cecil Court WC2 • Plano L3*

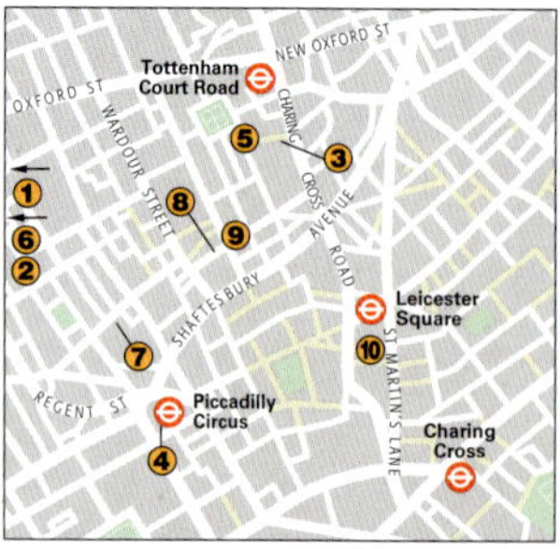

Información sobre compras **ver p. 170**

Izquierda **Balans Café** Centro **Letrero de néon de Ronnie Scott's** Derecha **Café Boheme**

TOP 10 Locales nocturnos

1 Ronnie Scott's
El primer local de jazz de Londres *(ver p. 58)*. *47 Frith Street W1 • Plano L2 020 7439 0747*

2 Floridita
Bar de cócteles cubano que ofrece recetas originales de La Habana. La carta consiste en interpretaciones de la cocina cubana y latinoamericana. *100 Wardour St W1 • Plano K3*

3 Café Boheme
Bistro de estilo francés: sándwiches, ensaladas, comida *light* y pescado hasta las 3.00 de la madrugada de lunes a sábado. *13 Old Compton Street W1 • Plano L2*

4 El Camión Mexicano
Como otros bares cercanos, los noctámbulos acuden al bar El Camión a tomarse unas margaritas y escuchar música latina. En la planta baja hay un restaurante mexicano que cierra antes. *25–27 Brewer Street W1 • Plano K3*

5 Balans Café
Este animado bar abre las 24 horas del día. Los platos calientes se sujetan con la mano y se comen de pie. *60-62 Old Compton Street W1 • Plano L2*

6 Milk and Honey
Uno de los bares más queridos del Soho por los amantes de los cócteles, con tres plantas. Se debe reservar. *61 Poland Street W1 • Plano K2 • 020 7065 6840 ext 6 • www.mlkhny.com*

7 Bar Rumba
Prometiendo todo tipo de música excepto rumba, este bar en el sótano abre todos los días hasta las 3.00. *36 Shaftesbury Avenue W1 • Plano K3*

8 Jazz After Dark
Aquí no hay nada hasta las 9.00 de la noche, y el blues y el jazz suenan hasta las 2.00 (lu-ju) y 3.00 (vi-sá). Barbacoa, tex mex y tapas. *9 Greek Street, W1 • Plano L2*

9 Jewel Piccadilly
Bar y club elegante que atrae a jóvenes y guapos, y a veces a famosos. Sirve buenos cócteles y tentempiés de calidad, incluidas bandejas para compartir. Los viernes por la noche hay música *funk* y *house*. *4-6 Glasshouse Street, W1 • Plano K3*

10 PizzaExpress Jazz Club
Es una de las 80 sucursales que tiene la cadena en Londres. Abre hasta medianoche y un gran reclamo son las actuaciones de jazz nocturnas. *10 Dean Street W1 • Plano K2*

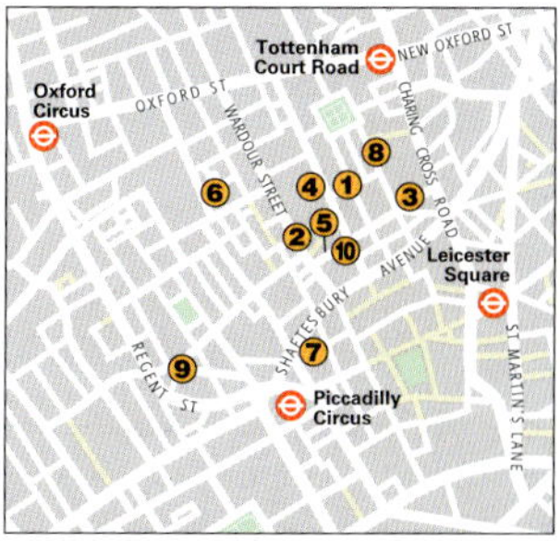

Música en directo **ver pp. 58-59**

Izquierda **Fernandez and Wells** Derecha **Patisserie Valerie**

TOP 10 'Pubs' y cafés

1 Patisserie Valerie

Café clásico del Soho con una gran variedad de pasteles y bollos: los cruasanes recientes lo convierten en el mejor establecimiento para desayunar. Su afrancesamiento se extiende a las viñetas estilo Toulouse-Lautrec de Terroni. *44 Old Compton St W1 • Plano L3*

2 Maison Bertaux

Este pequeño rincón de París en el corazón del Soho atrae a una clientela fiel, a la que le encanta su delicioso café y su contundente pastelería. *28 Greek St W1 • Plano L3*

3 French House

Establecimiento pequeño, con una sola barra, donde la conversación fluye amistosamente entre extranjeros. Este *pub* del Soho fue el lugar predilecto del artista Francis Bacon (1909-1992). *49 Dean Street W1 • Plano L3*

4 Bar Italia

En la barra o en la terraza se disfruta del mejor café italiano de Londres. En una pantalla gigante situada en el bar se pueden ver los partidos de fútbol italiano. *22 Frith Street W1 • Plano L2*

5 Fernandez and Wells

Esta preciosa cafetería sirve café de calidad con deliciosos cruasanes, bollos y bizcochos. Abre para desayunos, en los que se puede pedir un rollo de panceta a la parrilla o morcilla con mayonesa. *73 Beak Street W1 • Plano K3*

6 The Admiral Duncan

Bar en Old Compton Street. Es uno de los muchos que hay en esta zona con clientela homosexual. *54 Old Compton St W1 • Plano L3*

7 Endurance

Resume a la perfección lo que es un *gastropub:* buena comida, mucho ambiente (sobre todo en días de mercado) y copas de vino. *90 Berwick Street W1 • Plano L2*

8 Beatroot

Restaurante vegetariano, pequeño y colorista; sirve deliciosas ensaladas y platos calientes. *92 Berwick St W1 • Plano K3*

9 The Cork and Bottle

Muy conocido por su excelente carta de vinos y la carta diseñada para acompañarlos. *44-46 Cranbourn St WC2 • Plano L3*

10 The Dog and Duck

Pub pequeño y acogedor, con azulejos victorianos, comida clásica de *pub* y cervezas inglesas *(ver p. 62)*. *18 Bateman St W1 • Plano L2*

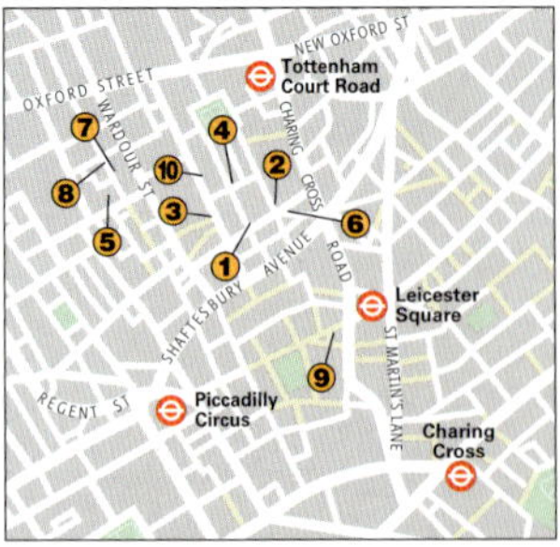

'Pubs' ver pp. 62-63

Precios

Una comida de tres platos, con media botella de vino, servicio e impuestos incluidos.	£	hasta 15 £
	££	15–25 £
	£££	25–35 £
	££££	35–50 £
	£££££	más de 50 £

Izquierda **Comedor de Arbutus** Derecha **J Sheekey**

TOP 10 Dónde comer

1 Wahaca
Deliciosa comida mexicana, murales en las paredes y ambiente relajado, además de una gran variedad de tequilas, cervezas mexicanas y cócteles. *80 Wardour Street W1 • Plano K2 • 020 7734 0195 • ££*

2 Arbutus
Asientos de cuero negro y suelos de madera, con platos típicos como *hamburguesas* de calamares y caballa y bavette de ternera. *63 Frith St W1 • Plano L2 • 020 7734 4545 • ££££*

3 Burger and Lobster Soho
En este restaurante preparan hamburguesas, jugosa langosta al vapor o la parrilla y rollos de langosta con mantequilla. Servicio rápido y amable. *36 Dean Street W1 • Plano K2 • 020 7432 4800 • £££*

4 Joy King Lau
Se debe acudir aquí al mediodía para disfrutar de la variedad de *dim sum,* servido en carros. *3 Leicester Street WC2 • Plano L3 • 020 7437 1132 • ££*

5 Criterion
El comedor más opulento de Londres, una fantasía bizantina en oro y mosaicos de la década de 1870, es el refugio de la gente de West End. Su cocina es una mezcla europea moderna; la carta es extravagante, pero el menú es más económico. *224 Piccadilly W1 • Plano K3 • 020 7930 0488 • Comida y menús preteatro • £££££*

6 Yauatcha
Hay que reservar y vestir elegante para disfrutar de la *shu mai* de vieiras al vapor o venado en hojaldre. *15 Broadwick St W1 • Plano K2 • 020 7494 8888 • ££££*

7 J Sheekey
Es el mejor restaurante de pescado de Londres, con marisco y croquetas de pescado. Emplazamiento encantador. *28-34 St Martin's Court WC2 • Plano L3 • 020 7240 2565 • ££££*

8 Imli
Auténtica comida callejera india. *1167–169 Wardour Street W1 • Plano K2 • 020 7287 4243 • £££*

9 Busaba Eathai
Moderno restaurante tailandés con decoración minimalista. *110 Wardour St W1 • Plano K2 • 020 7255 8686 • £££*

10 Barrafina
Tapas de calidad en la barra de este elegante restaurante. Suele haber colas. *54 Frith Street W1 • Plano L2 • 020 7813 8016 • ££££*

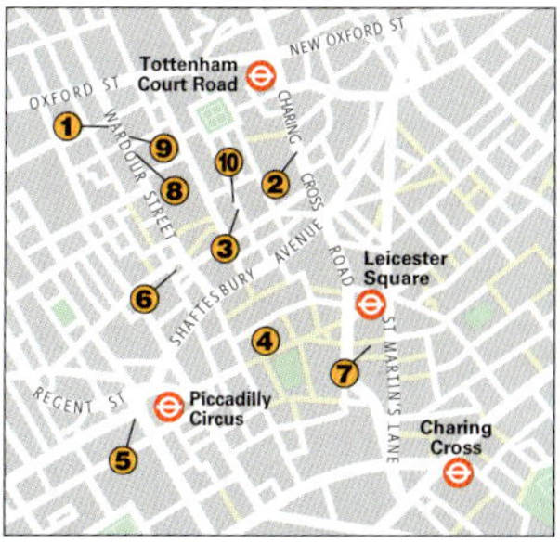

Nota: *todos los restaurantes aceptan tarjetas de crédito y sirven platos vegetarianos si no se especifica lo contrario.*

Izquierda **Piazza y Central Market de Covent Garden** Derecha **Somerset House**

Covent Garden

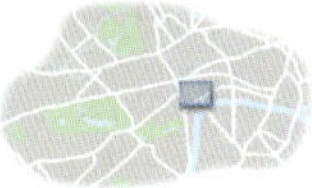

COVENT GARDEN, UNA DE LAS ZONAS *más animadas de Londres, es un lugar muy popular entre los visitantes y los londinenses. El corazón de Covent Garden está en la primera plaza planificada de la ciudad: fue diseñada por Inigo Jones en el siglo XVII y se completó con la Royal Opera House. A pesar de su grandeza, hay todavía un ambiente local en las calles de alrededor, especialmente cerca de Neal's Yard y Endell Street. Hacia el sur de Covent Garden está Somerset House, que alberga la Courtauld Art Gallery y es el emplazamiento de conciertos al aire libre en verano y de una excelente pista de patinaje sobre hielo en invierno.*

TOP 10 Lugares de interés

1. **Piazza y Central Market**
2. **Royal Opera House**
3. **Courtauld Art Gallery**
4. **Somerset House**
5. **Seven Dials**
6. **Benjamin Pollock's Toyshop**
7. **London Transport Museum**
8. **Neal's Yard**
9. **St Paul's Church**
10. **Theatre Royal, Drury Lane**

Payasos en Covent Garden

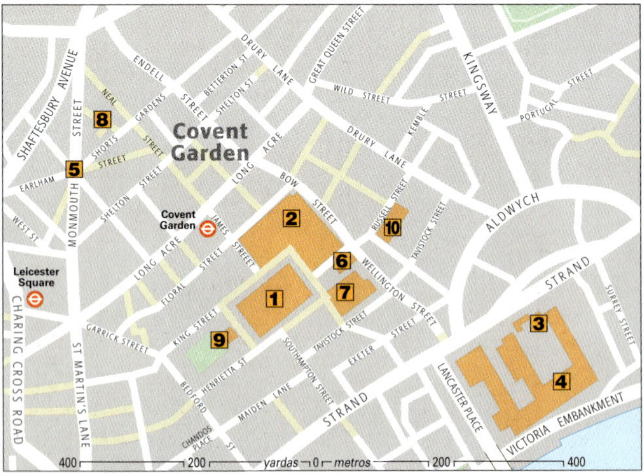

Páginas anteriores **Arco del Ministerio de la Marina**

Tiendas y cafés en el antiguo mercado

1 Piazza y Central Market

Covent Garden fue, durante 300 años, un mercado de frutas, verduras y flores, inmortalizado por Lerner y Loewe en su exitoso musical *My Fair Lady*. En 1980 los salones victorianos, con sus encantadores techos de hierro y cristal, fueron sustituidos por un mercado moderno, rodeado de cafés y bares, y animado por espectáculos callejeros. *WC2 • Plano M3*

2 Royal Opera House

El principal palacio de música de Londres es la sede de las compañías Royal Opera y Royal Ballet. El actual teatro neoclásico fue diseñado en 1858 por E. M. Barry, que incorporó en el pórtico un friso procedente del antiguo edificio, destruido en un incendio. La Opera House ha extendido recientemente sus alas hacia el encantador Floral Hall, que fue antaño parte del mercado de Covent Garden y en la actualidad alberga una champanería *(ver p. 56)*. *Bow Street WC2 • Plano M2 • Horario: 10.00-15.30 lu-vi • 020 7304 4000 • www.roh.org.uk*

3 Courtauld Art Gallery

Fundada en 1932 para el estudio de la historia del arte europeo, forma parte del instituto británico más antiguo dedicado a la enseñanza de la historia del arte. Está emplazada en el ala norte de Somerset House *(más adelante)* y lo mejor de sus salas son las pinturas impresionistas. Aquí tiene lugar una serie de eventos, como por ejemplo charlas entre semana durante el almuerzo. *Strand WC2 • Plano N3 • Horario: 10.00-18.00 todos los días • Se cobra entrada • www.courtauld.ac.uk*

4 Somerset House

Antaño uno de los grandes palacios junto al río, más tarde fue la sede del Ministerio de la Marina. Actualmente Somerset House está en parte ocupado por la Administración pública. Buena parte del edificio, sin embargo, está abierta al público. Además de albergar la Courtauld Gallery *(arriba)* y Tom's Kitchen *(ver p. 105)*, están las Embankment Galleries, que presentan un variado programa de exposiciones de diseño, moda, arquitectura y fotografía. *Strand WC2 • Plano N3 • Horario: 10.00-18.00 todos los días • Se cobra entrada • www.somersethouse.org.uk*

Izquierda **Espectáculos callejeros en Covent Garden** Derecha ***Platee*, producción de la Royal Opera**

5 Seven Dials

También conocido como el *pueblo oculto de Covent Garden*, el característico trazado de esta calle fue creado por el parlamentario Thomas Neale (1641-1699). El reloj de sol en el monumento central sólo tiene seis caras, ya que el proyecto original de Neale sólo incluía seis calles. Hoy es célebre por su inusual mezcolanza de tiendas y locales de ocio y diversión, como restaurantes, spas y cuatro teatros. ⊗ *WC2 • Plano E3*

Benjamin Pollock's Toyshop, Covent Garden

6 Benjamin Pollock's Toyshop

Establecida en la década de 1880, esta juguetería independiente y familiar está especializada en teatros de juguete, regalos de teatro y juguetes tradicionales para niños y coleccionistas. Hay una colorida variedad de marionetas y títeres, cajas de música y muñecas de papel. ⊗ *44 The Market, Covent Garden WC2 • Plano M3 • Horario 10.30-18.00 lu-sá, 11.00-16.00 do • www.pollocks-coventgarden.co.uk*

El arquitecto de Covent Garden

Inigo Jones (1573-1652) diseñó Covent Garden como la primera plaza planificada de Londres. Sus tejados bajos y el pórtico clásico de la iglesia de St Paul recibieron la influencia del italiano Andrea Palladio (1518-1580). Como escenógrafo real, Jones introdujo en la escena londinense el proscenio y los escenarios móviles.

7 London Transport Museum

Algunos de los diseñadores y dibujantes más innovadores han trabajado para el transporte londinense, y sus carteles y mobiliario se exponen en este museo. Se pueden ver vehículos que han servido de transporte público durante dos siglos. La librería vende reproducciones de autobuses, taxis y otros objetos con el distintivo del metro de Londres *(ver p. 49)*. ⊗ *The Piazza WC2 • Plano M3 • Horario: 10.00-18.00 lu-ju, sá y do; 11.00-18.00 vi • Se cobra entrada • www.ltmuseum.co.uk*

8 Neal's Yard

Esta deliciosa y pintoresca zona está llena de colorido, con sus galerías y fachadas pintadas, las terrazas repletas de flores y las enredaderas descolgándose sobre las paredes de ladrillo. Es el Londres alternativo: comida natural y modernas terapias. Se puede visitar Neal's Yard Remedies y probar sus jabones y cremas y disfrutar

Izquierda **London Transport Museum** Derecha **Theatre Royal, Haymarket**

Neal's Yard, Covent Garden

con los variados quesos que se ofrecen en la cercana Neal's Yard Dairy. *Neal Street WC2 • Plano M2*

9 St Paul's Church

Inigo Jones levantó esta iglesia (conocida como la iglesia de los actores) con el pórtico principal hacia el este, hacia la Piazza, y el altar hacia el oeste. Los eclesiásticos protestaron por este arreglo tan poco ortodoxo, de modo que el altar fue trasladado. La entrada está en el cementerio, mientras que la gran puerta este se ha convertido casi en un adorno.
Bedford Street WC2 • Plano M3 • www.actorschurch.org

10 Theatre Royal, Drury Lane

Drury Lane es sinónimo de teatro inglés. Tiene una espléndida entrada, con una escalinata magnífica que conduce a la platea. El interior es suficientemente amplio para poner en escena los espectáculos musicales más complejos, incluidos *South Pacific, My Fair Lady, Hello Dolly* y *Miss Saigon.* El primer teatro en este mismo emplazamiento fue construido en 1663 para Carlos II, cuya amante, Nell Gwynne, era actriz. *Catherine Street WC2 • Plano M2 • Visitas con guía*

Un día en Covent Garden

Mañana

Se puede coger el metro hasta Leicester Square y subir por Monmouth Street, donde el delicioso aroma del café lleva a la Monmouth Coffee Company *(ver p. 104)*, que vende cafés y pasteles. Continuando por Monmouth Street se llega a la entrada de **Neal's Yard,** donde se puede comprar jabón en Yard Remedies. Merece la pena visitar Neal's Yard Dairy, a la vuelta de la esquina, en Short's Gardens, y explorar las tiendas de Earlham Street. En la **Piazza de Covent Garden** *(ver p. 99)* se puede asistir a alguno de los espectáculos callejeros frente a la elegante iglesia de St Paul, erigida por Inigo Jones. La iglesia se puede visitar antes de ir a comer al restaurante Amphitheatre, en la **Royal Opera House** *(ver p. 99).*

Tarde

Antes de dejar la Piazza, se puede entrar en **Benjamin Pollock's Toyshop,** y se baja por Wellington Street hasta el Strand. Cruzando la calle y girando a la izquierda, se llega a la **Somerset House,** sede de la **Courtauld Art Gallery** *(ver p. 99).* Aquí se puedo visitar la colección de cuadros impresionistas y posimpresionistas. Es posible descansar junto a las fuentes del patio o en el River Terrace Café antes de pasar a ver las Embankment Galleries, al nivel del río, con exposiciones dedicadas a las artes contemporáneas, como diseño, moda, arquitectura y fotografía. Para ver más fotografía se puede salir de Somerset House y caminar por el Strand hasta la Proud's Strand Gallery, en el número 32 de John Adam Street.

Izquierda **Espectáculo callejero en Covent Garden** Derecha **Globo en lo alto del London Coliseum**

TOP 10 Lo mejor de lo mejor

1 Diversiones gratuitas
Todos los días desde las 10.00 hasta las 22.00 hay músicos callejeros en la Piazza; los cantantes de ópera y los intérpretes de música clásica suelen tocar en el South Hall de Central Market. ⊗ *WC1 • Plano M3*

2 The Sanctuary
Sólo para mujeres hedonistas: un espacio con piscinas, *jacuzzis*, saunas, un restaurante y zonas de relax. ⊗ *12 Floral Street WC2 • Plano M3 • Llamar al 0845 521 4567 para consultar horario y reservar • Se cobra entrada • www.thesanctuary.co.uk*

3 The Tintin Shop
Tiene de todo, desde llaveros y muñecos de Milú a modelos de edición limitada; a los fans de Tintín les encantará esta tienda. ⊗ *34 Floral Street WC2 • Plano M3*

4 Victoria Embankment Gardens
En verano, los conciertos al aire libre se celebran en estos bonitos jardines junto al río. ⊗ *WC2 • Plano M4*

5 Savoy Hotel
Se puede disfrutar de un té en el Thames Foyer en este antiguo y gran hotel londinense *(ver p. 70)*. ⊗ *Strand WC2 • Plano M3*

6 London Coliseum
Construida en 1904, la sede de la English National Opera mantiene aún su sabor eduardiano, con sus angelotes y sus cortinajes de terciopelo en el vestíbulo *(ver p. 56)*.

7 Cruceros por el río
Embankment Pier es el punto de embarque de una serie de viajes, desde cruceros turísticos y restaurantes al impresionante Tate que une la Tate Gallery *(ver pp. 20 y 168)*. ⊗ *Embankment WC2 • Plano M4*

8 Oasis Sports Centre
Famoso por su piscina climatizada, en este centro deportivo hay también una piscina cubierta, gimnasio, sauna y solario. ⊗ *32 Endell St WC2 • Plano M2 • Se cobra entrada*

9 Players Theatre
Esta pequeña compañía de teatro, formada en 1936, recrea los espectáculos de music hall tradicional en varios locales de Londres. Conviene comprobar su web para información de próximas obras. ⊗ *www.playerstheatre.co.uk*

10 Bush House
Sede de la BBC World Service, posee una entrada impresionante en su lado norte. En la galería del lado sur, la BBC World Service Shop vende DVDs, cintas, vídeos y libros. ⊗ *Strand WC2 • Plano N3*

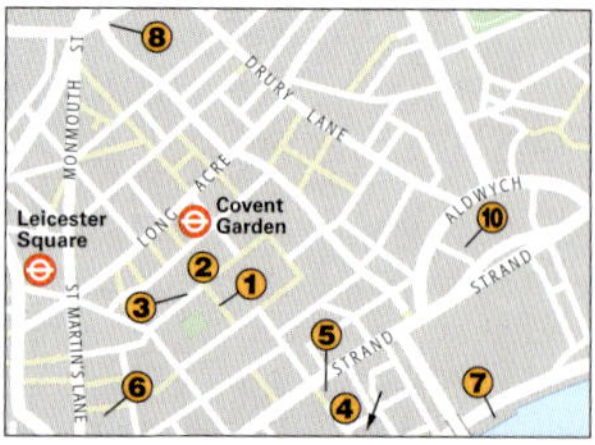

Izquierda **Pollocks Toy Shop** Derecha **Stanford's, librería especializada en viajes**

TOP 10 Compras

1 Floral Street
En esta moderna calle están situadas la tienda de Paul Smith, con la ropa más vanguardista de Londres, y la de Agnes B., divertida diseñadora francesa.
Floral Street WC2 • Plano M3

2 Shorts Gardens
Uno de los mejores lugares para ropa de *sport*, en esta calle están G-Star Raw, Boxfresh y Miss Sixty, así como salones de belleza y Neal's Yard Dairy. *Covent Garden WC2 • Plano M2*

3 Neal's Yard Remedies
Esta tienda vende remedios y artículos de aseo, todo hecho con ingredientes naturales, desde hace más de veinte años.
115 Neal's Yard WC2H • Plano M3

4 Stanford's
Esta tienda es el paraíso del viajero: un inmenso catálogo de guías de viajes, libros, mapas y regalos. *12–14 Long Acre WC2 • Plano M3*

5 St Martin's Courtyard
El destino más comercial y gastronómico de Londres es un enclave urbano elegante y encantador, con mesas al aire libre y tiendas de renombre.
Long Acre WC2 • Plano L3

6 Octopus
Original colección de coloridos bolsos, llamativas joyas, maletas y utensilios domésticos.
54 Neal St • Plano M2

7 Penhaligon's
Abierta desde 1870, esta excéntrica perfumería británica mantiene un impresionante repertorio de perfumes y accesorios para señora y caballero. Perfecto para regalos elegantes.
41 Wellington Street WC2E • Plano M3

8 Pollocks Toy Shop
Es el lugar para teatros de juguete, regalos de teatro y juguetes tradicionales como marionetas y cajas de música.
44 The Market WC2E • Plano M3

9 The Tea House
En esta tienda especializada de Neal Street se venden más de cien variedades de té, desde el mentolado de Marruecos hasta el de mango y maracuyá. Hay también novedosas teteras y libros sobre el verdadero arte de hacer té al estilo inglés.
15a Neal Street WC2 • Plano M2

10 Thomas Neal Centre
Este centro de moda de primera categoría alberga un buen número de *boutiques*. En la planta inferior hay un café y un restaurante. *Earlham Street WC2 • Plano L2*

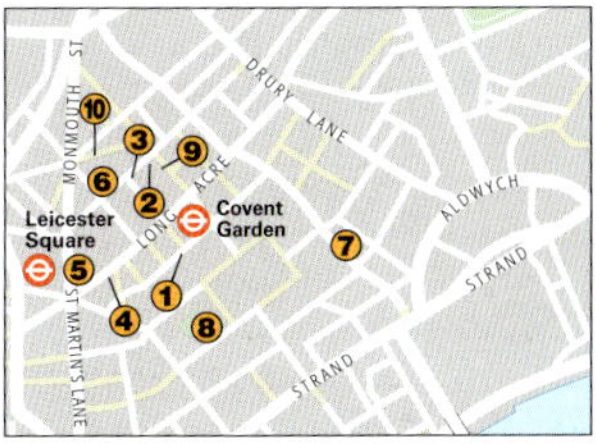

Información sobre compras ver p. 170

Izquierda **Gordon's Wine Bar** Centro **Tentempié en Paul** Derecha **Lamb and Flag**

TOP 10 'Pubs' y cafés

1 Amphitheatre Bar at the Royal Opera House

Durante el día se encuentra el Amphitheatre Bar, con café, pasteles o combinados. ✆ *Covent Garden WC2 • Plano M2*

2 Wild Food Café, Neal's Yard Dining Room

Conocido desde hace tiempo como Whole Food Café, centra su atención en los ingredientes orgánicos cocinados lo menos posible. ✆ *14 Neal's Yard WC2 • Plano M2*

3 Freud

Este pequeño sótano atrae a una multitud de artistas. Gran variedad de cafés, copas y cervezas embotelladas. ✆ *198 Shaftesbury Avenue W1 • Plano M2*

4 Canela

Delicias portuguesas y brasileñas esperan a los hambrientos. Destaca el estofado de judías negras con cerdo, los sándwiches de chorizo y los suculentos postres. ✆ *33 Earlham St WC2 • Plano L2*

5 The Lamb and Flag

Este *pub* tradicional sirve cerveza amarga; es uno de los más antiguos y populares de West End *(ver p. 62)*. Los días de diario se pueden degustar a mediodía sus estupendos asados. ✆ *33 Rose Street WC2 • Plano M3*

6 Paul

Es la mejor pastelería de Covent Garden: tiene auténticas tartas de fruta francesas, panecillos y pasteles, bocadillos de *baguette* y verdadero café francés. ✆ *29 Bedford Street WC2 • Plano M3*

7 Gordon's Wine Bar

Antigua bodega donde el vino se sirve del barril en copa grande o en vaso de escanciador. ✆ *47 Villiers Street WC2 • Plano M4*

8 Lowlander

Establecimiento muy popular que ofrece cerveza belga, cocina europea y un ambiente relajado y acogedor. ✆ *36 Drury Lane WC2 • Plano M2*

9 Porterhouse

Este *pub* ofrece excelentes cervezas, buen ambiente y rincones y barras en más de 11 niveles. ✆ *21-22 Maiden Lane WC2 • Plano M3*

10 Monmouth Coffee Company

Es el mejor lugar de la ciudad para comprar y probar buen café, además de una preciosa cafetería con carácter que sirve deliciosos pasteles franceses *(ver también p. 86)*. ✆ *27 Monmouth Street WC2 • Plano L2*

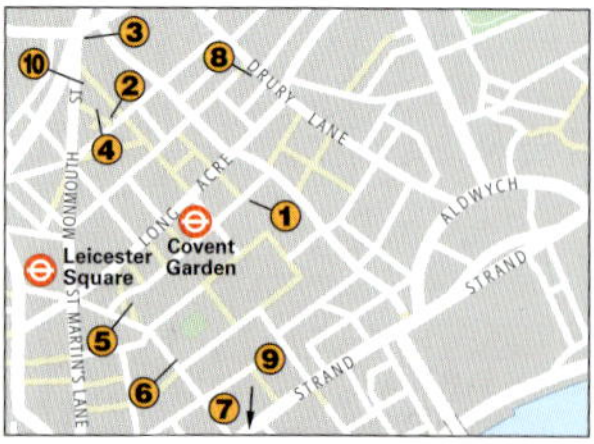

'Pubs' ver pp. 62-63

Precios

Una comida de tres platos, con media botella de vino, servicio e impuestos incluidos.	£	hasta 15 £
	££	15-25 £
	£££	25-35 £
	££££	25-35 £
	£££££	más de 50 £

Izquierda **The Ivy** Derecha **Tom's Kitchen**

TOP 10 Dónde comer

1 The Ivy
Los mortales necesitan reservar con varios meses de anticipación: es el local de los famosos de Londres. Deliciosos platos estilo *brasserie* y animado ambiente. ✆ *1 West St WC2 • Plano L2 • 020 7836 4751 • £££££*

2 Abeno Too
Comida japonesa accesible, como el okonomiyaki, un cruce entre una tortilla y un sabroso *crêpe*, cocinada en una parrilla delante de los comensales. ✆ *17-18 Great Newport St WC2 • Plano L3 • 020 7379 1160 • ££*

3 Mon Plaisir
Uno de los restaurantes franceses más antiguos de Londres. ✆ *19-21 Monmouth St WC2 • Plano L2 • 020 7836 7243 • Menús fijos en la comida y antes del teatro • £££*

4 Rock and Sole Plaice
Sencillamente, el mejor lugar de Londres para degustar el tradicional *fish and chips*. ✆ *47 Endell St WC2 • Plano L2 • 020 7836 3785 • £*

5 Brasserie Blanc
Amplia carta en esta encantadora *brasserie* francesa de Raymon Blanc. Menú preteatro de dos platos a precios razonables, ideal para tomar antes de acudir a algunos de los espectáculos de West End. ✆ *The Market, Covent Garden Piazza WC2 • Plano M2 • 020 7379 0666 • Sin acceso para discapacitados • Menús de precio fijo • ££–££££*

6 Souk Medina
Sabor a Marrakech, desde el ambiente exótico a té verde y *tajines*. ✆ *1A Short's Gardens, WC2 Plano L2 • 020 7240 1796 • £££*

7 Orso
Cocina contemporánea italiana. ✆ *27 Wellington Street WC2 • Plano M3 • 020 7240 5269 • Menús pre y posteatro*

8 L'Atelier de Joël Robuchon
Excelente comida de la mano del mentor de figuras como Gordon Ramsay. ✆ *13-15 West St WC2 • Plano L2 • 020 7010 8600 • £££££*

9 Rules
El restaurante más antiguo de Londres es famoso desde 1798 por su cerveza negra, sus pasteles y sus ostras. ✆ *35 Maiden Lane WC2 • Plano M3 • 020 7836 5314 • Sin acceso para discapacitados • £££££*

10 Tom's Kitchen
Tom Aiken reinventa la clásica cocina. En verano la terraza ofrece vistas al río. ✆ *Somerset House, The Strand WC2 • Plano N3 • 020 7845 4646 ££££*

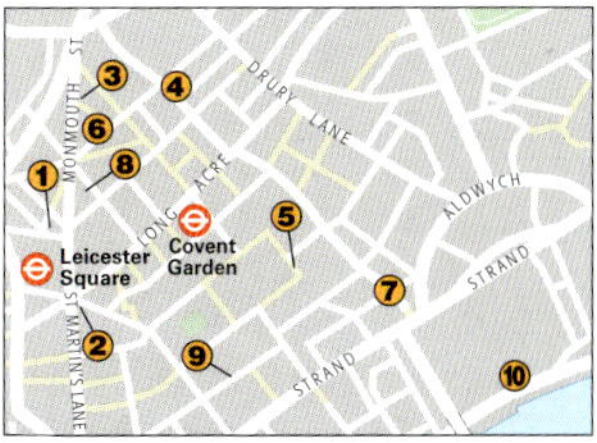

Nota: *todos los restaurantes aceptan tarjetas de crédito y sirven platos vegetarianos si no se especifica lo contrario.*

Izquierda **Museum Street** Derecha **Fitzroy Square**

Bloomsbury y Fitzrovia

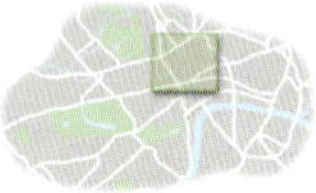

LITERARIO, JURISTA Y ESTUDIANTIL, éste es el barrio intelectual de Londres. Está dominado por dos instituciones destacadas, el British Museum y la University College London, y reforzado por el Colegio de Abogados, así que no podía ser de otro modo. Es una zona de elegantes plazas y fachadas georgianas, de bibliotecas, librerías y editoriales. La novelista más conocida del grupo de Bloomsbury, Virginia Woolf (ver p. 72)*, vivió aquí durante las primeras décadas del siglo XX. La fama de Fitzrovia como lugar de perversión se extendió a partir de los personajes que iban a la Fiztroy Tavern, como el poeta Dylan Thomas (1914-1953) y el pintor Augustus John (1878-1961).*

TOP 10 Lugares de interés

1. **British Museum**
2. **British Library**
3. **Sir John Soane's Museum**
4. **Dickens House Museum**
5. **University College London**
6. **Wellcome Collection**
7. **BT Tower**
8. **Pollock's Toy Museum**
9. **St George's Church**
10. **St Pancras International Station**

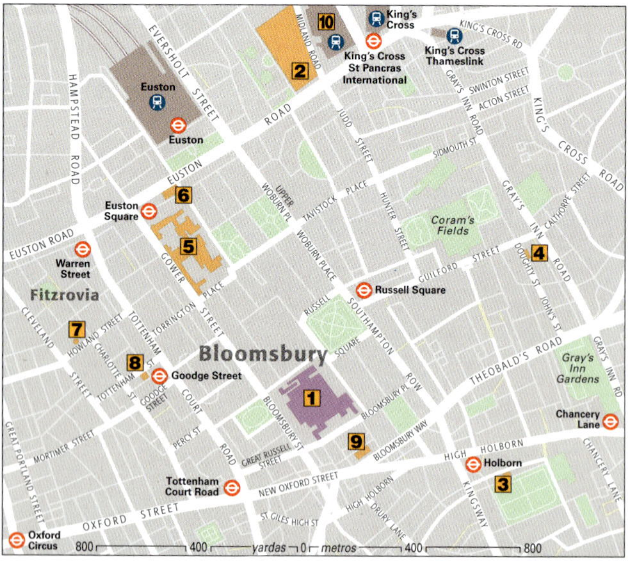

Sir John Soane's Museum

1 British Museum

Ver pp. 8-11.

2 British Library

La Biblioteca Británica, emplazada en el corazón de St Pancras, alberga todas las publicaciones de Gran Bretaña, así como muchas ediciones históricas del resto del mundo. Los socios tienen acceso gratuito, pero los visitantes pueden disfrutar de un magnífico espacio dedicado a exposiciones. Una deslumbrante muestra permanente, en la Sir John Riblatt Gallery, muestra el primer mapa de Gran Bretaña (1250), una Biblia de Gutenberg (1455), el primer folio de Shakespeare (1623), el *Mesías* de Haendel (1741) y muchos manuscritos miniados de asombrosa belleza. Las paredes de cristal en el centro del edificio dejan ver los enormes volúmenes de piel de la Biblioteca del Rey, donada por Jorge III. Hay frecuentes conferencias y acontecimientos, un café, restaurante y, por supuesto, una bien surtida librería. *96 Euston Road NW1 • Plano 1 • Horario: 9.30-18.00 lu, mi, ju, vi; 9.30-20.00 ma; 9.30-17.00 sá; 11.00-17.00 do y festivos • Gratis exposiciones permanentes • www.bl.uk*

3 Sir John Soane's Museum

Un curioso placer en este museo es mirar la cara de los visitantes cuando doblan una esquina y se encuentran con otra maravilla inesperada. Sir John Soane, uno de los principales arquitectos británicos del siglo XIX, llenó tres casas vecinas con antigüedades y tesoros dispuestos del modo más ingenioso. La cripta del sótano, construida para simular las catacumbas romanas, es particularmente original. Otro hito en este museo es la serie de pinturas de Hogarth llamada *The Rake's Progress* (1753). Las casas están en el lado norte de Lincoln's Inn Fields, el corazón del Londres jurídico, donde andan atareados los abogados con sus togas. Lincoln's Inn, en el este de la plaza, es uno de los colegios de abogados mejor preservados de Londres. Parte de él data del siglo XV. *13 Lincoln's Inn Fields WC2 • Plano N1 • Horario: 10.00-17.00 ma-sá, 18.00-21.00 primer ma de mes • Gratis • www.soane.org*

Izquierda **Manuscrito miniado en la British Library** Derecha **Sir John Soane's Museum**

Londres y la literatura **ver pp. 72-73**

4 Charles Dickens Museum

Este museo fue la casa de Charles Dickens desde 1837 hasta 1839 y en ella escribió algunas de sus mejores obras, como *Oliver Twist, Nicholas Nickerby* o *Los Papeles de Pickwick.* Ofrece una fascinante visión de la vida y la época del gran escritor victoriano. Las habitaciones permanecen tal y como eran en tiempos de Dickens. Los cercanos Doughty Mews sugieren también un regreso a la época victoriana. *48 Doughty Street WC1 • Plano F2 • Horario: 10.00-17.00 lu-do • Se cobra entrada • www.dickensmuseum.com*

5 University College London

El UCL, fundado en 1836, es una de las universidades multidisciplinares más importantes del mundo y tiene numerosas colecciones fascinantes de relevancia internacional, como el Petrie Museum of Egyptian Archaeology, el Grant Museum of Zoology y las UCL Art Collections. La universidad acoge conferencias, talleres y exposiciones públicas, así como representaciones en el Bloomsbury Theatre, en Gordon Street. *Gower Street WC1 • Plano K1 • Bloomsbury Theatre • Plano E2 • 020 7679 2000 • www.ucl.ac.uk/museums*

BT Tower

Calles de Bloomsbury

Muchas calles y plazas de Bloomsbury tienen los nombres de la familia Russell, los duques de Bedford. El primer duque aparece en la obra de Shakespeare *Enrique V.* En 1800, el quinto duque de Bedford vendió la mansión de Bedford Place y se retiró a la campiña. El duque actual ha transformado la casa solariega de la familia, Woburn Abbey, en una atracción turística *(ver p. 167).*

6 Wellcome Collection

La colección médica del hombre de negocios y filántropo americano sir Henry Wellcome (1853-1936), fundador de una de las compañías farmacéuticas más importantes del mundo, explora las conexiones entre la medicina, la vida y el arte. *183 Euston Road NW1 • Plano E2 • Horario 10.00-18.00 ma, mi, vi y sá, 10.00-22.00 ju, 11.00-18.00 do • Gratis*

7 BT Tower

Con sus 190 metros de altura, éste es el edificio más alto de Londres. Ahora se usa como centro de comunicaciones. Está cerrado al público. La Tower Tavern, en Cleveland Street, tiene un buen diagrama a gran escala donde se explican las partes de la torre. *Plano D2*

Izquierda **Fachada de St Pancras International Station** Derecha **Esculturas en la iglesia de St Pancras**

Museos **ver pp. 48-49**

Muñecos de porcelana, Pollock's Toy Museum

8 Pollock's Toy Museum

Este delicioso museo es todo un hallazgo de juguetes históricos. La tienda del piso inferior está abarrotada de juguetes antiguos, entre ellos los famosos cuadernillos de teatro victoriano, originalmente publicados por Benjamin Pollock. *1 Scala Street W1 • Plano E2 • Horario: 10.00-17.00 lu-sá • Se cobra entrada • www.pollockstoymuseum.com*

9 St George's Church

En una guía de viajes del siglo XIX se describía esta iglesia como "el edificio más feo y pretencioso de la metrópolis". La aguja está rematada con una estatua de Jorge I posando como san Jorge. Programa de conciertos y exposiciones. *Bloomsbury Way WC1 • Plano M1 • Horario: 13.00-16.00 todos los días; servicios religiosos ma-vi (9.00), mi y vi (13.10), do (10.30) • www.stgeorgebloomsbury.org.uk*

10 St Pancras International Station

Estación gótica victoriana de 1874 de sir G. G. Scott, que también diseñó el Albert Memorial *(ver p. 119)*. La mayor parte del frontal es el St Pancras Renaissance Hotel. El Eurostar sale de aquí. *Euston Road NW1 • Plano E1*

Un día en Bloomsbury y Fitzrovia

Mañana

Si se llega al **British Museum** *(ver pp. 8-11)* a las 10.00, cuando abre sus puertas, se verá el Great Court con tranquilidad. Se puede disfrutar de la cúpula de cristal de Norman Foster mientras se toma un café. No deben olvidarse los bajorrelieves asirios antes de salir.

Se pueden curiosear las tiendas de libros antiguos y de grabados, como **Jarndyce** *(ver p. 110)*, en Great Russell y en las calles junto al museo. Girando a la izquierda por Little Russell Street puede verse la bonita iglesia de St George. Si se da la vuelta a la Bloomsbury Square se pueden ver los nombres del grupo literario de Bloomsbury y sus retratos. Después puede seguirse hacia Bedford Square, con sus elegantes casas georgianas. Cruzando Tottenham Court Road se llega a Charlotte Street.

Tarde

Se pueden ver fotos de figuras literarias como Dylan Thomas en la **Fitzroy Tavern** *(ver p. 111)*, en el 16 de Charlotte Street, mientras se toma un aperitivo. Si se desea algo más sustancial que la comida de un bar, son recomendables los platos al *curry* de **Rasa Samudra** *(ver p. 111)*, en Dering Street.

Después de comer se puede ir paseando al **Brunswick Centre** para hacer algunas compras, desde comida hasta moda. Esta impresionante estructura de cemento y cristal es uno de los iconos de Londres. Luego se puede ir al cine de culto **The Renoir** o tomarse un café en **Carluccio's** (Uno, Brunswick).

Izquierda **Estilosas copas en Heals** Centro **Cornelissen & Son** Derecha **London Review Bookshop**

TOP 10 Compras

1 London Review Bookshop

Abierto por la revista literaria *London Review of Books,* esta tienda del Bristih Musuem es la favorita de los lectores. También alberga lecturas de una amplia gama de autores. ✆ *14 Bury Place WC1 • Plano M1*

2 Hobgoblin Music

Si se busca una flauta china, mandolina, tambor irlandés o cualquier otro instrumento original, esta es la tienda a la que hay que acudir. Venden una amplia gama de instrumentos de todo el mundo. ✆ *24 Rathbone Place WC1 • Plano K1*

3 Heals

La tienda líder en mobiliario es un escaparate del mejor diseño británico. Hay un café en el primer piso. ✆ *196 Tottenham Court Road W1 • Plano E2*

4 French's Dairy

Este tesoro en el corazón de Bloomsbury vende joyas contemporáneas y elegantes y accesorios para hombres y mujeres. ✆ *13 Rugby Street WC1 • Plano F2*

5 Tienda del British Museum

Se pueden encontrar exquisitas cerámicas y piezas de joyería. Desde unos pendientes que imitan el estilo egipcio o una réplica de una efigie romana, hasta artesanía moderna. ✆ *22 Great Russell Street WC1 • Plano L1*

6 Contemporary Applied Arts

CAA promociona la artesanía británica. Aquí se puede encontrar vidrio, cerámica, tejidos y joyas. ✆ *2 Percy St W1 • Plano K1*

7 James Smith and Son

Establecido en 1830, James Smith es una tienda preciosa que satisface todas las necesidades en cuanto a paraguas y bastones. ✆ *53 New Oxford St WC1 • Plano L1*

8 Cornelissen & Son

Esta tienda de arte está panelada en madera y con hileras de recipientes de cristal con pigmentos. ✆ *105 Great Russell Street WC1 • Plano M1*

9 Jarndyce

Tienda de libros antiguos especializada en literatura británica de los siglos XVIII y XIX. ✆ *46 Great Russell Street WC1 • Plano L1*

10 Thornback and Peel

Paños de cocina serigrafiados, posavasos y cojines. ✆ *7 Rugby Street WC1 • Plano F2*

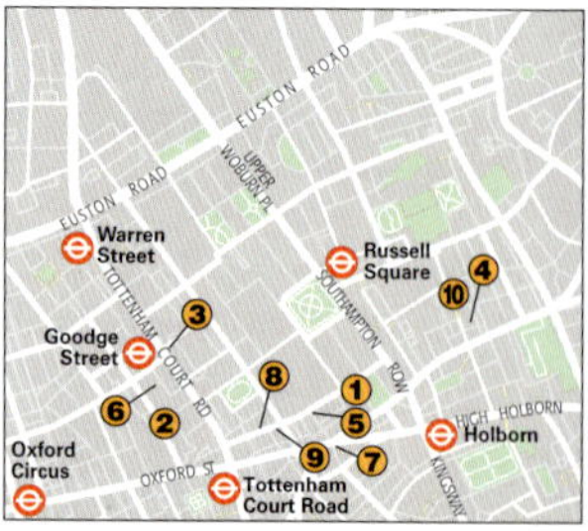

Información sobre compras **ver p. 170**

Precios	
Una comida de tres platos, con media botella de vino, servicio e impuestos incluidos.	**£** hasta 15 £
	££ 15-25 £
	£££ 25-35 £
	££££ 35-50 £
	£££££ más de 50 £

Villandry Food Store

TOP 10 Dónde comer

1 Rasa Samudra
Platos exquisitos de Kerala, al sur de la India. Incorpora pescado y ensaladas al *curry*. Un libro de cocina explica los platos que resultan desconocidos. *6 Dering Street W1 • Plano L1 • 020 7637 0222 • Discapacitados, sólo planta baja • £££*

2 Truckles of Pied Bull Yard
Este bar de vinos cobra vida en verano, cuando la terraza se llena de gente tomando una copa de rosado o de Pimm's. *Junto a Bury Place WC1 • Plano M1 • 020 7404 0368 • Sin acceso para discapacitados • £££*

3 Bam-Bou
Emplazado en una encantadora casa georgiana ofrece comida tradicional del sur de Asia. *1 Percy Street W1 • Plano K1 • 020 7323 9130 • Sin acceso para discapacitados • £££*

4 Hakkasan
Su ubicación puede que no sea recomendable, pero este restaurante chino y bar de cócteles sí que tiene clase. *8 Hanway Place W1 • Plano K1 • 020 7927 7000 • £££££*

5 Fitzroy Tavern
El *pub* que da su nombre a esta zona tiene una barra central muy grande que atrae a gran cantidad de gente. La buena cerveza Samuel Smith tiene un precio razonable. *16 Charlotte Street W1 • Plano 1*

6 Salt Yard
Entre los platos españoles destaca el cochinillo con alubias y calabacín frito. *54 Goodge Street W1 • Plano K1 • 020 7637 0657 • ££££*

7 Villandry Foodstore
Junto a una excelente tienda de comida, este restaurante tiene un menú moderno sencillo tipo brasería francesa. Cuenta con café y bar. *170 Great Portland Street W1 • Plano J1 • 020 7631 3131 • ££££*

8 Norfolk Arms
Este *gastropub* sirve tapas de comida mediterránea. Muy frecuentado. *28 Leigh Street WC1 • Plano E2 • 020 7388 3937 • £££*

9 Carluccio's Caffè
Un toque de la auténtica Italia en esta tranquila plaza detrás de Oxford Street. *8 Market Place W1 • Plano J2 • 020 7636 2228 • ££*

10 Fino
Este restaurante español sirve tapas, incluido marisco a la plancha. *33 Charlotte St WC1 • Plano K1 • 020 7813 8010 • £££*

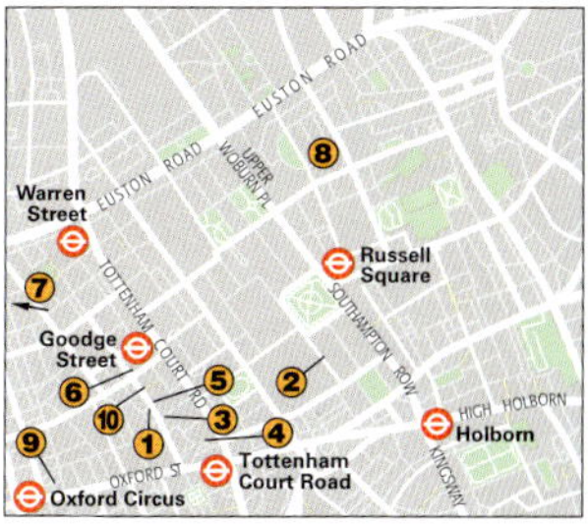

Nota: *todos los restaurantes aceptan tarjetas de crédito y sirven platos vegetarianos si no se especifica lo contrario.*

Izquierda **Buckingham Palace** Derecha **Burlington Arcade**

Mayfair y St James's

AQUÍ ES DONDE LA REALEZA *compra y los demás miran. Muchas de las pequeñas tiendas se establecieron para atender a la corte real del St James's Palace. Piccadilly –llamado así por los divertidos collares* (picadils) *que se vendían en esta calle durante el siglo XVIII– divide St James's, hacia el sur, y Mayfair, hacia el norte, donde las mejores tiendas continúan por Bond Street, Cork Street y Savile Row, hasta Oxford Street. Mayfair, emplazamiento de la Royal Academy of Arts desde 1868, es una de las mejores zonas para vivir de la ciudad. En la actualidad, las galerías de arte de primera categoría están aquí.*

TOP 10 Lugares de interés

1. Buckingham Palace
2. St James's Park
3. Royal Academy of Arts
4. St James's Palace
5. Bond Street
6. Shepherd Market
7. Apsley House
8. Berkeley Square
9. Burlington Arcade
10. Royal Institution

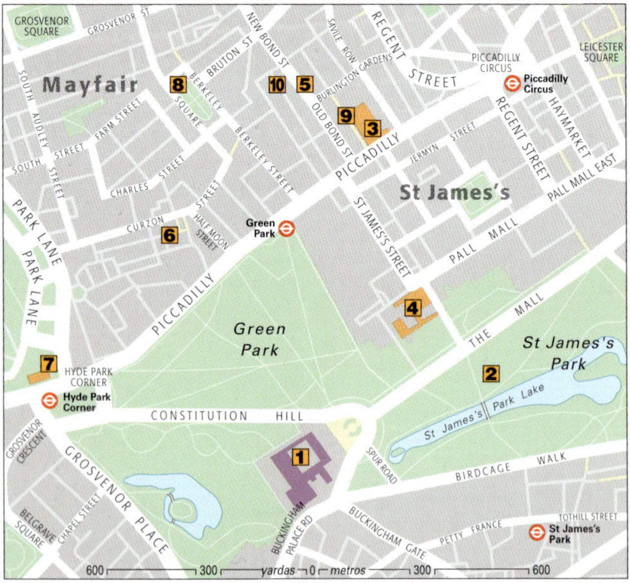

Victoria Memorial, Buckingham Palace

1 Buckingham Palace

Ver pp. 26-27.

2 St James's Park

Sin duda, éste es el parque más elegante de Londres, con sus deslumbrantes parterres de flores, sus aves exóticas en el lago, un excelente café restaurante junto al lago *(Inn the Park, 020 7451 9999 para reservar)* y música en el templete durante el verano. El puente sobre el lago tiene inmejorables vistas, hacia el oeste, de Buckingham Palace, y, hacia el este, de la antigua Colonial Office, donde antaño 125 funcionarios gobernaban el Imperio Británico, la quinta parte del territorio mundial *(ver p. 28).* *SW1 • Plano 5-L5 • Horario: 5.00-24.00 todos los días*

3 Royal Academy of Arts

Las mejores exposiciones de arte están en Burlington House, sede de la institución más prestigiosa de bellas artes. El edificio es una de las pocas mansiones del siglo XVII de Piccadilly: se pueden ver los frontales de los antiguos jardines subiendo hacia las Sackler Galleries. Cerca de la entrada se expone *La Virgen y el Niño* (1505) de Miguel Ángel, una de las únicas cuatro esculturas de Miguel Ángel que están fuera de Italia. En la muy popular exposición que celebra la Academia anualmente, cada verano, se exponen obras de autores conocidos y desconocidos *(ver p. 51).* *Burlington House, Piccadilly W1 • Plano J4 • Horario: 10.00-18.00 todos los días (22.00 vi) • Gratis (se cobra para exposiciones temporales) • www.royalacademy.org.uk*

4 St James's Palace

Fue levantado bajo el reinado de Enrique VIII, en el lugar que ocupaba el antiguo hospital de St James. La puerta principal tiene el ladrillo rojo característico de la época Tudor. *The Mall SW1 • Plano K5 • Cerrado al público*

Izquierda **St James's Park** Derecha **St James's Palace**

Londres y la monarquía **ver pp. 54-55**

5 Bond Street

Es la calle de tiendas más exclusiva de Londres. La parte norte se conoce como New Bond Street y la parte sur como Old Bond Street. Desde hace mucho tiempo ha sido el lugar de entretenimiento de la alta sociedad: muchos establecimientos tienen más de 100 años. La calle acoge lo mejor en casas de moda, elegantes galerías, como Halcyon y la Fine Art Society, la sala de subastas Sotheby's, y joyerías como Tiffany o Asprey. En la confluencia de Old y New Bond Street hay una preciosa escultura de Franklin D. Roosevelt y Winston Churchill, ambos líderes políticos durante la II Guerra Mundial. *Plano J3-J4*

6 Shepherd Market

Este mercado debe su nombre a Edward Shepherd, que construyó aquí dos almacenes hacia 1735. En la actualidad, esta zona peatonal en el corazón de Mayfair es un buen lugar para pasear durante las tardes estivales y tomar algo. El *pub* más interesante es Ye Grapes, fundado en 1882; y de los restaurantes destacan L'Artiste Musclé, Le Boudin Blanc y The Village Bistro. Durante el siglo XVII se celebraba aquí una feria en mayo (May Fair), de donde procede su nombre. *Plano D4*

Americanos en Mayfair

Su relación con Mayfair data de la II Guerra Mundial, cuando Eisenhower vivió en una casa en Grosvenor Square. En 1960 la Embajada se erigió en unos terrenos alquilados al Grosvenor Estate, el cual se negó a venderlos a menos que se le devolvieran 12.000 acres de tierra que le fueron confiscados en Florida durante la guerra de la Independencia de Estados Unidos.

La lujosa decoración de Apsley House

7 Apsley House

Apsley House fue la residencia del duque de Wellington *(ver p. 53)* y parte de ella todavía sigue ocupada por la familia. Fue levantada por Robert Adam en la década de 1770 y se cedió para albergar las pinturas y recuerdos del gran militar británico. Entre los cuadros hay varias obras de Diego Velázquez, incluido *El aguador de Sevilla.* La estatua de Napoleón desnudo, de Antonio Canova, es especialmente patética. *Hyde Park Corner W1 • Plano 5 • Horario: abr-oct: 11.00-17.00 mi-do, nov-mar: 10.00-16.00 sá y do • Se cobra entrada*

8 Berkeley Square

Esta zona verde en mitad de Mayfair se plantó en 1789 y sus 30 enormes plátanos acaso sean los más viejos de Londres. En 1774 un

Izquierda **Shepherd Market** Derecha **Berkeley Square**

Burlington Arcade

héroe del Imperio Británico en la India, llamado Clive de la India, se suicidó en el nº 45. Los bancos de la plaza tienen inscripciones, muchas de los soldados americanos que se alojaron en Mayfair durante la II Guerra Mundial. Bentley y Rolls Royce tienen su establecimiento en la plaza. *Plano D4*

9 Burlington Arcade

Esta galería en la que se apiñan las joyerías fue construida en 1819 para la casa de lord George Cavendish de Burlington House *(ver Royal Academy of Arts, p. 113)* con el fin de impedir que la gente tirara basura a su jardín. La arcada está vigilada por bedeles que se aseguran de que no haya en este lugar conductas inapropiadas.
Piccadilly W1 • Plano J4

10 Royal Institution

Michael Faraday (1791-1867), pionero de la tecnología eléctrica, realizó sus experimentos en los laboratorios de la Royal Institution, donde ofició como profesor de Química de 1833 a 1867. Estos edificios neoclásicos albergan laboratorios, el teatro Faraday y un museo sobre ciencia. *The Royal Institution, 21 Albemarle Street W1 • Plano J3 • Horario: 9.00-18.00 lu-vi • Gratis • www.rigb.org*

Un día en St James's

Mañana

Desde la estación de metro St James's Park se puede subir por Queen Anne's Gate viendo las encantadoras casas del siglo XVIII. Cruzando la avenida en la esquina, en Birdcage Walk, se accede a **St James's Park** *(ver p. 113)*. En el café junto al lago, Inn the Park, se puede tomar algo y ver los pelícanos, antes de dirigirse a **Buckingham Palace** *(ver p. 26)* para ver el cambio de guardia a las 11.30. Después de esta ceremonia, cabe llegarse hasta The Mall, pasar **St James's Palace** *(ver p. 113)* y entrar por St James's Street. Girando hacia la derecha por Jermyn Street se llega a las tradicionales tiendas de queso, como Paxton y Whitfield, y a las perfumerías, como Floris. Pasando la iglesia de Wren, St James's, cerca del final de la calle, hacia el norte, se sale al mercado de artesanía. Bajando hacia el oeste por Piccadilly se llega a Fortnum.

Tarde

Fortnum and Mason *(ver p. 64)* es un lugar perfecto para comprar té y comer en el restaurante Fountain, donde la opción más barata es caviar con cava.

Si se cruza Piccadilly hacia la **Royal Academy of Arts** *(ver p. 113)* y se invierte una hora en la colección permanente, incluyendo la escultura de Miguel Ángel *La Virgen y el Niño*, después se pueden mirar los escaparates de la Burlington Arcade y pasar luego a las galerías de **Cork Street** *(ver p. 116)*. Hacia la izquierda, por Bond Street, cabe ir a **Brown's** *(ver p. 177)*, el estiloso hotel de Albemarle Street, donde se puede descansar saboreando un elegante y caro té inglés.

Izquierda **Sala de subastas Sotheby's** Derecha **Ropa de diseño en Browns**

TOP 10 Compras

1 Fortnum and Mason

Estas elegantes galerías comerciales, famosas por sus restaurantes, todavía mantienen a sus empleados vistiendo los típicos *coat tails* (chaquetas con faldones). Se puede probar alguno de los extravagantes helados en el restaurante Parlour *(ver p. 64)*. *181 Piccadilly W1 • Plano J4*

2 Asprey

La familia real compra aquí sus joyas desde hace al menos un siglo. También pueden encontrarse otros regalos, como plumas o marcos de plata. *167 New Bond Street • Plano J3*

3 Charbonnel et Walker

Es una de las mejores chocolaterías de la ciudad y ofrece una tentadora variedad de bombones caseros. Se pueden elegir, en tipos y tamaños, hasta completar una de las preciosas cajas. *1 The Royal Arcade, 28 Old Bond Street W1 • Plano J4*

4 Gieves and Hawkes

Esta tienda es una de las más conocidas en una calle en la que abundan los sastres. Venden delicadas camisas y trajes desde 1785. También hay ropa de confección industrial. *1 Savile Row W1 • Plano J3*

5 Browns

LEstos grandes almacenes albergan las casas más famosas de ropa: Lanvin, Balenciaga y Alexander McQueen, entre otros. *23-27 South Molton Street W1 • Plano D3*

6 Mulberry

El mejor lugar para comprar los complementos de la casa de campo. *41-42 New Bond Street W1 • Plano J3*

7 Galerías de Cork Street

Cork Street es famosa por sus galerías de arte. Se pueden comprar obras de los mejores artistas, desde Picasso y Rothko, hasta Damien Hirst o Tracey Emin. *Plano J3*

8 Sotheby's

Aquí se puede admirar todo: desde recuerdos de las estrellas pop hasta las pinturas de los grandes maestros. Se fundó en 1744. *34-35 New Bond Street W1 • Plano J3*

9 Fenwick

Unos pequeños grandes almacenes, marcas de diseñadores, accesorios y lencería. *63 New Bond Street W1 • Plano J3*

10 Waterstone's

Es probablemente la librería más grande de Europa *(ver p. 65)*. *203-206 Piccadilly • Plano K4*

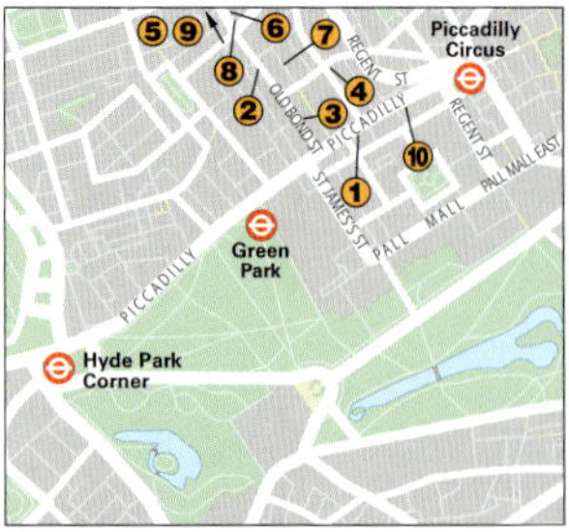

Información sobre compras **ver p. 170**

Comedor de Tamarind

Precios

Una comida de tres platos, con media botella de vino, servicio e impuestos incluidos	£	hasta 15 £
	££	15-25 £
	£££	25-35 £
	££££	35-50 £
	£££££	más de 50 £

TOP 10 Dónde comer

1 Sketch
La cocina es una de las mejores de Londres. The Gallery es animado e informal, mientras que Lecture Room, más caro, atrae a famosos y gente a la última. *9 Conduit St W1 • Plano J3 • 020 7659 4500 • £££££*

2 Momo
Este restaurante norteafricano, decorado al estilo de una kasba, sirve *tajines* y cuscús. El Mo Café and Bazaar, en la puerta de al lado, ofrece té y algo para picar. *25 Heddon Street W1 • Plano 3 • 020 7434 4040 • ££££*

3 Galvin at Windows
Este restaurante en lo alto del Hilton cuenta con unas impresionantes vistas. Cocina con influencia francesa. Perfecto para una ocasión especial. *22 Park Lane W1 • Plano D4 • 020 7208 4021 • £££££*

4 Tamarind
Restaurante indio. La comida es moderna, original y de temporada, mientras que el personal es servicial. Menús fijos de excelente relación calidad/precio. *20 Queen St W1 • Plano J4 • 020 7629 3561 • ££££*

5 The Square
En este restaurante moderno y sofisticado se ofrece una maravillosa comida francesa. Sólo se sirven menús fijos. Los menús de mediodía cuestan 30 y 35 libras. *6–10 Bruton Street W1 • Plano 3 • Acceso discapacitados • 020 7495 7100 • £££££*

6 The Wolseley
El interior *art déco* confiere a esta famosa *brasserie* un aire de *glamour*. Abre a las 7.00 (a las 8.00 sá y do). Reservar con antelación para el restaurante formal. *160 Piccadilly W1 • Plano 4 • 020 7499 6996 • ££££*

7 Bond & Brook
Mezcla y combinación de deliciosos platos pequeños en el restaurante y el bar. *63 New Bond Street W1 • Plano J3 • 020 7629 0273 • ££££*

8 Alloro
Este restaurante tiene un espacioso comedor y buena comida italiana. *19-20 Dover St W1 • Plano 4 • 020 7495 4768 • £££££*

9 ICA Café
GBuena comida y precios razonables en este restaurante situado en el centro artístico. *The Mall SW1 • Plano 4 • 020 7930 8619 • £££*

10 The Greenhouse
Cocina europea moderna premiada por Michelin en una tranquila ubicación de Mayfair. *27a Hay's Mews W1 • Plano D4 • 020 7499 3331 • £££££*

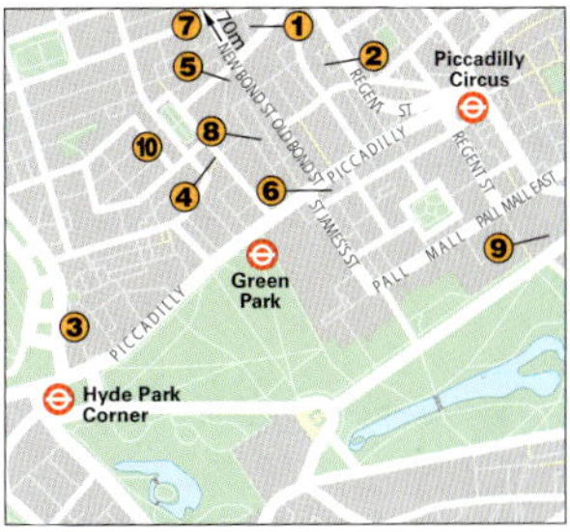

Nota: *todos los restaurantes aceptan tarjetas de crédito y sirven platos vegetarianos si no se especifica lo contrario.*

Izquierda **Azulejos en Holland House** Centro **Kensington Gardens** Derecha **Natural History Museum**

Kensington y Knightsbridge

AQUÍ VIVE LA ALTA BURGUESÍA *inglesa. Las niñeras empujan sus cochecitos en los jardines de Kensington, los niños uniformados hacen cola en silencio en Hans Crescent y las damas cotillean en el Fifth-Floor Café de Harvey Nichols. Harrods es el faro de toda la zona; los acantilados son los grandes museos emplazados en el sur de Kensington por el príncipe Alberto, cuyo nombre aparece por doquier. Kensington fue el distrito real de lady Diana, que vivió en Kensington Palace, la más escogida de todas las residencias reales, e iba de compras a Beauchamp Place. Las monarquías extranjeras tienen casas también en esta zona. Tales mansiones necesitan los complementos más exquisitos y algunos de los mejores anticuarios están en Kensington Church Street y Portobello Road, el lugar más divertido para las mañanas dominicales.*

TOP 10 Lugares de interés

1. Natural History Museum
2. Science Museum
3. Victoria and Albert Museum
4. Kensington Palace
5. Albert Memorial
6. Harrods
7. Royal Albert Hall
8. Portobello Road
9. Holland Park
10. Leighton House

Relieve decorativo en el Natural History Museum

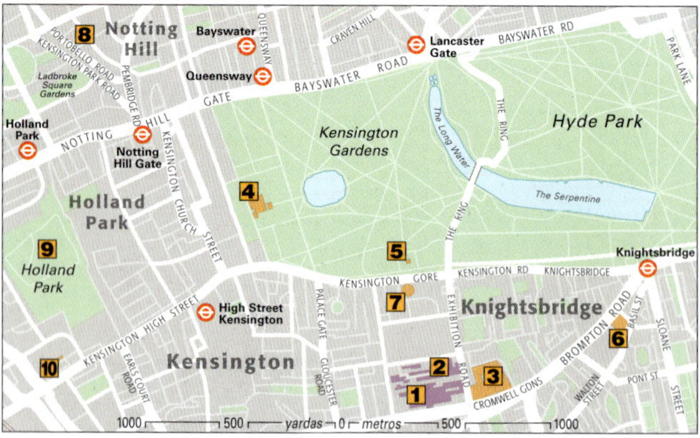

1 Natural History Museum

El mundo de los animales y la geología explicados con claridad *(ver pp. 22-23)*.

2 Science Museum

Traza la historia de los descubrimientos técnicos y científicos *(ver pp. 24-25)*.

3 Victoria and Albert Museum

Este encantador museo, cuyo nombre remite a la adorada pareja real, alberga una infinidad de tesoros. Hay arte de todos los rincones del mundo, desde la antigua China hasta el arte contemporáneo de Gran Bretaña. Destacan por encima de todo las réplicas en yeso de estatuas, monumentos y objetos de la Italia renacentista. La exposición está dividida en seis plantas. Las British Galleries muestran interiores domésticos desde 1500 hasta 1900 *(ver p. 48)*. *Cromwell Road SW7 • Plano B5–C5 • Horario: 10.00-17.45 todos los días • Gratis • www.vam.ac.uk*

Mesa turca de 1560 en el V&A Museum

4 Kensington Palace

Es una preciosa residencia real a escala doméstica que aún es utilizada por los miembros de la familia real: la princesa Diana de Gales vivió aquí, así como la princesa Margarita, hermana de la reina. En 2012 se terminó una reforma de 12 millones de liras que ha mejorado las instalaciones y permitido acceso a nuevas zonas como los jardines. Se organizan cuatro rutas que ofrecen una visión de la vida pública y privada de algunos de los residentes más importante del palacio como Guillermo y María, el rey Jorge III, la reina Victoria, la princesa Margarita o la princesa Diana *(ver p. 54)*. *Kensington Palace Gardens W8 • Plano A4 • Horario: 10.00-18.00 (últ entrada 17.00) lu-do • Se cobra entrada • www.hrp.org.uk*

5 Albert Memorial

Este monumento, erigido en honor del amado esposo de la reina Victoria, el príncipe Alberto es un digno recuerdo del hombre que desempeñó un papel fundamental en el establecimiento de los museos del sur de Kensington. Está situado enfrente del Royal Albert Hall y fue diseñado por sir George Gilbert Scott; se concluyó en 1876. En sus cuatro esquinas hay escenas que representan el Imperio, el cual llegó a su cumbre durante el reinado de Victoria. *Kensington Gardens SW7 • Plano B4*

Izquierda **Earth Galleries, en el Natural History Museum** Derecha **Albert Memorial**

Museos **ver pp. 48-49**

6 Harrods

Ni mochilas ni vaqueros... Los porteros de Harrods se aseguran de que los clientes tengan el mejor gusto posible. Este emporio, famoso en todo el mundo, comenzó su andadura en 1849 como una pequeña e impecable tiendecita. El actual edificio de terracota fue construido en 1905 y aparece en todo su esplendor por la noche, cuando se ilumina con 11.500 bombillas. Tiene más de 300 departamentos y no deben obviarse los restaurantes, maravillosamente decorados, con deliciosa comida de picnic y exóticas especialidades. Se recomienda coger un plano y entrar *(ver pp. 64 y 123)*.
Knightsbridge SW1 • Plano 4

7 Royal Albert Hall

Cuando la reina Victoria puso la primera piedra de The Hall of Arts and Sciences, a todo el mundo le resultó extraño que pusiera las palabras Royal Albert antes del nombre; pero en la actualidad el edificio se conoce como el Albert Hall. Es un enorme edificio, casi circular, diseñado como un anfiteatro romano y con 5.000 asientos. Aquí se celebran representaciones circenses, estrenos de películas y acontecimientos musicales; muy especiales son los conciertos Sir Henry Wood Promenade Concerts *(ver p. 57)*. *Kensington Gore SW7 • Plano 5 • Abierto para espectáculos y visitas guiadas • www.royalalberthall.com*

Estatua del príncipe Alberto

El príncipe Alberto

La reina Victoria y su primo el príncipe Alberto de Sajonia-Coburgo-Gotha tenían ambos 20 años cuando se casaron en 1840. Él era un victoriano, en todos los sentidos, y su interés por las artes y las ciencias desembocó en la fundación de las grandes instituciones del sur de Kensington. Murió con 41 años y la reina le lloró el resto de su vida. Tuvieron nueve hijos.

8 Portobello Road

Portobello Road, que cruza el centro del modernísimo Notting Hill, es un magnífico lugar para pasar el rato, con su amplia selección de anticuarios. El famoso mercadillo comienza justo al otro lado de Westbourne Grove, con antigüedades, frutas y verduras, pan, salchichas, quesos, y después música, ropa y bricolaje. Bajo un puente de tren tiene lugar un mercadillo de ropa de jóvenes diseñadores los viernes y sábados. Tras el puente comienza el rastro. Desde el piso de arriba del Café Grove (n° 253a) se puede ver todo el panorama; también se puede tomar un zumo en Fluid's (13 Elgin Crescent). Resulta interesante la comida étnica: los sabores indios se esparcen entre la ropa colorista de los puestos *(ver p. 65)*. *Plano A3-A4*

Izquierda **Mercado de Portobello Road** Derecha **Royal Albert Hall**

Café, Holland Park

9 Holland Park

Holland Park tiene muchos encantos. Los jardines cerrados están dispuestos como las habitaciones de una casa al aire libre. En el centro está Holland House, una preciosa mansión jacobina que fue destruida en un bombardeo en 1941. Lo que queda de ella se usa como albergue juvenil y como escenario para conciertos estivales. Los pavos reales deambulan en las arboledas y los jardines, incluido el Ducht Garden, donde se plantaron dalias en Inglaterra por vez primera. *Abbotsbury Road W14 • Plano A4-A5*

10 Leighton House

En Leighton House se pueden encontrar todos los motivos de la estética victoriana. El edificio fue diseñado en 1860 por lord Leighton *(ver p. 52)* y su amigo George Aitchison. El lugar de mayor interés es el Arab Hall, con una fuente y una cúpula con vidrieras. Otros amigos contribuyeron con frisos y mosaicos, pero buena parte de la decoración es original. Destacan los azulejos islámicos, coleccionados por Leighton y sus amigos durante sus viajes. *12 Holland Park Road W14 • Plano 5 • Horario: 10.00-17.30 mi-lu • Se cobra entrada*

Un día en Kensington

Mañana

Se puede comenzar en la estación de metro South Kensington y seguir las señales hasta el **Victoria and Albert Museum** *(ver p. 119)*. Una hora se pasa volando en las galerías medievales y renacentistas. Siguiendo por Old Brompton Road se llega al **Brompton Oratory** *(ver p. 47)*, donde se puede admirar el suntuoso e italianizante interior, con sus doce apóstoles en mármol. Si se cruza la calle se podrá disfrutar de un café con pasteles en la Patisserie Valerie.

Después se puede girar a la derecha hacia Beauchamp Place, donde los escaparates se convierten en arte, gracias a creadores como Bruce Oldfield o Caroline Charles. Bajando hacia Pont Street, están Hermés, Chanel y Dolce e Gabbana. A la izquierda se coge Knightsbridge hasta Harrods.

Harrods tiene 29 bares y restaurantes, incluidos Deli, Oyster Bar y el legendario Caffè Florian en la tercera planta.

Tarde

A cinco minutos en dirección norte, desde Harrods, está **Hyde Park** *(ver p. 28)*, donde se puede pasear en el lado norte de la Serpentine. Yendo hacia **Kensington Palace** *(ver p. 119)* se pasa por la famosa estatua de *Peter Pan*, de J. M. Barrie, y por Round Pond, donde los aficionados hacen navegar sus barquichuelos. En dirección oeste, se sitúa la exposición de vestidos del palacio. Al lado, **The Orangery** *(ver p. 124)* ofrece una reparadora taza de té.

Izquierda **A caballo por Hyde Park** Centro **Serpentine Gallery** Derecha **Orangery de Holland Park**

TOP 10 Lo mejor de lo mejor

1 Royal College of Music

El principal *college* de música del Reino Unido pone en escena espectáculos musicales durante todo el año. También alberga un Museo de Instrumentos Musicales. *Prince Consort Road SW7 • Plano B5 • El museo abre cuatro días a la semana durante curso académico, llame para informarse (020 7591 4314) • Gratis*

2 Conciertos en Holland Park

Este teatro al aire libre acoge la temporada de verano de ópera; las exposiciones de arte están en la Ice House y Orangery *(ver p. 121)*. *Abbotsbury Road W14 • Plano A4-A5 • Se cobra entrada*

3 Serpentine Gallery

En la esquina sureste de los jardines de Kensington se sitúa este museo, con arte contemporáneo *(ver p.51)*. *Kensington Gardens W2 • Plano B4 • Horario: 10.00-18.00 todos los días • Gratis*

4 Christie's

Visitar sus galerías es como acudir a un pequeño museo. Los expertos valoran los objetos que trae el público. *85 Old Brompton Road SW7 • Plano B5 • Horario: 9.00-17.00 lu-vi (19.30 lu), 11.00-17.00 sá y do*

5 Electric Cinema

Es el edificio más antiguo de Londres construido para ser un cine y sigue siendo uno de los más bonitos. Ofrece asientos lujosos y tecnología de 4 dimensiones; también cuenta con un bar y restaurante. *191 Portobello Road W11 • Plano A3*

6 Queens Ice Bowl

Hay pista de patinaje sobre hielo, karaoke y bolos. *17 Queensway W2 • Plano A3 • Bolera: 10.00-23.00 todos los días; pista de patinaje: 10.00-23.00 todos los días • Se cobra entrada*

7 V&A Friday Late

El último viernes de cada mes las galerías del piso principal del Victoria and Albert Museum abren hasta las 22.00, con noches temáticas *(ver p. 119)*. *Cromwell Road SW7 • Plano B5 • Gratis*

8 Lido Bar and Café

El Lido tiene mesas a lo largo del Serpentine Lido, junto al lago. Durante las tardes de verano hay sesiones de jazz y poesía. *Hyde Park W2 • Plano C4*

9 Speakers' Corner

Esta esquina de Hyde Park atrae a un variado número de oradores públicos, especialmente los domingos. *Hyde Park W2 • Plano C3*

10 Establos de Hyde Park

El mejor lugar para montar a caballo en Londres; para dar un paseo por Hyde Park, o aprender a montar. *63 Bathurst Mews W2 • 020 7723 2813 • Plano B3*

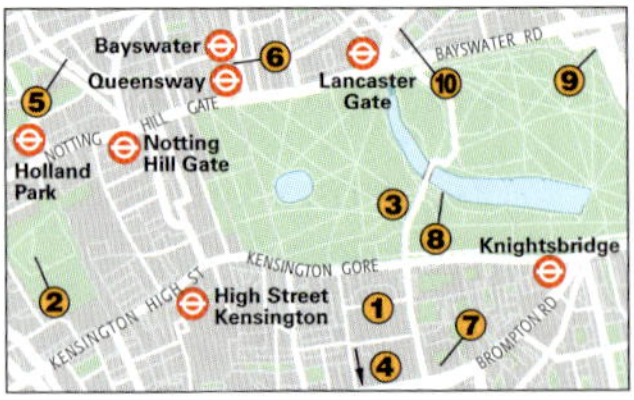

Izquierda **Harvey Nichols** Derecha **Maniquí en Harvey Nichols**

TOP 10 Compras

1 Harrods
El centro comercial más famoso de Londres tiene más de 300 departamentos abarrotados de los mejores productos que se puedan comprar con dinero. Destacan la comida, la moda, la porcelana china y el menaje *(ver p. 64 y p. 120)*. *87–135 Brompton Rd SW1 • Plano C5*

2 Harvey Nichols
Otros destacados almacenes de Londres. Cuenta con ocho plantas de moda, belleza y colecciones de hogar, así como una planta dedicada a comida de la mejor calidad *(ver p. 64)*. *109–125 Knightsbridge SW1 • Plano C4*

3 Burberry
Se venden las famosas gabardinas y otras prendas con su reconocible estampado a cuadros. *2 Brompton Road SW1 • Plano C5*

4 Sloane Street
Una deslumbrante concentración de tiendas de lujo y diseñadores se extiende en la calle sur de los almacenes Harvey Nichols. *Plano C5*

5 Artisan du Chocolat
Combinando el sentido artístico y la artesanía, Gerard Coleman crea originales especialidades de chocolate. *89 Lower Sloane Street SW1 • Plano C5*

6 Rigby & Peller
Famosa por su ropa interior de alta calidad, bañadores, corsetería, esta empresa mantiene la Royal Warrant desde 1960. Reserve una sesión de estilismo de lencería. *2 Hans Road SW3 • 020 7225 4760 • Metro Knightsbridge*

7 Designers Guild
Las telas y revestimientos de paredes de Guild tienen un estilo fresco. Gran variedad de diseños. *267–277 King's Road SW3 • Plano B6*

8 Cutler and Gross
Aquí se puede encontrar lo último en gafas y una soberbia colección de modelos clásicos. *16 Knightsbridge Green SW1 • Plano C5*

9 The Shop at Bluebird
Como es de esperar en King's Road, la mercancía aquí siempre es elegante y moderna. Ropa de hombre y de mujer, libros, muebles e incluso un *spa* para tratamientos a la antigua. *350 King's Road SW3 • Plano B6*

10 Ceramica Blue
Esta pequeña y encantadora tienda de Notting Hill vende cerámica, artículos de cristal, telas y otros artículos para el hogar. *10 Blenheim Crescent W11 • Metro Ladbroke Grove*

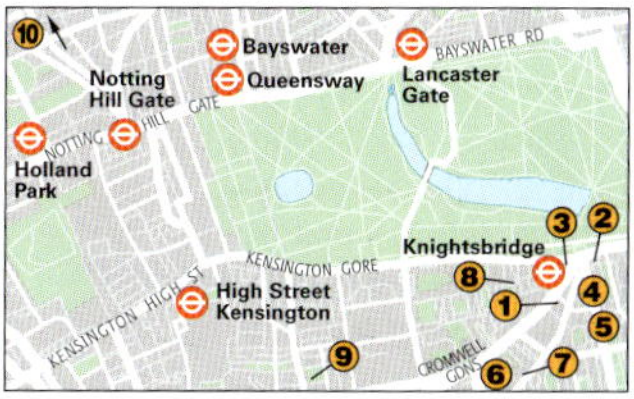

Información sobre compras **ver p. 170**

Izquierda **Fifth Floor Café, en Harvey Nichols** Derecha ***Pub* Churchill Arms**

TOP 10 'Pubs' y cafés

1 Beach Blanket Babylon

Este bar, famoso por su interior enloquecidamente gótico, sirve almuerzos durante el día; por la noche es un elegante local de copas. Un buen lugar para mezclarse con la modernidad de Notting Hill.
45 Ledbury Road W11 • Plano A3

2 Churchill Arms

Pub amplio, agradable y victoriano, lleno de misteriosos objetos y recuerdos de Churchill. En el cenador se sirve comida tailandesa barata a mediodía y la cena hasta las 21.30. *119 Kensington Church Street W8 • Plano A4*

3 The Orangery

Este delicioso café está situado en un bonito cenador que da a los jardines de Kensington *(ver p. 121)*. Té, café y comidas.
Kensington Palace W8 • Plano A4

4 Portobello Gold

Bar de moda al que acuden los compradores de antigüedades. Tiene un ambiente apropiadamente alternativo y un bar con internet en la planta de arriba. Hay también un restaurante en el invernadero.
95–97 Portobello Road W11 • Plano A3

5 Nag's Head

A un corto paseo de Hyde Park se halla esta pequeña joya que sirve cerveza Adnams y comida de *pub* de calidad. Los techos bajos y los paneles de madera contribuyen al ambiente acogedor y rural. *53 Kinnerton Street SW1 • Plano C4*

6 Paxton's Head

Popular lugar de refrigerio, tanto para los londinenses como para los visitantes. Este viejo *pub* satisface todos los gustos, con copas y vodkas aromatizados o con verdaderas cervezas *(ales)*.
153 Knightsbridge SW1 • Plano C4

7 Caffè Florian

Una auténtica experiencia veneciana, con comida divina, servicio impecable y un ambiente encantador. Café italiano por excelencia, se halla en la tercera planta de Harrods. *Knightsbridge SW1 • Plano C5*

8 Fifth Floor Café

Abierto todo el día: desayunos, comidas, tés y cenas. *Harvey Nichols, 67 Brompton Rd SW3 • Plano C4*

9 Shannon's Market Bar

Bar con mucho ambiente, muy popular entre los londinenses.
240A Portobello Road W11 • Plano A3

10 Puestos de Portobello

A lo largo del mercado hay puestos que ofrecen comida étnica de todo tipo. Esta zona también tiene buenos cafés en torno a Portobello Green. *Portobello Road W11 • Metro Westbourne Park*

'Pubs' **ver pp. 62-63**

Opulento comedor de Belvedere

Precios

Una comida de tres platos, con media botella de vino, servicio e impuestos incluidos.	£	hasta 15 £
	££	15-25 £
	£££	25-35 £
	££££	35-50 £
	£££££	más de 50 £

TOP 10 Dónde comer

1 Clarke's
El menú consiste en lo que la cocinera decida cocinar para la cena. Sea lo que sea, resulta excelente. *124 Kensington Church Street W8 • Plano A5 • 020 7221 9225 • ££££*

2 Belvedere
Restaurante romántico situado en Holland Park. Su buena comida europea realza el local. Desde el patio, en verano, se puede oír la ópera del teatro al aire libre del parque. *Holland Park W8 • Plano A4 • 020 7602 1238 • ££££*

3 Kitchen W8
Filete de dorada con sopa de mejillones y beicon es el plato típico de este elegante restaurante ideal para una cena romántica. *11–13 Abingdon Road W8 • Plano A5 • 020 7937 0120 • ££££*

4 Amaya
Consigue llevar a un nivel superior la moderna cocina india. Platos como las berenjenas y vieiras cocinadas a la parrilla, o el pato *tandoori,* son degustados en un salón decorado con madera de rosal. *1Halkin Arcade, Motcomb St SW1 • Plano C5 • 020 7823 1166 • Acceso discapacitados • £££££*

5 O Fado
El agradable personal sirve auténticas delicias portuguesas, como bacalao a la sal. Asimismo hay fado en directo en el restaurante portugués más antiguo de Londres. *49-50 Beauchamp Place SW3 • Plano C5 • 020 7589 3002 • £££*

6 Royal China
La principal atracción de este local es su tentadora variedad de *dim sum. 13 Queensway W2 • Plano A3 • 020 7221 2535 • £££*

7 The Ledbury
La comida del chef Brett Graham, que mezcla influencias globales con alta cocina, ha sido muy alabada. *127 Ledbury Road W11 • Plano A3 • 020 7792 9090 • £££££*

8 Côte
Una de las 14 sucursales alrededor de Londres, Côte parace un verdadero *bistro* parisino. *47 Kensington Court W8 • Plano A3 • 020 7938 4147 • £££*

9 Racine
Auténtica cocina francesa como asados y mucho ajo, en un maravilloso ambiente parisino. *239 Brompton Road SW3 • Plano C5 • 020 7584 4477 • ££££*

10 Mr Chow
En este consolidado y moderno restaurante se pueden encontrar auténticos platos chinos. *151 Knightsbridge SW1 • Plano C4 • 020 7589 7347 • ££££*

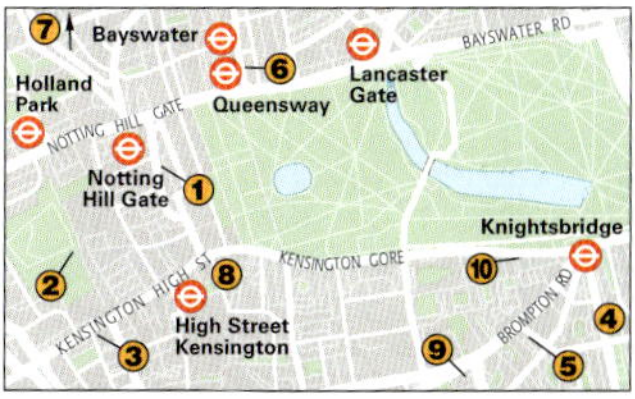

Nota: *todos los restaurantes aceptan tarjetas de crédito y sirven platos vegetarianos si no se especifica lo contrario.*

Izquierda **Madame Tussauds** Derecha **Regent's Park**

Regent's Park y Marylebone

AL NORTE DE OXFORD STREET *y al sur del parque están las grandes mansiones de Marylebone. Antaño fue una aldea medieval rodeada de campos y un agradable jardín; en la actualidad es una zona residencial, moderna y elegante. En el siglo XIX los médicos comenzaron a utilizar estas espaciosas casas como centros de salud. La relación de Marylebone con la medicina continúa actualmente, con las discretas consultas de especialistas médicos en Harley Street. Madame Tussauds puede resultar menos moderno, pero las continuas colas demuestran su gran popularidad. Detrás de Marylebone Road, circundado por las magníficas terrazas de John Nash, está Regent's Park, donde la tranquilidad de los residentes sólo se ve alterada por el almuédano de la mezquita y los rugidos de los tigres del zoo.*

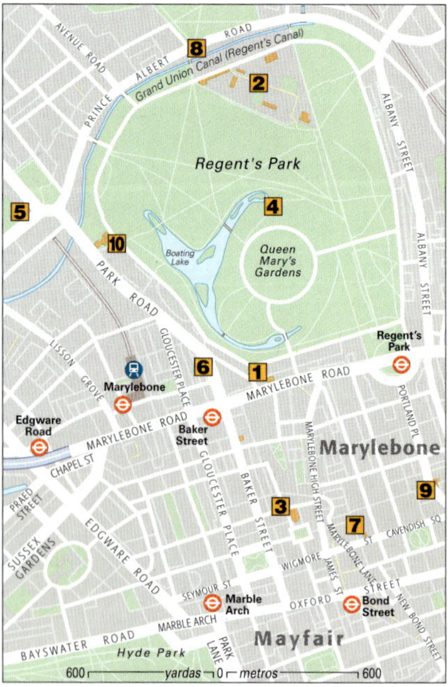

Cumberland Terrace, de John Nash, 1828

Lugares de interés

1. Madame Tussauds
2. Zoo de Londres
3. Wallace Collection
4. Regent's Park
5. Marylebone Cricket Club Museum
6. Sherlock Holmes Museum
7. Wigmore Hall
8. Regent's Canal
9. BBC Broadcasting House
10. Mezquita Central

Páginas anteriores **Mandarin Oriental hotel, Hyde Park**

Aviario de lord Snowdon, en el zoo de Londres

1 Madame Tussauds

El museo de cera Madame Tussauds, con figuras de personajes famosos, ha sido una de las atracciones del siglo pasado. En la prisión Scream se puede ver a presos desquiciados intentando saltar. Se recomienda llegar pronto para evitar las colas o reservar la entrada *(ver p. 68)*. *Marylebone Road NW1 • Plano C2 • Horario: 9.30-17.30 (últ admisión), el horario se amplía los fines de semana y festivos • Se cobra entrada • www.madametussauds.com*

2 Zoo de Londres

Ocupa la zona norte de Regent's Park. Acoge a 600 especies animales y tiene especial cuidado en la conservación: se puede obtener información sobre la alimentación y protección animal. Se proporciona un plano en las taquillas y el folleto ofrece una estupenda información sobre los animales. *Regent's Park NW1 • Plano C1 • Horario: 10.00-17.00 (18.00 en verano) todos los días • Se cobra entrada • www.zsl.org*

3 Wallace Collection

Se dice que es "la mejor colección privada jamás reunida por una sola familia", y verdaderamente es difícil no estar de acuerdo. Sir Richard Wallace, que donó su colección al Estado en 1897, fue no sólo un hombre escandalosamente rico, sino también un hombre de gustos refinados. Además de contar con 25 galerías dedicadas a la delicada porcelana de Sèvres, hay una colección de piezas maestras inglesas, francesas y alemanas, entre las que destaca la obra de Frans Hals *El caballero sonriente (ver p. 50)*.
Manchester Square W1 • Plano D3 • Horario: 10.00-17.00 todos los días • Gratis • www.wallacecollection.org

4 Regent's Park

La parte más atractiva de Regent's Park es el Inner Circle. Aquí están los Queen Mary's Gardens, con sus parterres y emparrados de rosas, un teatro al aire libre con obras estivales de Shakespeare, y el Garden Café, el cual, junto con el Honest Sausage, cerca del Zoo, es el mejor café de parque. Pueden alquilarse barcas, pistas de tenis y tumbonas, y las actuaciones musicales veraniegas tienen lugar en el templete *(ver p. 29)*.
NW1 • Plano C1-D2 • Horario: 5.00-atardecer todos los días

Izquierda **Barack Obama en el museo de cera Madame Tussauds** Derecha **Lago de Regent's Park**

5 Marylebone Cricket Club Museum

El MCC, fundado en 1787, es el estamento oficial y su campo, el Lord's, uno de los dos estadios internacionales de Londres. El museo más antiguo del mundo deportivo incluye una visita guiada. Su exposición estrella es un pequeño trofeo conocido como The Ashes. *St John's Wood NW8 • Plano B2 • Horario: lu-vi (llamar 020 7616 8595 los horarios varían los días de partido) • Se cobra entrada*

Estadio de críquet Lord's

6 Sherlock Holmes Museum

Es recomendable llevar la cámara de fotos cuando se visite este museo, así se podrá fotografiar junto al detective. El museo es verdaderamente divertido, recreado con mimo y con detalles maravillosos. Los puestos de policía victoriana vigilan el exterior; señoritas uniformadas atienden a las visitas y, en el piso de arriba, figuras de cera (incluido el malvado Moriarty) ponen en escena los momentos decisivos de los casos más famosos de Holmes. *221b Baker Street NW1 • Plano C2 • Horario: 9.30-18.00 todos los días • Se cobra entrada • www.sherlock-holmes.co.uk*

Londres y la regencia

Regent's Park debe su nombre al príncipe regente (después Jorge IV), que contrató a John Nash en 1812 para diseñar el parque en las tierras de Marylebone Farm. Nash tuvo mano libre y el resultado es una armoniosa delicia. Circundando el parque hay suntuosas casas neoclásicas, entre ellas Cumberland Terrace, construida para ser la residencia del príncipe regente.

7 Wigmore Hall

Es uno de los locales de recitales más importantes del mundo y ofrece 400 conciertos al año, como música antigua, de cámara y jazz, así como un programa educativo diverso. Esta preciosa sala de estilo *arts and crafts*, construida en 1901, tiene fama de poseer una de las mejores acústicas del mundo. *36 Wigmore Street W1 • Plano D3 • www.wigmore-hall.org.uk*

8 Regent's Canal

John Nash quería que el canal discurriera por el centro de su nuevo Regent's Park, pero las quejas de los vecinos, a los que afectaban el maloliente canal y las gentes plebeyas, obligaron a desplazarlo hacia el lado norte del parque. En 1874, un cargamento de explosivos destruyó el puente North Gate junto al Zoo de Londres *(ver p. 168)*. *Plano C1*

Izquierda **Casa flotante en Regent's Canal** Derecha **BBC Broadcasting House**

Mezquita Central de Londres

9 BBC Broadcasting House

La Broadcasting House, de la BBC, desde que fue construida en 1932 parece un transatlántico que navega por Portland Place. La modernización lo ha convertido en un estado de la era digital de la BBC Radio, BBC World Service y BBC News. Se puede hacer un recorrido de unos 90 minutos y aprender algunos trucos del oficio, o adquirir alguna entrada para programas de radio y televisión. *Portland Place W1 • Plano J1 • www.bbc.co.uk/showsandtours*

10 Mezquita Central

El almuédano llama a los piadosos creyentes cinco veces al día desde el alminar de la Mezquita Central de Londres. Fue construida en 1978 y, con su característica cúpula, sirve como centro de la comunidad islámica y como centro cultural. Se puede acceder y ver la cúpula azul celeste del interior, así como su reluciente lámpara. Las esterillas de oración cubren el suelo cuando los fieles se vuelven hacia La Meca para rezar. *146 Park Road NW8 • Plano C2*

Un día en Marylebone

Mañana

Antes de comenzar el día sería recomendable reservar una entrada vespertina para **Madame Tussauds** *(ver p. 68)*. Se puede comenzar en la estación de metro de Bond Street, saliendo hacia Oxford Street. Enfrente está St Christopher Place, una calle estrecha con tiendas encantadoras que se abre hacia una preciosa plaza peatonal. Un café en una de las mesas de la terraza de Sofra's resulta muy agradable.

Siguiendo por Marylebone Lane, con sus pequeñas tiendas, se llega a Marylebone High Street y su amplísima variedad de boutiques de moda, incluida **The Conran Shop** *(ver p. 132)*. Cabe detenerse en el tranquilo jardín de St Marylebone Parish Church y contemplar sus árboles exóticos. El párroco metodista Charles Wesley (1707-1788) tiene su monumento conmemorativo aquí.

Tarde

Se recomienda, para comer, comprar *fish and chips* en el Golden Hind *(ver p. 133)*. Para un tentempié es mejor Patisserie Valerie, en el 105 de Marylebone High Street.

Después de comer se sortearán las colas de **Madame Tussauds** y, con la entrada reservada, se puede emplear una hora y media viendo las figuras de cera.

Cruzando Marylebone Road hacia Baker Street, se puede tomar un té y un sándwich en **Reubens** *(ver p. 133)* antes de encaminarse al **Sherlock Holmes Museum,** en el 221: una fiel reconstrucción de la casa del detective de Conan Doyle.

Izquierda **Fachada de Selfridges** Centro **Galerías John Lewis** Derecha **Escaparate de Selfridges**

TOP 10 Compras

1 Daunt's Books

En esta evocadora librería de ambiente eduardiano se puede encontrar todo tipo de libros de viajes y de ficción, a lo largo de sus galerías de roble. Hay también un café. ✆ *83-84 Marylebone High Street W1 • Plano D3*

2 Marylebone Farmers' Market

Con más de 40 proveedores, es uno de los mercados de granjeros más grandes de Londres. ✆ *Cramer St Car Park W1 • Plano D3*

3 The Conran Shop

Conran vende lo mejor en diseño europeo antiguo y moderno británico, incluidas las sillas reclinables de Mies Van der Rohe. ✆ *55 Marylebone High Street W1 • Plano D3*

4 Divertimenti

Esta innovadora tienda de cocinas ofrece una enorme variedad de complementos de cocina, utensilios y menaje. Abre los domingos por la tarde. ✆ *33/34 Marylebone High Street W1 • Plano D3*

5 Alfie's Antiques Market

Joyas antiguas, moda, arte y muebles, todo bajo un mismo techo, además de un café para descansar después de ver las tiendas. ✆ *13-25 Church Street NW8 • Plano C2*

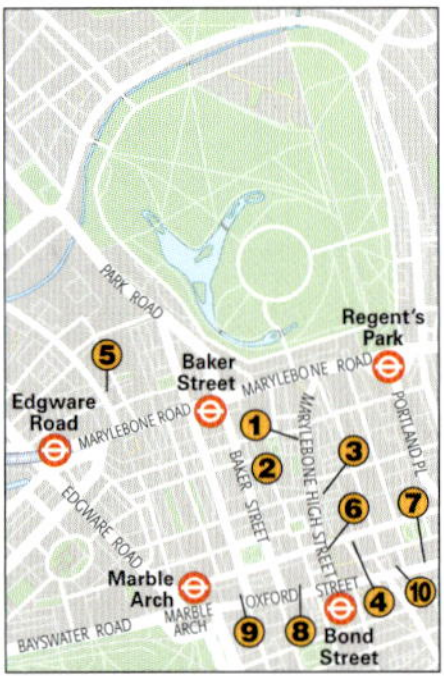

6 Marylebone Lane

Esta encantadora callecita junto a Marylebone High Street aún cuenta con multitud de originales joyas para tentar a los compradores. ✆ *Junto a Marylebone High St W1 • Plano D3*

7 John Lewis

Estos almacenes se precian de ser "los que venden más barato". Si se encuentra una tienda que venda un artículo a un precio menor, devuelven la diferencia. Tiene un increíble departamento de regalos y los dependientes siempre están dispuestos a ayudar. ✆ *278-306 Oxford Street W1 • Plano D3*

8 Selfridges

Estos almacenes abrieron en 1909. Cuentan con una fachada de estilo neoclásico. Son una institución en Londres, con ropa de mujer de diseñadores y un supermercado galardonado. ✆ *400 Oxford Street W1 • Plano D3*

9 Marks & Spencer

Esta marca es muy conocida por su ropa interior y su comida. ✆ *458 Oxford Street W1 • Plano D3*

10 Debenhams

Almacenes de precios moderados que venden de todo, desde herramientas hasta juguetes. ✆ *334-348 Oxford Street W1 • Plano D3*

Información sobre compras **ver p. 170**

La Fromagerie

Precios

Una comida de tres platos, con media botella de vino, servicio e impuestos incluidos.	
£	hasta 15 £
££	15-25 £
£££	25-35 £
££££	35-50 £
£££££	más de 50 £

TOP 10 Dónde comer

1 The Wallace Restaurant
Situado en el patio de la Wallace Collection, este elegante café ofrece deliciosos almuerzos, como enormes ensaladas. Cuenta con una carta tipo café y otra al uso, que cambian regularmente *(ver p. 50)*. *Hertford House, Manchester Square W1 • Plano D3 • 020 7563 9505 • Acceso discapacitados • ££££*

2 Original Tagines
Una carta de vinos característicos de Marruecos complementa una copiosa variedad de *tajines* y cuscús, también en versión vegetariana. *7A Dorset Street W1 • Plano C3 • 020 7935 1545 • £££*

3 Caffé Caldesi
Luminoso restaurante italiano con platos clásicos y buenos vinos. Ambiente más formal arriba. *118 Marylebone Lane W1 • Plano D3 • 020 7487 0753/4 • ££££*

4 Reubens
Uno de los mejores restaurantes judíos. Ofrece platos como hígado y ternera salada. *79 Baker Street W1 • Plano C3 • 020 7486 0035 • ££££*

5 Mandalay
Café birmano donde se sirve una mezcla de comida china, india y tailandesa. Es un lugar acogedor y barato. *444 Edgware Road W2 • 020 7258 3696 • Plano B2 • ££*

6 Queen's Head & Artichoke
Comedor en la planta superior y un bullicioso bar en la planta baja que ofrece una amplia variedad de comida. *30–32 Albany Street NW1 • Plano D2 • 020 7916 6206 • £££*

7 La Fromagerie
Aquí se pueden degustar excelentes platos de queso y charcutería, además de delicias de temporada. *2-6 Moxon St W1 • Plano D3 • 020 7935 0341 • ££*

8 Locanda Locatelli
Georgio Locatelli es uno de los mejores chefs italianos en el Reino Unido. Los platos se presentan cuidadosamente. *8 Seymour Street W1 • Plano C3 • 020 7935 9088 • £££££*

9 The Providores and Tapa Room
En la planta baja, Tapa Room sirve fascinante cocina de fusión; arriba está The Providores, más sofisticado. *109 Marylebone High St W1 • Plano D3 • 020 7935 6175 • £££-£££££*

10 Golden Hind
Ideal para darse un capricho a base de un *fish & chips* tradicional o de pasteles de pescado con ensalada griega. *73 Marylebone Lane W1 • Plano D3 • 020 7486 3644 • ££*

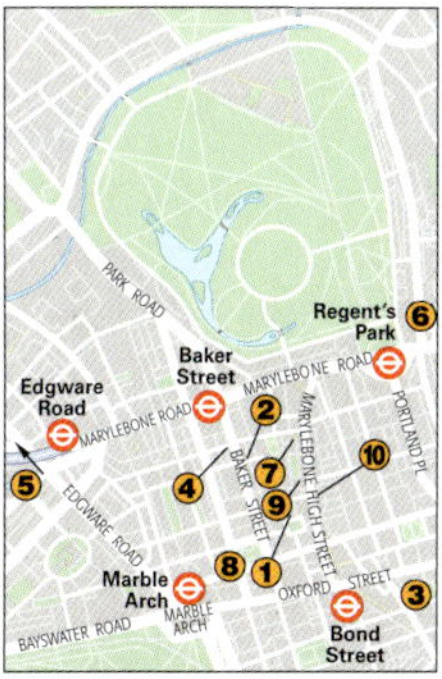

***Nota:** todos los restaurantes aceptan tarjetas de crédito y sirven platos vegetarianos si no se especifica lo contrario.*

Izquierda **Veleta con figura de pez en Old Billingsgate Market** Derecha **Old Billingsgate Market**

La City

EL ANTIGUO CENTRO DE LONDRES, *definido aproximadamente por los muros de la ciudad romana, es una curiosa mezcla de calles y callejuelas con nombres medievales, recientes empresas financieras y no menos de 38 iglesias, muchas de ellas, incluida la catedral de San Pablo, diseñadas por sir Christopher Wren. Son de visita obligada los antiguos mercados: Smithfield, que todavía funciona como un mercado de alimentación, Leadenhall y el antiguo mercado de pescado de Billingsgate, con una gran panorámica de la antaño ajetreada Pool of London.*

TOP 10 Lugares de interés

1. Torre de Londres
2. St Paul's Cathedral
3. Tower Bridge
4. Barbican Centre
5. Museum of London
6. Guildhall
7. Guildhall Art Gallery and Roman Amphitheatre
8. Bank of England Museum
9. Monument
10. St Katharine Dock

Dragón de piedra en el mercado de Smithfield

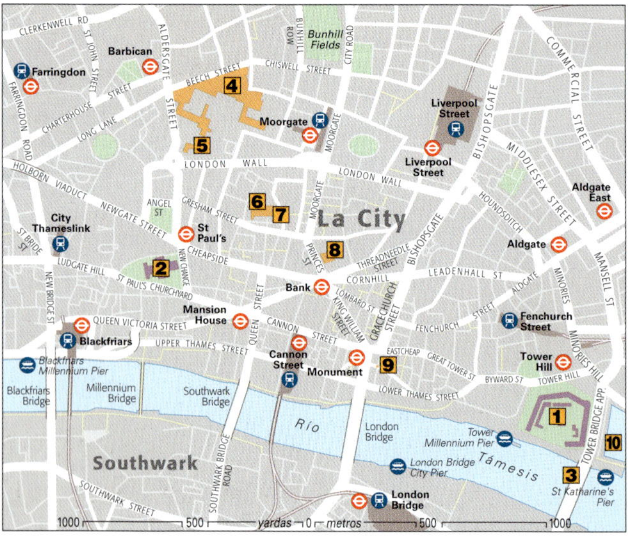

Tower Bridge y Pool of London

1 Torre de Londres

Ver pp. 36-39.

2 St Paul's Cathedral

Ver pp. 40-43.

3 Tower Bridge

Cuando la Pool of London era la puerta de entrada a los depósitos de la City, este flamante puente *(ver p. 71)* se levantaba y se bajaba constantemente para permitir el tránsito de los barcos que traían sus cargamentos desde todos los rincones del Imperio. Los peatones que tenían que cruzar el río mientras el puente estaba abierto subían los 200 peldaños de las torres y caminaban por la pasarela superior. En la actualidad, los visitantes de la Tower Bridge Exhibition (60 minutos) tienen la posibilidad de admirar el paisaje desde la pasarela, a 42 metros de altura. La entrada está en la torre noroeste. Concluye con una clase práctica en la inmensa sala de máquinas, saliendo por una tienda en la ribera sur. *SE1 • Plano H4 • Horario: abr-sep 10.00-18.00; oct-mar 9.30-17.30 • Se cobra entrada*

4 Barbican Centre

Joya cultural de la City, dirigida por el Ayuntamiento de Londres, el Barbican Centre es un importante complejo artístico. La música, la danza, el teatro, el cine y el arte tienen su sitio aquí, con la visita de artistas de talla mundial. También dispone de una excelente biblioteca, restaurantes y cafés. Inaugurado en 1982, el complejo de arte forma parte del Barbican, un desarrollo muy importante que ocupa ocho hectáreas y que está flanqueado por enormes edificios. Se accede desde la estación de metro Barbican por una ruta señalizada. Cerca están las estaciones de Moorgate, Liverpool Street, St Paul's y Bank. El centro da al lago de la iglesia de St Giles Cripplegate, que data de 1550 *(ver p. 56)*. *Silk Street EC2 • Plano R1 • Taquilla: 020 7638 8891 • www.barbican.org.uk*

Izquierda **Barbican Centre** Derecha **Torre de Londres**

5 Museum of London

El museo más grande del mundo de historia urbana revela conocimientos de la prehistoria, la época romana, medieval y la de Estuardo, junto con 'London's Burning', una muestra que expone cómo transformó la ciudad el incendio de 1666. Los visitantes también pueden conocer una recreación de Victorian Street. *London Wall EC2 • Plano R1 • Horario: 10.00-18.00 todos los días • Gratis • www.museumoflondon.org.uk*

Calzado medieval, Museum of London

6 Guildhall

Aproximadamente durante 900 años Guildhall ha sido el centro administrativo de la City. Los actos y ceremonias se celebraban en su magnífico Great Hall, del siglo XV, de donde cuelgan los distintivos de las principales compañías gremiales. En la biblioteca de Guildhall hay expositores giratorios donde se muestran maravillosos manuscritos históricos y una sorprendente colección de relojes de la Hermandad de Relojeros, desde 1600. *Guildhall Yard, Gresham Street EC2 • Plano G3 • Llamar para consultar horario 020 7606 3030 • Gratis*

Dick Whittington

Una de las vidrieras de St Michael, Paternoster Royal, representa a Dick Whittington y su gato, conocido héroe de leyenda, famoso por robar a los ricos. En realidad, Richard Whittington, que fue alcalde de Londres cuatro veces entre 1397 y 1420, era un adinerado mercader y uno de los grandes benefactores de la City. Él promovió los primeros urinarios públicos y los instaló colgando sobre el Támesis.

7 Guildhall Art Gallery and London's Roman Amphitheatre

En el extremo este de Guildhall Yard se sitúa esta galería de arte dedicada a pinturas de distintas tendencias. Muchos de los cuadros guardan relación con La City y hay un número de pinturas románticas del siglo XIX, incluidas obras de estilo prerrafaelita. Aquí se puede visitar el único anfiteatro romano de Londres. *Gresham Street EC2 • Plano G3 • Llamar para consultar el horario: 020 7332 3700 • Gratis*

8 Bank of England Museum

Este fascinante museo, situado dentro de los impresionantes muros del Bank of England, repasa la historia del banco desde su fundación en 1694 hasta el presente. Sus colecciones únicas de monedas, billetes y demás objetos se ven complementadas por muestras audiovisuales e interactivas. Los vi-

Puerto con yates en St Katharine Docks

Fachada de Guildhall

sitantes pueden incluso tocar un lingote de oro auténtico. ✆ *Bartholomew Lane EC2 • Plano G3 • 020 7601 5545 • Horario: 10.00-17.00 lu-vi • Gratis*

9 Monument

Con sus 61 m, este monumento, obra de Sir Christopher Wren, ofrece vistas panorámicas de la City. La altura de esta columna de piedra independiente es igual a la distancia que la separa de la panadería de Pudding Lane donde comenzó el Gran Incendio de 1666, suceso que se conmemora precisamente con la torre. En el interior, por una escalera en espiral de 311 peldaños se accede a un mirador; al salir se entrega un diploma que certifica que se ha subido a lo más alto. ✆ *Monument Street EC3 • Plano H4 • Horario: 9.30-17.30 todos los días • Se cobra entrada*

10 St Katharine Docks

Este lugar de recreo está cerca de Tower Bridge y la Torre de Londres: se pueden ver a los ricos con sus yates y a los pescadores del Támesis con sus barcazas. Hay varios cafés, el Marble Quay y diversos bares y restaurantes populares *(ver p. 71).* ✆ *E1 • Plano H4*

Un día en la City

Mañana

Se puede comenzar la mañana haciendo ejercicio, subiendo los 311 peldaños del Monument y viendo las callejuelas estrechas que bajan hasta el Támesis. Después se puede bajar por Fish Street Hill, cruzando Lower Thames Street, hasta la histórica iglesia de **St Magnus the Martyr** *(ver p. 138)*, donde una maqueta del antiguo London Bridge muestra cómo era éste hasta el siglo XVIII.

Volviendo a subir por Fish Street Hill y Philpot Lane, hasta Lime Street, se encuentran los ascensores de cristal del edificio Lloyd's of London y el cariñosamente apodado Gherkin (pepinillo), 30 St Mary Axe. El edificio de Leadenhall Market (1881) posee tiendas modernas, restaurantes y bares. Se puede comer maravillosamente en el mercado, en Luc's Brasserie.

Tarde

Después de comer, es recomendable ver los edificios históricos de la City, en Cornhill. Hay que fijarse en el pórtico corintio del Royal Exchange y oír el carillón, que suena a las 15.00. Enfrente está la Mansion House, residencia del alcalde de Londres. Cruzando Threadneedle Street está el Banco de Inglaterra. Si se continúa hacia Lothbury y se sigue por Gresham Street se puede admirar el Great Hall medieval.

Encaminándose por Wood Street hasta **Barbican Centre** *(ver p. 135)*, se puede tomar un té en el Waterside Café. Es conveniente coger un programa de actuaciones y, si se tercia, tal vez asistir a un espectáculo.

Izquierda **Órgano de St Katharine Cree** Derecha **Capitel en St Paul's Cathedral**

TOP 10 Iglesias de la City

1 St Paul's Cathedral
Ver pp. 40-43.

2 St Bartholomew-the-Great
Es una de las iglesias más antiguas de Londres. Fue construida en el siglo XII y tiene algunos detalles de estilo normando *(ver p. 46)*. *West Smithfield EC1 • Plano R1 • Horario: 8.30-17.00 (16.00 en invierno) lu-vi, 10.30-16.00 sá, 8.30-20.00 do • Se cobra entrada*

3 St Mary-le-Bow
Esta iglesia, situada en Cheapside, fue reconstruida por Wren tras ser destruida por el Gran Incendio de Londres en 1666. *Cheapside EC2 • Plano G3 • Horario: 7.30-18.00 lu-mi, 7.30-18.30 ju, 7.30-16.00 vi*

4 St Sepulchre-without-Newgate
La iglesia más grande de la City después de St Paul, St Sepulchre es famoso por su carillón de 12 campanas. Hay recitales los miércoles. *Holborn Viaduct EC1 • Plano Q1 • Horario: 11.00-15.00 lu-vi • Gratis*

5 St Katharine Cree
Ésta es una de las ocho iglesias que sobrevivieron al Gran Incendio; se construyó hacia 1630. Purcell y Handel tocaron su órgano. *Leadenhall Street EC3 • Plano H3 • Llamar al 020 7488 4318 para consultar horario • Gratis*

6 St Magnus the Martyr
Levantada por Wren en la década de 1670, esta iglesia mantiene su elegante púlpito. Los recitales regulares tienen lugar todo el año. *Lower Thames Street EC3 • Plano H4 • Horario: 10.00-16.00 ma-vi • Gratis*

7 All Hallows by the Tower
Se recomienda una visita guiada por esta iglesia, que data de época sajona. *Byward Street EC3 • Plano H3 • Horario: 8.00-17.00 lu-vi, 10.00-16.00 sá, 10.00-13.00 do • Gratis*

8 St Stephen Walbrook
La iglesia de la alcaldía se considera la obra más acabada de Wren. *Walbrook EC4 • Plano G3 • Horario: 10.00-16.00 lu-vi • Gratis*

9 St Anne and St Agnes
Esta iglesia luterana tiene una larga tradición en música (sobre todo barroca). Los conciertos de mediodía son de lunes a viernes. *Gresham Street EC2 • Plano R2 • Horario: Llamar al 020 7606 4986 para consultar horario e información de conciertos • Gratis*

10 St Lawrence Jewry
Destacan las maravillosas vidrieras con personajes históricos. *Guildhall EC2 • Plano R2 • Horario: 8.00-18.00 lu-vi • Gratis*

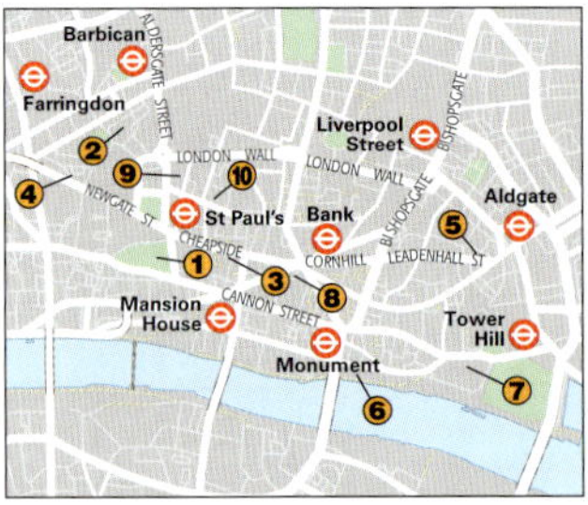

Iglesias **ver pp. 46-47**

Última planta de Smiths of Smithfield

Precios

Una comida de tres platos, con media botella de vino, servicio e impuestos incluidos.		
	£	hasta 15 £
	££	15-25 £
	£££	25-35 £
	££££	35-50 £
	£££££	más de 50 £

TOP 10 Dónde comer

1 St John
Agradable restaurante que ofrece excelente comida inglesa. Dispone de deliciosos platos ligeros *(ver también St John Bread & Wine, p. 157)*. ✆ *26 St John St EC1 • Plano F2 • 020 7251 0848 • Acceso discapacitados al bar pero no al restaurante ni a los lavabos • ££££*

2 Smiths of Smithfields
Este restaurante-almacén sirve buenos platos de carne. El café de la planta baja se convierte en bar por la noche, y hay un restaurante informal en el segundo piso. En el piso superior hay un comedor. ✆ *66-67 Charterhouse Street EC1 • Plano Q1 • 020 7236 7666 • £££-£££££*

3 Hawksmoor
Amplio y bullicioso, Hawksmoor ha reunido la vieja tradición de asador con variedad de cortes, todos perfectamente cocinados. ✆ *10 Basinghall Street EC2 • Plano G3 • 020 7397 0120 • ££££*

4 Sweetings
Es un lugar paradisiaco para los amantes del pescado. A entrantes como los langostinos siguen platos como la platija y el lenguado de Dover. ✆ *39 Queen Victoria Street EC4 • Plano R2 • Horario: 11.30-15.00 lu-vi • No aceptan tarjetas de crédito ni reservas • ££££*

5 Sauterelle
Elegante restaurante francés en la galería del Royal Exchange de la City. ✆ *Royal Exchange EC3 • Plano H3 • 020 7618 2480 • £££££*

6 Eastway @ Andaz
Brasserie de estilo neoyorquino que sirve suculentos platos, como carnes a la brasa. ✆ *40 Liverpool Street EC2 • Plano H3 • 020 7618 7123 • ££*

7 1 Lombard Street
Se sirve comida europea moderna en un antiguo banco. Este restaurante tiene una de las ubicaciones más sorprendentes de la ciudad. ✆ *1 Lombard St EC3 • Plano G3 • 020 7929 6611 • £££££*

8 Café Below
Cantina en la cripta de la iglesia de St Mary-le-Bow. Sirve desayunos, comidas y cenas. ✆ *Cheapside EC2 • Plano G3 • 020 7329 0789 • ££*

9 Shaw's Booksellers
Curioso *pub* y bar con una espléndida selección de cervezas y vinos. ✆ *31-34 St Andrew's Hill EC4 • Plano Q2 • 020 7489 7999 • £££*

10 Vertigo 42
Ostentosa champanería situada en un piso 42. ✆ *Tower 42, 25 Old Broad St EC2 • Plano H3 • 020 7877 7842 • Se necesita reservar*

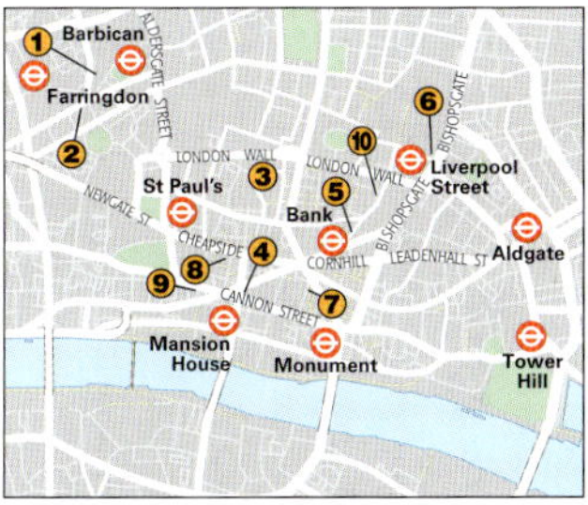

Nota: *todos los restaurantes aceptan tarjetas de crédito y sirven platos vegetarianos si no se especifica lo contrario.*

Izquierda **Panorámica de Londres desde Hampstead Heath** Derecha **Mercado de Camden Lock**

Norte de Londres

MÁS ALLÁ DE REGENT'S PARK *y de las estaciones de trenes de Euston, King's Cross y St Pancras, el norte de Londres se adentra en lo que antaño fueron aldeas alejadas donde los potentados construían sus mansiones campestres para escapar de la ciudad. Muchas de aquellas casas aún se mantienen y algunas están abiertas al público para pasear e imaginar un tiempo ya pasado. Una buena parte de estas grandes extensiones forma Hampstead Heath, una explanada agreste en una colina. Algunas zonas, como Hampstead o Highgate, guardan aún bastantes diferencias respecto a los barrios urbanos que las rodean. Sus atractivas calles muestran una arquitectura bien preservada y atractivos* pubs *y restaurantes. No obstante, otras partes del norte de Londres tienen distinto aspecto: desde el animado Camden, con su mercado junto al canal, hasta el moderno Islington, con sus tiendas de ropa y sus anticuarios, sus buenos restaurantes, pequeños cafés y bares.*

Fuente de Well Walk, en Hampstead

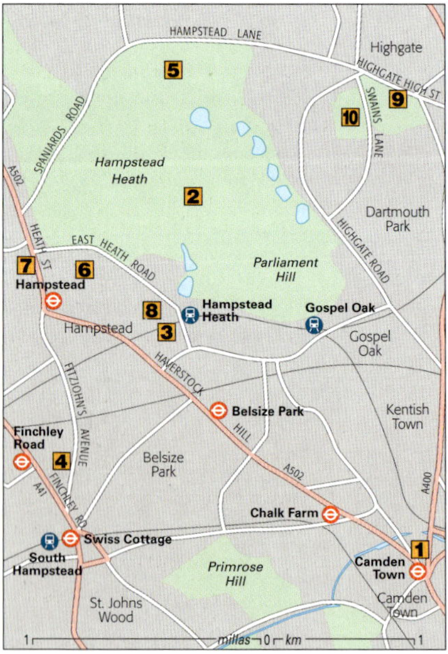

Lugares de interés

1. Mercados de Camden
2. Hampstead Heath y Parliament Hill
3. Keats House
4. Freud Museum
5. Kenwood House
6. Burgh House
7. Fenton House
8. 2 Willow Road
9. Lauderdale House
10. Highgate Cemetery

Hampstead Heath

1 Mercados de Camden

Los mercados más interesantes del norte de Londres están abiertos durante el fin de semana y aparecen unidos por la colorista y ajetreada calle de Camden High Street. El mercado de Camden está lleno de puestos de ropa, zapatos y bisutería. El mercado de Camden Lock se centra en la artesanía y los artículos étnicos. Los puestos en Stables Market venden una comida estupenda. Abren todos los días entre las 8.00 y las 18.00 *(ver p. 65)*. *Camden High Street & Chalk Farm Road NW1 • Metro Camden Town*

2 Hampstead Heath y Parliament Hill

Esta zona es uno de los mejores lugares de Londres para caminar. Con más de 300 hectáreas: hay antiguos bosques y estanques para bañarse o pescar. Desde el punto más alto de la colina del Parlamento se tiene una panorámica de la ciudad y muchos vienen con sus cometas *(ver p. 74)*. *Centro de información del Heath, Staff Yard, Highgate Road NW5 • Metro Hampstead • 020 7482 7073*

3 Keats House

Keats Grove, junto a Downshire Hill, es una de las zonas más encantadoras de Hampstead. La casa donde el poeta John Keats escribió muchas de sus obras alberga una colección de sus manuscritos y cartas, así como algunos objetos personales. Hay lecturas de poesía y conferencias *(ver p. 52)*. *Keats Grove NW3 • Tren de Hampstead Heath, metro Hampstead o Belsize Park • 020 7332 3868 • Horario: 13.00-17.00 ma-do (vi-do inv) • Se cobra entrada • www.cityoflondon.gov.uk/things-to-do/attractions-around-london/keats-house*

4 Freud Museum

Fue el hogar de Anna Freud, hija de Sigmund Freud y pionera en psicología infantil. La casa conserva el famoso diván en el cual los pacientes de su padre contaban sus sueños. El diván se trajo a esta casa cuando el médico tuvo que abandonar la Viena ocupada por los nazis. Alberga también una amplia colección de sus trabajos *(ver p. 52)*. *20 Maresfield Gardens NW3 • Metro Finchley Rd • Horario: 12.00-17.00 mi-do • Se cobra entrada • www.freud.org.uk*

Regent's Canal, en Camden Lock

5 Kenwood House

Esta suntuosa mansión, que alberga numerosas obras de grandes artistas, está situada en el extremo de Hampstead Heath. *Muchacha tocando la guitarra* de Vermeer y un autorretrato de Rembrandt están entre sus mayores atractivos.
Los conciertos se celebran junto al lago, en verano; el público se sienta en una zona de hierba *(ver p. 51)*. *Hampstead Lane NW3 • Metro Highgate • 020 8348 1286 • Horario: 10.00-17.00 todos los días • Visitas disponible • Gratis • www.english-heritage.org.uk/daysout/properties/kenwood-house*

6 Burgh House

Fue construida en 1703 y alberga el Hampstead Museum, con una buena selección de libros sobre la localidad y un mapa de los personajes famosos que han vivido en la zona. La sala de música se utiliza para exposiciones de arte, conciertos y encuentros, y hay un agradable café. *New End Square NW3 • Metro Hampstead • 020 7431 0144 • Horario: 12.00-17.00 mi-vi, do • Gratis*

7 Fenton House

Esta espléndida mansión de 1686 es la más antigua de Hampstead. Su excepcional colección de porcelana oriental y europea, de muebles y bordados, fue legada al National Trust, junto con la casa, en 1952. El jardín tiene un huerto y una rosaleda. *Hampstead Grove NW3 • Metro Hampstead • 020 7435 3471 • Horario: mar-nov: 11.00-17.00 mi-do • Se cobra entrada • www.nationaltrust.org.uk/fenton-house*

Manantial de Hampstead

El auge de Hampstead comenzó a principios del siglo XVIII, cuando se reconocieron las propiedades medicinales de un manantial en Well Walk. Este hecho atrajo a los londinenses, que acudían a tomar las aguas en la Pomp Room, dentro de la Great Room de Well Walk, que también tenía una Assembly Room para bailes y conciertos. El balneario perdió su fama, pero Hampstead mantuvo su elegante prestigio.

8 2 Willow Road

Esta casa es uno de los ejemplos más importantes de arquitectura moderna en el Reino Unido. Fue construida en 1939 por Ernö Goldfinger para él y su mujer, la artista Ursula Blackwell. Goldfinger diseñó el mobiliario y coleccionó algunas obras de Henry Moore, Max Ernst y Marcel Duchamp. La entrada de 11.00 a 14.00 está limitada a las visitas por hora. *2 Willow Road NW3 • Tren de Hampstead Heath • 020 7435 6166 • Horario: mar-oct: 11.00-17.00 mi-do • Se cobra entrada • www.nationaltrust.org.uk/2-willow-road*

Izquierda **Escalera en Burgh House** Derecha **Fenton House**

Monumento funerario en Highgate Cemetery

9 Lauderdale House

Esta casa, de finales del siglo XVI, se asocia con Carlos II y su amante Nell Gwynne. En la actualidad alberga un centro de cultura y arte popular, con sesiones de conciertos, exposiciones y, los domingos, ferias de artesanía y antigüedades. *Highgate Hill N6 • Metro Highgate • 020 8348 8716 • Horario: 11.00-16.00 mi-vi, 13.30-17.00 sá; 10.00-17.00 do*

10 Highgate Cemetery

En un extremo de Hampstead está el cementerio de Highgate, que creció como lugar de descanso de potentados y nobles. Muchos de los personajes célebres que vivieron en esta zona están enterrados aquí. Poco después de haber sido consagrado, en 1839, su arquitectura victoriana y las agradables vistas hicieron de él un lugar de peregrinaje muy popular. Karl Marx y la escritora George Eliot están enterrados en el menos glamuroso Cementerio Este *(ver p. 75)*. *Swain's Lane N6 • Metro Archway • 020 8340 1834 • East Cemetery: 10.00-17.00 lu-vi, 11.00-17.00 sá-do, últ admisión 30 min antes del cierre. Cerrado durante los funerales (llamar para información) • West Cemetery: solo visitas guiadas, 13.45 lu-vi, 11.00-16.00 sá-do • Se cobra entrada para ambos • www.highgate-cemetery.org*

Un día en el norte

Mañana

Se puede comenzar en la estación de metro Hampstead, y encaminarse hacia la izquierda bajando por Flask Walk (el *pub* The Flask vendía antaño aguas medicinales) hasta el museo local en **Burgh House.** Merece la pena detenerse en las interesantes calles, alineadas con las suntuosas mansiones y casas victorianas. En Well Walk se ve cómo estuvo de moda antaño el balneario (aún queda una fuente en Well Passage, a la izquierda); en Elm Row, en el nº 1, vivió D. H. Lawrence.

Es una buena idea tomarse un café en alguno de los muchos cafés de Hampstead High Street y continuar el camino hasta **Keats House** *(ver p. 141)*, y emplear media hora curioseando por los alrededores. Un paseo por Hampstead Heath hasta Kenwood House abrirá el apetito.

Tarde

La Brew House, en Kenwood, es excelente y está en un lugar muy agradable, junto a la casa y con vistas al lago. Después de comer, la visita a la casa puede durar una hora más o menos.

Se puede abandonar Heath por la cercana East Lodge y coger el autobús 210 de vuelta a Hampstead. El autobús pasa por **Spaniards Inn** *(ver p. 63)* y Whitestone Pond. Bajándose en el estanque y caminando hacia la estación de metro, se puede coger un tren hasta Camden Town. Buena parte de la tarde puede emplearse en el animado **mercado de Camden Lock** *(ver p. 141)* y finalizar el día cenando en la terraza de **Lock Tavern.**

Izquierda **Almeida Theatre** Derecha **Fachada de la Crafts Council Research Library**

TOP 10 Lo mejor de lo mejor

1 Sadler's Wells

El principal local de danza de Londres atrae a artistas y compañías internacionales de todo el mundo *(ver p. 57)*. *Rosebery Avenue EC1 • Plano F2 • 0844 412 4300 • www.sadlerswells.com*

2 Freightliners Farm

Un poco de campiña en la ciudad, con animales, productos de jardín y una cafetería vegetariana. *Sheringham Rd N7 • Metro Highbury e Islington, Caledonian Rd • 020 7609 0467 • www.freightlinersfarm.org.uk*

3 Almeida Theatre

Este famoso teatro local ha acogido a los mejores actores y directores del Reino Unido. El bar sirve cócteles y aperitivos y comidas ligeras. *Almeida Street N1 • Metro Angel, Highbury, Islington • 020 7359 4404 • www.almeida.co.uk*

4 Alexandra Palace

Este centro de exposiciones se construyó en 1873. Ofrece una gran variedad de entretenimientos, incluida una feria de antigüedades. Pueden reservarse visitas guiadas a los estudios de 1920 de la BBC. *Metro Wood Green • Visitas BBC: 020 8365 2121*

5 King's Head Theatre Pub

Pub victoriano concurrido y precioso con un teatro con 110 localidades en el que se representan musicales y espectáculos minoritarios. Amplia selección de vinos, cervezas, bebidas alcohólicas y cervezas de barril. Grupos de música y DJs. *115 Upper Street N1 • Plano F1 • 020 7478 0160 • www.kingsheadtheatre.com*

6 Camden Arts Centre

Es muy conocido por sus exposiciones de arte contemporáneo y por su librería de arte. *Arkwright Road NW3 • Tren o metro de Finchley Road & Frognal • 020 7472 5500 • www.camdenartscentre.org*

7 Crafts Council Research Library

Libros, vídeos y una base de datos de imágenes de artesanía británica. Sólo previa cita. *44a Pentonville Road N1 • Plano F1 • 020 7806 2501 • Gratis*

8 Hampstead Theatre

Este teatro alternativo es el lugar apropiado para los jóvenes escritores, y ha producido obras de autores tan innovadores como Harold Pinter, Michael Frayn y Mike Leigh. *Eton Avenue NW3 • Metro Swiss Cottage • 020 7722 9301 • www.hampsteadtheatre.com*

9 Regent's Park Tennis Centre

Sus instalaciones iluminadas permanecen abiertas desde las 8.00 a las 21.00 todos los días. *Outer Circle, Regent's Park NW1 • Metro Camden Town • 0207 486 4216*

10 Emirates Stadium Tours

Sede del Arsenal Football Club, la visita ofrece un recorrido por los interiores del estadio, además de la entrada al Arsenal Museum. *Highbury N5 • Metro Arsenal • 020 7619 5000*

Teatros **ver pp. 56-57**

Precios

Una comida de tres platos, con media botella de vino, servicio e impuestos incluidos.	£	hasta 15 £
	££	15-25 £
	£££	25-35 £
	££££	35-50 £
	£££££	más de 50 £

Izquierda **Ottolenghi** Derecha **Camino, King's Cross**

TOP 10 Dónde comer

1 Ottolenghi

Yotam Ottolenghi, de origen israelí, ha revitalizado el enfoque londinense de los platos mediterráneos basados en los mejores ingredientes. Magnífico bar de ensaladas. *287 Upper Street N1 • Plano G1 • 020 7288 1454 • £££*

2 Manna

En este moderno restaurante de ambiente acogedor se sirve cocina vegana global con estilo. Carta de temporada. *4 Erskine Road, Primrose Hill NW3 • Metro Chalk Farm • 020 7722 8028 • £££*

3 Gilgamesh

La carta de Gilgamesh está influenciada por la cocina del sureste asiático, China y Japón. En el bar se sirven excelentes cócteles. *The Stables Market, Chalk Farm Road NW1 • Metro Camden Town • 020 7428 4922 • ££££*

4 Antepliler

Este restaurante está especializado en cocina turca, carnes aromáticas irresistibles, berenjenas que se derriten en la boca y cremoso y sedoso yogur. *139 Upper Street N1 • Plano G1 • 020 7226 5441 • £££*

5 Camino

Recién incorporado a la oferta de King's Road, Camino ofrece tapas y excelentes cócteles, así como vinos españoles, jerez y sidra tradicional. *10 Kentish Town Road NW1 • 3 Varnisher's Yard N1 • Plano E1 • 020 7841 7331 • ££££*

6 Lemonia

Cocina moderna y tradicional griega servida en esta *brasserie*. Cuenta con un precioso invernadero. *89 Regent's Park Road NW1 • Metro Chalk Farm • 020 7586 7454 • £££*

7 Rotunda

Restaurante con clase y espléndidas vistas del Battlebridge Basin. La carta cambia con frecuencia y usa ingredientes de temporada. La carne procede de su propia granja. *90 York Way • N1 • Plano E1 • 020 7014 2840 • ££££*

8 Louis Patisserie

Este maravilloso y antiguo salón de té es parte ya de la cultura popular de Hampstead. Arrellanado en un sofá, se puede probar alguno de los tentadores pasteles que se exponen en el escaparate. *32 Heath Street NW3 • Metro Hampstead • 020 7435 9908 • ££*

9 The Flask

Este *pub*, fundado en 1700, tiene un ambiente campestre y buena cerveza de barril. Comida casera a mediodía y por la noche. *14 Flask Walk NW3 • Metro Hampstead • 020 7435 4580 • ££*

10 Spaniards Inn

Enfrente de la aduana de Hampstead Heath, está uno de los *pubs* más famosos y antiguos de Londres. Comida tradicional inglesa de *pub* y ofertas más exóticas. *Spaniards Road NW3 • 020 8731 8406 • Metro Hampstead, Golders Green • £££*

***Nota:** todos los restaurantes aceptan tarjetas de crédito y sirven platos vegetarianos si no se especifica lo contrario.*

Izquierda **Old Naval College, en Greenwich** Derecha **Ciervos en Richmond Park**

Sur y oeste de Londres

LOS PALACIOS QUE ANTAÑO *embellecieron las riberas de Londres, hacia el sur y el oeste de la urbe, fueron construidos en lugares que siguen siendo muy conocidos en la actualidad, desde Hampton Court y Richmond en el oeste, hasta Greenwich, río abajo. Aquí, en uno de los amplios meandros del Támesis, la primera visión era un tétrico palacio de estilo Tudor. Aquel palacio ha sido sustituido por el más amable Old Royal Naval College, de Wren: un impresionante edificio junto al río, Patrimonio de la Humanidad, y el comienzo de las maravillas de Greenwich Park, que alberga el Greenwich Mean Time y el Cutty Sark, el último clíper de té del mundo. El palacio Richmond ha desaparecido también, pero al otro lado del parque está Kew Palace, en los terrenos de los incomparables Royal Botanic Gardens. Chiswick House, Ham House y Syon House son las mejores mansiones palaciegas, junto a Richmond. La cultura está representada en la Dulwich Picture Gallery y en el Horniman Museum.*

TOP 10 Lugares de interés

1. Hampton Court
2. Greenwich
3. Royal Botanic Gardens, Kew
4. Richmond
5. Dulwich Picture Gallery
6. Chiswick House
7. Horniman Museum
8. Syon House
9. Ham House
10. Wimbledon Lawn Tennis Museum

Escudo en la entrada a las ruinas de Richmond Palace

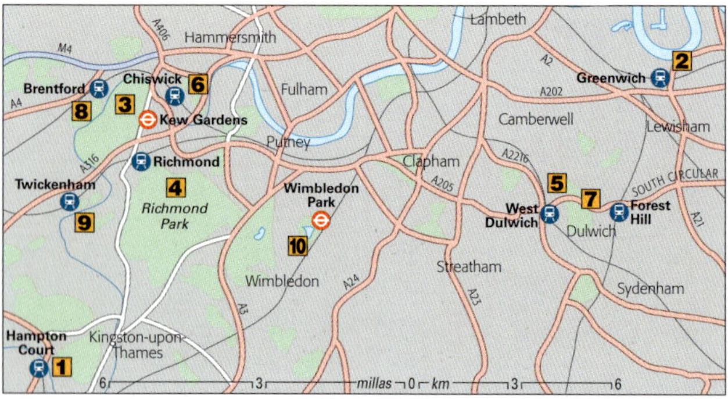

Palm House, en Kew Gardens

1 Hampton Court

Visitar este palacio de estilo Tudor, histórico y monárquico, es una de las excursiones más populares desde Londres. Aquí es posible disfrutar de un día familiar, con exposiciones especiales, visitas guiadas con actores o con auriculares. Los espectáculos tienen lugar todo el año, incluido un festival musical de una semana en el mes de junio. En julio, el espacio se llena con el encuentro floral más importante del mundo, organizado por la Royal Horticultural Society. Un tren con frecuentes salidas desde la estación de Waterloo tarda una media hora en llegar a Hampton Court, pero si se desea un delicioso y relajante viaje, lo mejor es coger un barco en Westminster Pier; éste tarda unas cuatro horas *(ver pp. 54-55)*.

East Molesey, Surrey • Tren de Hampton Court • 0844 482 7777 • Horario: abr-oct 10.00-18.00 todos los días; nov-mar 10.00-16.30 todos los días (última adm, 1 hora antes del cierre) • Se cobra entrada • www.hrp.org.uk

2 Greenwich

El Patrimonio de la Humanidad de Greenwich incluye el Old Royal Naval College, Greenwich Park *(ver p. 29)*, el planetario y el Royal Observatory, donde se estableció el meridiano de longitud 0°. En el borde del parque está Queen's House *(ver p. 55)* y el National Maritime Museum *(ver p. 48)*. Greenwich tiene varios restaurantes excelentes y tiendas, así como un mercado. El cercano antiguo clíper de transporte de té, *Cutty Sark* *(ver p. 71)*, se puede visitar.

Greenwich SE10 • Tren de Greenwich; DLR Cutty Sark, Greenwich • Royal Observatory: 10.00-17.00 todos los días • Se cobra entrada • www.visitgreenwich.org.uk

3 Royal Botanic Gardens, Kew

Este encantador lugar junto al río, donde antiguamente estaba el jardín real, alberga una colección de plantas, con más de 30.000 ejemplares. Kew Palace y Queen Charlotte's Cottage *(ver p. 54)* fueron residencias del rey Jorge III, cuya madre, la princesa Augusta, estableció aquí el primer jardín. Puede cogerse el tren Kew Explorer Land para visitar los jardines. *Kew TW9 • Tren y metro de Kew Gardens • Abre todos los días a las 9.30, en invierno cierra entre 16.15-17.30, en verano entre 18.00-19.30 • Se cobra entrada • www.kew.org*

Izquierda **Hampton Court** Centro **Reloj del Royal Observatory** Derecha **Queen Charlotte's Cottage**

Londres y la monarquía **ver pp. 54-55**

4 Richmond

Merece la pena visitar esta zona residencial junto al río, rica y atractiva, con sus tiendas pintorescas, sus *pubs,* sus preciosas calles y, especialmente, sus paseos ribereños *(ver p. 74)* y su amplísimo parque real *(ver p. 29).* Alberga también un espacioso campo de hierba donde se practica críquet en verano, situado por encima del Richmond Theatre, encantadoramente restaurado, y de las casas de las damas de honor, que permanecen junto a los últimos vestigios del gran palacio Tudor. Para conocer la historia ha de visitarse el museo local, en el Old Town Hall, donde está la oficina de información turística.
Richmond, Surrey • Tren de Richmond • Museum of Richmond: 11.00-17.00 ma-sá

Fachada restaurada del Richmond Theatre

5 Dulwich Picture Gallery

Este maravilloso museo *(ver p. 51)* está frente a la entrada principal de Dulwich Park y bien merece un viaje desde el centro de Londres. Aparte de la brillantísima colección, hay exposiciones temporales y conferencias y espectáculos, habitualmente con música, comida y vino, y cualquiera es bien recibido.
Gallery SE21 • Tren de North o West Dulwich • 020 8693 5254 • Horario: 10.00-17.00 ma-vi, 11.00-17.00 sá-do • Se cobra entrada

Greenwich Palace

Las ruinas de este palacio yacen bajo la explanada del Old Royal Naval College. Numerosos monarcas Tudor vivieron aquí, incluidos Enrique VII y Enrique VIII. Fue abandonado en la república de Cromwell, en 1652, y demolido para levantar los actuales edificios, de Wren.

6 Chiswick House

Este pedazo de Italia en Londres es un hito en la arquitectura dieciochesca inglesa. La villa de la plaza, con su cúpula y su pórtico, se construyó para lord Burlington y sus interiores fueron pintados por William Kent. Los templos, las estatuas y un lago completan los jardines. También hay un moderno café. *Burlington Lane, Chiswick W4 • Metro Turnham Green • 020 8995 0508 • Horario: abr-oct: 10.00-17.00 do-mi; nov-dic: solo visitas guiadas; ene-mar: cerrado • Se cobra entrada (casa) • www.chgt.org.uk*

7 Horniman Museum

Una muestra sobre un gigantesco bicho se extiende junto a una galería interactiva dedicada a la música y a las culturas del mundo. Posee un pequeño acuario y un café con vistas en el jardín. *London Road SE23 • Tren de Forest Hill • 020 8699 1872 • Horario: 10.30-17.30 lu-sá • www.horniman.ac.uk*

Izquierda **Calle en Richmond** Derecha **Chiswick House**

Ham House

8 Syon House

Esta suntuosa villa neoclásica es la residencia del duque de Northumberland. Tiene elegantes interiores diseñados por Robert Adam y más de 16 hectáreas de jardín, diseñado por el paisajista Capability Brown y dominado por un espléndido observatorio. Hay un jardín y un centro acuático.

Brentford, Middlesex • Tren de Kew Bridge • 020 8560 0882 • Horario: mar-oct 11.00-17.00 mi, ju y do (jardines todos los días) • Se cobra entrada

9 Ham House

Esta residencia veraniega del siglo XVII y su jardín fueron el centro de las intrigas cortesanas durante el reinado de Carlos II. Su interior alberga una excelente colección de pintura. El menú en la Orangery está inspirado en platos del siglo XVII.

Richmond, Surrey • Tren de Richmond • 020 8940 1950 • Horario: consultar la página web • Se cobra entrada • www.nationaltrust.org.uk/ham-house

10 Wimbledon Lawn Tennis Museum

Este museo ilustra la historia del tenis, desde sus comienzos caballerescos y aficionados hasta el emocionante rango profesional de la actualidad. El primer campeonato fue en 1877. *Windmill, Wimbledon SW19 • Metro Southfields • 020 8946 6131 • Horario: 10.00-17.00 todos los días • Se cobra entrada • www.wimbledon.com*

Un día en Greenwich

Mañana

Se puede comenzar el día en Westminster Pier, porque el mejor modo de llegar a **Greenwich** *(ver p. 147)* es en barco. El viaje dura aproximadamente una hora, y pueden contemplarse estupendas vistas del río *(ver pp. 70-71)*. El histórico clíper de té ***Cutty Sark*** *(ver p. 71)* ha abierto sus puertas después de un proceso de restauración; el centro de visitantes merece una visita. Para orientarse conviene pasarse por el cercano centro de información de Greenwich.

Detrás está el mercado de Greenwich. Se puede tomar un café y dar un paseo por las calles adyacentes, llenas de anticuarios y otras tiendas preciosas. Volviendo hacia el Old Royal Naval College, de Wren, se puede visitar el Painted Hall y pasear por la Grand Square y bajar hacia el río. Aquí conviene tomarse un respiro y comer con una pinta en la vieja Trafalgar Tavern, en un extremo del Naval College.

Tarde

Después de comer, visite el **National Maritime Museum** *(ver p. 48)*, la Queen's House y el **Royal Observatory Greenwich** *(ver p. 147)*, que está en la colina. Se recomienda explorar este fascinante museo y después se puede ir hacia el observatorio. Aquí se regula la hora mundial y se señala el meridiano 0°. Uno puede hacerse una foto con un pie en el hemisferio este y el otro, en el hemisferio oeste. Se vuelve a Londres desde Greenwich en barco, Emirates Air Line, DLR o en tren.

Izquierda **Battersea Park** Derecha **Brixton Market**

TOP 10 Lo mejor de lo mejor

1 Brixton Market
Este mercado es el corazón de la comunidad caribeña de Londres. Conviene echar un vistazo a los vinilos de segunda mano, a las frutas y a la ropa de ocasión. De 8.00 a 18.00 de lunes a sábado. *Electric Avenue y Brixton Station Road SW9 • Metro Brixton*

2 Battersea Arts Centre (BAC)
Uno de los locales de teatro alternativo de Londres, con un amplio programa de actividades. *Lavender Hill SW11 • Tren de Clapham Junction • 020 7223 2223*

3 Battersea Park
Los entretenimientos en este parque incluyen paseos en bote por el lago, un zoo, instalaciones deportivas, una galería, una reserva natural y un jardín. *Battersea Park SW11 • Tren de Battersea Park • Abierto desde amanecer hasta atardecer todos los días*

4 The Bush
Este teatro marginal es uno de los principales locales de Londres para los nuevos talentos. *Shepherd's Bush Green W12 • Metro Shepherd's Bush • 020 8743 5050 • www.bushtheatre.co.uk*

5 Merton Abbey Mills
Pueblo de artes y oficios junto al río Wandle, con un molino victoriano aún en funcionamiento, un teatro infantil y un mercado de artesanía los fines de semana. Festival artístico en verano. *Merantun Way SW19 • Metro Colliers Wood • www.mertonabbeymills.org.uk*

6 WWT London Wetland Centre
Estos humedales para aves de caza es el mejor sitio de fauna urbana en Europa. *Barnes SW13 • Tren de Barnes • Horario: 9.30-18.00 todos los días (invierno 9.30-17.00) • Se cobra entrada • www.wwt.org.uk*

7 Wimbledon Common
Se puede comenzar con una visita al molino de viento y, después, dar un paseo por las 445 hectáreas. Crooked Billet y Hand in Hand son dos *pubs* que merece la pena visitar. *Wimbledon Common SW19 • Tren de Wimbledon*

8 Emirates Air Line
Este teleférico une Docklands con Greenwich Peninsula. Magníficas vistas. *Royal Docks E16 and Greenwich Peninsula SE10 • Horario: 7.00-20.00 lu-vi (desde 8.00 sá, 9.00 do) • Se cobra entrada • www.emiratesairline.co.uk*

9 Firepower
Entretenido museo en la sede histórica de la Royal Artillery con un atractivo espectáculo multimedia. *Royal Arsenal, Woolwich SE18 • Tren de Woolwich Arsenal • Horario: 10.00-17.00 ma-sá • Se cobra entrada • www.firepower.org.uk*

10 World Rugby Museum
Está emplazado en el Twickenham Stadium, la cuna del rugby nacional. La visita incluye un paseo por el estadio. *Rugby Road • Tren de Twickenham • 020 8892 8877 • Horario: consultar la web o llamar • Se cobra entrada • www.rfu.com*

The River Café

Precios		
Una comida de tres platos, con media botella de vino, servicio e impuestos incluidos.	£	hasta 15 £
	££	15-25 £
	£££	25-35 £
	££££	35-50 £
	£££££	más de 50 £

TOP 10 Dónde comer

1 The River Café

Este restaurante de Hammersmith es el "mejor restaurante italiano fuera de Italia". Está en un antiguo almacén con vistas al río. *Thames Wharf, Rainville Road W6 • Metro Hammersmith • 020 7386 4200 • £££££*

2 Thai Square Putney Bridge

Excelente panorámica del río desde este pequeño e innovador restaurante. La carta es tailandesa y es excelente. *2–4 Lower Richmond Road SW15 • Metro Putney Bridge • 020 8780 1811 • £££*

3 Chez Bruce

Elegante pero relajado, sirve excelente cocina europea moderna. El servicio es impecable y es esencial reservar. *2 Bellevue Rd SW17 • Tren a Wandsworth Common • 020 8672 0114 • £££££*

4 The Glasshouse

Comida excelente, moderna y europea en este tranquilo restaurante. *14 Station Parade, Kew, Surrey • Metro Kew Gardens • 020 8940 6777 • Sin acceso para discapacitados • £££££*

5 The Gate

Es, probablemente, el mejor restaurante vegetariano de Londres. Merece la pena buscarlo. El menú especial cambia regularmente y los platos son copiosos e imaginativos. Cierra los domingos. *51 Queen Caroline Street W6 • Metro Hammersmith • 020 8748 6932 • Sin acceso para discapacitados • £££*

6 City Barge

Situado en un enclave encantador del siglo XVIII en la ribera del Támesis, este *pub* sirve comida abundante. *27 Strand-onthe-Green W6 • Tren a Kew Bridge • 020 8994 2148 • ££*

7 Inn at Kew Gardens

Preciosa posada con buenas cervezas de barril y deliciosa comida. Perfectamente situada tras los Kew Gardens. *292 Sandycombe Rd, Kew TW9 • Metro Kew Gardens • 020 8940 2220 • £££*

8 The Green Room

Local moderno ubicado en la parte antigua de la ciudad. Magníficas copas en su estiloso bar, y comida sencilla y deliciosa en el restaurante anglo-francés. *45A Goldhawk Road W12 • Metro Goldhawk Road • 020 8746 2111 • ££*

9 Esarn Kheaw

Auténtica comida tailandesa con todos los clásicos además de platos menos comunes como sopa agridulce de pez cabeza de serpiente. Uso libre de especias. *314 Uxbridge Rd W12 • Metro Shepherd's Bush • 020 8743 8930 • ££*

10 The Harwood Arms

El Harwood Arms fue el primer *gastropub* galardonado con una estrella Michelin. Sin embargo, se siente como un elegante *pub*, con deliciosos aperitivos como alternativa a la cocina inventiva británica. *Walham Grove SW6 • Metro Fulham Broadway • 020 7386 1847 • ££££*

***Nota:** todos los restaurantes aceptan tarjetas de crédito y sirven platos vegetarianos si no se especifica lo contrario.*

Izquierda **Columbia Road Market** Derecha **Fábrica de caramelos bengalí**

Este de Londres

EL ESTE DE LONDRES ES UNA ZONA *próspera. Fue siempre un barrio animado, de clase obrera y hogar de los estibadores, y ha estado siempre orgulloso de ser refugio de inmigrantes, desde los tejedores de seda franceses, hasta los judíos y los trabajadores de telas de Bangladesh. Desde 1980, el East End, donde rondó en su tiempo Jack el Destripador, ha sufrido una transformación radical. Los medios de información y las finanzas ocupan los renovados muelles; las galerías y los restaurantes aumentan en Hoxton y cientos de mercados, como el moderno Spitalfields, aparecen en cada esquina, contribuyendo al atractivo de esta zona cuya arquitectura de los siglos XVIII y XIX aún continúa en pie.*

Los 50 pisos de la Canada Tower, en Canary Wharf

TOP 10 Lugares de interés

1. Canary Wharf
2. Museum of London Docklands
3. Hoxton
4. Whitechapel Gallery
5. V&A Museum of Childhood
6. Spitalfields
7. Dique del Támesis
8. Brick Lane
9. Columbia Road Market
10. Geffrye Museum

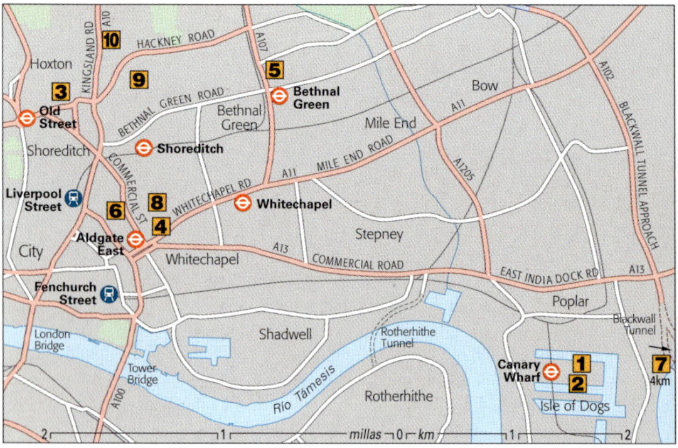

Cúpula de la estación de Canary Wharf DLR

1 Canary Wharf

El espacio principal del desarrollo de los Docklands es Canary Wharf y la Canada Tower, con sus 240 metros de altura y sus 50 pisos, diseñada por el arquitecto estadounidense Cesar Pelli. Aunque la torre no está abierta al público, puede visitarse parte del complejo: el centro comercial, con tiendas, restaurantes y bares. La estrella de esta zona es la estación de Canary Wharf, del arquitecto sir Norman Foster. *Metro y DLR Canary Wharf*

2 Museum of London Docklands

Ubicado en un histórico almacén, este museo recorre la historia del río, el puerto y la gente de Londres. Muestra un rica variedad de objetos, desde huesos de ballena a máscaras de gas de la II Guerra Mundial, en vanguardistas galerías. Destaca Mudlarks, una zona interactiva para niños; Sailortown, una atmosférica recreación del Wapping ribereño del siglo XIX, y London, Sugar & Slavery, que revela la implicación de la ciudad en el comercio de esclavos. *West India Quay E14 • Metro y DLR Canary Wharf, DLR West India Quay, Thames Clippers Canary • Wharf Pier • 020 7001 9844 • Horario: 10.00-18.00 todos los días • www.museumoflondon.org.uk*

3 Hoxton

Lugar adecuado para contemplar las últimas tendencias del arte contemporáneo británico. En Hoxton Square está la galería White Cube, donde artistas modernos como Damien Hirst, Sarah Lucas o Tracey Emin (conocidos como YBAs, Young British Artists) comenzaron su carrera. El Lux Centre es también una galería y muestra películas caseras. Alberga cafés y restaurantes, como el Hoxton Square Kitchen and Bar y el Real Greek *(ver p. 157).* *Metro Old Street*

4 Whitechapel Gallery

Debe su fama a las exposiciones de arte contemporáneo más vanguardista del mundo. La galería ha lanzado las carreras de David Hockney, Gilbert & George y Anthony Caro. Tras la fachada *arts and crafts* hay una librería, un café y un restaurante. *77-82 Whitechapel High Street E1 • Plano H3 • 020 7522 7888 • Horario: 11.00-18.00 ma-do (ju 21.00) • www.whitechapelgallery.org*

Izquierda **Museum In Docklands** Derecha **Entrada de 1901, Whitechapel Gallery**

5 V&A Museum of Childhood

Todo el mundo encuentra algo maravilloso en este lugar: desde muñecas y ositos de peluche hasta trenes de juguete y juegos antiguos. Hay eventos y actividades especiales para niños de todas las edades, durante los fines de semana y las vacaciones, además de los que complementan las exposiciones en curso. *Cambridge Heath Road E2 • Metro Bethnal Green • 020 8983 5200 • Horario: 10.00-17.45 todos los días • www.vam.ac.uk/moc*

6 Spitalfields

Calles como Fournier Street, flanqueada por las casas de los tejedores hugonotes del siglo XVIII, son un recuerdo de que esta zona, al este de la City, fue un refugio de las poblaciones inmigrantes durante siglos. El mercado más antiguo de Londres, Old Spitalfields Market, aún mantiene los puestos en los que se vende comida, así como cafés y tiendas. Los domingos atrae a cientos de personas, ávidas por encontrar una ganga en moda, ropa de segunda mano o artesanía. Tienen lugar actos gratuitos, como conciertos durante el almuerzo. Enfrente se sitúa una de las grandes iglesias barrocas de Europa: Christ Church (1716), diseñada por un discípulo de Wren, Nicholas Hawksmoor (1661-1736). *Commercial Street E1 • Plano H2*

Christ Church Spitalfields

Los hugonotes en Londres

Los hugonotes, procedentes de Francia en 1685, eran protestantes y sufrieron las persecuciones de los católicos. Casi todos eran tejedores de sedas y construyeron las hermosas casas georgianas en torno a las calles Fournier, Princelet y Elder. La seda de Spitalfields fue famosa por su delicada calidad, pero a mediados del siglo XIX la industria prácticamente desapareció.

7 Dique del Támesis

Con sus 10 puertas elevándose sobre el río, esta obra de ingeniería, barrera de mareas, ofrece un impresionante panorama *(ver p. 71). Unity Way SE18 • Tren a Charlton, metro North Greenwich • 020 8305 4188 • Horario: 10.30-17.00 ju-do • Se cobra entrada*

8 Brick Lane

Antaño centro de la población judía, en la actualidad es el corazón de la comunidad asiática de Bangladesh. Aquí puede degustarse auténtica comida hindú, barata, en restaurantes como Preem y Shampan. Algunos de los mejores *bagels* de la ciudad se hacen en Brick Lane Bagel Bake, en el nº 159 de esta calle, abierto 24 horas para los juerguistas de última hora. Hay ropa de marca y *vintage*, y un animado rastro los domingos. *Brick Lane • Metro Aldgate East*

Izquierda **Residencia georgiana, Fournier Street** Derecha **Comedor, Geffrye Museum**

Columbia Road Market

9 Columbia Road Market

Los londinenses van los domingos por la mañana al este de la ciudad buscando los mercados callejeros. Les encanta Petticoat Lane, en Middlesex Street, con sus ropas de ganga, el cacharrerío de casa y el bricolaje de Brick Lane. A diez minutos andando hacia el norte desde el final de Brick Lane está el mercado en Columbia Rd que ofrece una deliciosa mezcla de todo lo imaginable en plantas a precios de ganga. ✎ *Columbia Road E2 • Metro Old Street • Petticoat Lane • Metro Aldgate East*

10 Geffrye Museum

Este fascinante museo está dedicado a la evolución de la vida familiar y al diseño de interiores desde 1600 hasta hoy. Fue originalmente, en 1715, una casa de beneficencia, pero el edificio ha sido rehabilitado y se puede pasear por una sala de pintura del siglo XVII panelada en roble, un piso de la década de 1930 o un apartamento contemporáneo. Pueden visitarse distintos modelos de jardines entre abril y octubre. ✎ *Kingsland Road E2 • Plano H2 • 020 7739 9893 • Horario: 10.00-17.00 ma-sá, 12.00-17.00 do*

Un día en el este

Mañana

Se puede comenzar en **Old Spitalfields Market,** cerca de la estación de Liverpool Street, con puestos de comida, ropa y coleccionables los domingos. Se puede tomar un sabroso desayuno inglés en St John Bread & Wine, frente al mercado, en el 96 de Commercial Street *(ver p. 157).*

Hay que girar en Fournier Street, donde se llega a una galería (en el n° 5) que mantiene las paredes de las casas de los tejedores de seda del siglo XVIII. Las calles Princelet, Elder y Fournier dan una idea del Londres histórico.

En **Brick Lane** se puede curiosear en las tiendas de regalos de los naturales de Bangladesh. Para comer, la oferta es variada: puestos de comida con *curry*.

Tarde

Después de comer, se puede girar a la derecha hasta Whitechapel Road. Es importante fijarse en la fachada *arts and crafts* de la **Whitechapel Gallery** *(ver p. 153),* dedicada al arte moderno y contemporáneo. Se puede tomar un té en el café y parar en la tienda de recuerdos para comprar alguna pieza artística.

Finalmente, se puede montar en el Docklands Light Railway (desde Tower Gateway, a un corto paseo desde Whitechapel) para ver un panorama del este de Londres. En Canary Wharf se pueden apreciar los últimos trabajos arquitectónicos, en torno a Cabot Square, y finalizar tomando algo en **Gun** *(ver p. 157)* en Cold Harbour.

Información sobre compras **ver p. 170**

Izquierda **Folly, Victoria Park** Derecha **Navegando en el Docklands Sailing Watersports Centre**

TOP 10 Lo mejor de lo mejor

1 Theatre Royal Stratford East

Teatro local de fama internacional, fundado por el innovador director escénico Joan Littlewood en 1953. Aún pueden verse las obras más vanguardistas. Al lado está un centro de arte con una galería y un cine. *Gerry Raffles Square E15 • Tren, metro y DLR Stratford • 020 8534 0310*

2 Victoria Park

Es uno de los parques más grandes y agradables del este de Londres. Tiene dos lagos, jardines ornamentales, un zoo infantil, pistas de tenis y un espacio para jugar a los bolos. *Bow E9 • Metro Bethnal Green*

3 Dennis Severs' House

Esta casa de tejedores de seda del siglo XVIII *(ver p. 154)* se ha mantenido en perfecto estado; fue creada por el artista Dennis Severs. Cada habitación aparece como si los habitantes hubieran salido un momento, la comida aún está en la mesa y se perciben los olores de la cocina. *18 Folgate Street E1 • Plano H2 • 020 7247 4013 • Llamar para consultar horarios • Se cobra entrada • www.dennisseversh ouse.co.uk*

4 Sutton House

Esta casa de mercaderes de la época Tudor data de 1535 y es la más antigua de East End. *2–4 Homerton High Street E9 • Metro Bethnal Green y autobús 253 • 020 8986 2264 • Horario: llamar o consultar la web • www.nationaltrust.org.uk/sutton-house*

5 Three Mills Museum

Construido en 1776, este magnífico molino de marea fue una vez el más grande del país. Hoy es un museo. Solo visitas guiadas. *Three Mill • Lane E3 • Metro Bromley-by-Bow • 020 8980 4626 • Horario: may-oct: 11.00-16.00 do • Se cobra entrada*

6 Cabot Hall

Local de espectáculos en los Docklands, con noches de comedia y conciertos públicos. *Canary Wharf E14 • DLR Canary Wharf • 020 7418 2782*

7 Docklands Sailing & Watersports Centre

Aquí es posible navegar en bote, piragua o canoa. *Millwall Dock, Westferry Road E14 • DLR Crossharbour • 020 7537 2626 • www.dswc.org*

8 Mudchute Farm

Granja urbana con ganado y una escuela para aprender a montar a caballo. *Pier Street E14 • Horario: 8.00-16.00 ma-do • DLR Mudchute • 020 7515 5901*

9 ExCeL

Complejo comercial junto a los Royal Victoria Docks, con tiendas, cafés y un gran espacio de exposiciones galardonado. *Victoria Dock Road E16 • DLR Custom House.*

10 Mile End Park

Idóneo para los aficionados al monopatín, ciclistas y patinadores. Tiene *karts*, un parque ecológico y una zona para niños. *Mile End Road E3 • Metro Mile End • 020 7364 4147*

Cantaloupe, bar y restaurante

Precios

Una comida de tres platos, con media botella de vino, servicio e impuestos incluidos.	£	hasta 15 £
	££	15-25 £
	£££	25-35 £
	££££	35-50 £
	£££££	más de 50 £

TOP 10 Dónde comer

1 The Real Greek

Comida griega con unos sabores auténticos. Se puede comenzar con *mezedes,* pequeños aperitivos. Excelentes caldos griegos. *6 Horner Square, Old Spitalfields Market, E1 • Plano H2 • 020 7375 1364 • £££*

2 Les Trois Garçons

La elaborada decoración forma parte de la experiencia gastronómica. Por suerte, la comida es excelente y consistente y el servicio, atento. En conjunto, no es tan caro como se pudiera pensar. *1 Club Row E1 • Plano H2 • 020 7613 1924 • ££££*

3 St John Bread & Wine

Es el hermano del restaurante St John *(ver p. 139)* y muy apreciado por la gente de la zona por su extenso horario (desde las 9.00 lu-vi, 10.00 sá y do) y por su excelente comida inglesa. Tiene una buena carta de vinos y una panadería que ofrece panes y bollos para llevar. Bien situado para el Old Spitalfields Market. *94-96 Commercial St E1 • Plano H2 • 020 7251 0848 • £££*

4 Canteen

Situado en el nuevo complejo junto al Old Spitalfields Market, este restaurante ofrece deliciosa comida tradicional inglesa de 9.00 a 23.00. *Unit 2, Crispin Place, junto a Brushfield St E1 • Plano H2 • 0845 686 1122 • £££*

5 Cargo

Imaginativamente emplazado en tres túneles ferroviarios, este amplio espacio está dedicado a la música, las copas y la comida (hasta la 1.00). Hay música en directo todas las noches. Almuerzo a buen precio. *Kingsland Viaduct, 83 Rivington Street EC2 • Plano H2 • 020 7739 3440 • £££*

6 Fox

En el piso de arriba de este *pub* se come muy bien. Frecuentado por trabajadores de la City en busca de buenas cervezas y vinos. *28 Paul Street EC2 • Plano H2 • 020 7729 5708 • £££*

7 Cantaloupe

Amplio almacén que sirve patatas y tentempiés en el bar y comida mediterránea en el restaurante. *35-42 Charlotte Rd EC2 • Plano H1 • 020 7729 5566 • £££*

8 Gun

Este elegante local de los Docklands con vistas al Támesis sirve cocina de *pub* de calidad. *27 Cold Harbour E14 • DLR South Quay /Blackwell • 020 7515 5222 • ££££*

9 Café Spice Namaste

Es uno de los mejores restaurantes hindúes de Londres; se centra en la cocina de Goan y en los platos regionales. Cerrado domingos. *16 Prescot Street E1 • Metro Tower Hill y Aldgate • 020 7488 9242 • £££*

10 Prospect of Whitby

El *pub* más elegante del este londinense; data de 1520 y tiene viejos toneles y barriles. La barra es metálica y se contemplan buenas vistas del río. *57 Wapping Wall E1 • Metro Wapping • 020 7481 1095 • £££*

***Nota:** todos los restaurantes aceptan tarjetas de crédito y sirven platos vegetarianos si no se especifica lo contrario.*

FOUBERTS
PLACE
WHITE
CYAN
CAMPER
MAGENTA
BLACK

DATOS ÚTILES

Cómo organizar el viaje 160

Llegada a Londres 161

Cómo desplazarse 162

Dónde informarse 163

Londres para discapacitados 164

Dinero y comunicaciones 165

Seguridad y salud 166

Excursiones desde Londres 167

Visitas y recorridos 168

Cómo evitar aglomeraciones 169

Información sobre compras 170

Londres a buen precio 171

Dónde alojarse 172

Paraguas en un día lluvioso en Londres

TOP 10 Cómo organizar el viaje

1 Equipaje
Conviene estar preparado para todo tipo de clima. Es imprescindible llevar impermeable y paraguas, incluso en verano; en invierno se necesita ropa de abrigo y jerséis. La ropa formal no es obligatoria, pero debe vestirse adecuadamente para ir a la ópera, en algunos espectáculos teatrales y en restaurantes elegantes.

2 Dinero
Por seguridad, es mejor utilizar tarjetas de crédito o cheques de viaje. Es necesario comprobar que las tarjetas se aceptan en el Reino Unido. Es conveniente llevar algo de dinero en efectivo para pagar entradas o para los gastos imprescindibles a la llegada *(ver Dinero y comunicaciones, p. 165)*.

3 Documentación
Para entrar en el Reino Unido, los ciudadanos de la Unión Europea, como es el caso de los españoles, sólo necesitan el carné de identidad. Es conveniente informarse en la Embajada británica si la estancia va a durar más de seis meses.

4 Aduana
No se pueden introducir en el Reino Unido para uso personal armas de fuego, especies en peligro de extinción y algunos tipos de comida y plantas. Si se necesita medicación, es conveniente llevarla desde España o traer las recetas o prescripciones facultativas. Para más información visitar www.ukba.homeoffice.gov.uk.

5 Seguros
Se recomienda un seguro que cubra pérdida de equipaje, robo y salud. Aunque los tratamientos de urgencia son gratuitos en el Servicio Nacional de Salud (National Health Service), los tratamientos especializados, las medicinas y la repatriación deben abonarse.

6 Carné de conducir
Si se está pensando en utilizar un coche en el Reino Unido y se es ciudadano de la Unión Europea, es necesario asegurarse de llevar el carné de conducir y los seguros reglamentarios. Además, conviene avisar a la compañía de seguros.

7 Husos horarios
En el Reino Unido no hay que olvidar poner el reloj en la hora del meridiano de Greenwich, que es una hora menos respecto al horario continental europeo. De marzo a septiembre los relojes se adelantan una hora (horario de verano).

8 Electricidad
En el Reino Unido la corriente eléctrica es de 240 voltios AC. Los enchufes son de tres entradas, de modo que conviene tener un adaptador. La mayoría de los hoteles tiene tomas de corriente de dos entradas sólo para máquinas de afeitar.

9 Niños
Si se piensa viajar con niños, será necesario planificar con antelación las vacaciones, ya que ello redundará en un mayor disfrute. Es conveniente evitar las aglomeraciones en el transporte público *(ver p. 169)* y reservar entradas con antelación para museos y espectáculos.

10 Carnés
Es recomendable llevar carnés y tarjetas de organizaciones de conductores o de asociaciones que tengan convenios con el Reino Unido, que ofrecen descuentos en muchos lugares. La tarjeta de estudiante ISIC también puede resultar útil *(ver p. 171)*.

Embajada y consulado

Embajada de España en Londres
39 Chesham Place, Londres SW1 8SB • emb.londres@maec.es • Plano D5 • 020 7235 5555

Consulado de España en Londres
20 Draycott Place, Londres SW3 2RZ • www.maec.es/consulados/londres/es/home • Cog.Londres@maec.es • Plano C5 • 020 7589 8989

Izquierda **Tren Eurostar** Derecha **Avión en el aeropuerto de Heathrow**

TOP 10 Llegada a Londres

1 Aeropuerto de Heathrow

El principal aeropuerto de Londres está situado a 24 kilómetros al oeste del centro. El tren Heathrow Express de Paddington es el medio más rápido para llegar a la ciudad, tarda sólo 15-20 minutos. Los trenes funcionan de 5.00 a 23.00 todos los días. Los taxis tardan una hora y son muy caros. Otras opciones más baratas pueden ser el metro (línea Piccadilly) o el autobús National Express. *Información de Heathrow: 0844 335 1801 • www.heathrowairport.com*

2 Aeropuerto de Gatwick

El segundo aeropuerto de Londres está a 50 kilómetros al sur. El tren Gatwick Express sale cada 15 minutos hacia Victoria Station, y tarda una media hora. Hay también correspondencias de tren a London Bridge y St Pancras. El National Express es un poco más barato y tarda una hora. *Información de Gatwick: 0844 8920 322 • www.gatwickairport.com*

3 Aeropuerto de Stansted

Este aeropuerto está situado a 56 kilómetros al noreste. El Stansted Express tarda 45 minutos a la estación de Liverpool Street. Los autobuses a varios puntos de Londres tardan entre 1 y 2 horas. *Información de Stansted: 0870 000 0303 • www.stanstedairport.com*

4 Aeropuerto de Luton

Este aeropuerto está a unos 50 kilómetros al norte. Un autobús va desde el aeropuerto hasta la estación Luton Parkway, desde donde parten varios trenes a St Pancras, trayecto que dura unos 20 minutos. Los autobuses Green Line tienen una ruta hasta el centro de Londres. *Información de Luton: 01582 405 100 • www.london-luton.co.uk*

5 Aeropuerto de London City

Situado en los Docklands, a 14 kilómetros del centro, está conectado por el DLR, desde la estación de metro Bank. Un taxi hasta el centro tarda unos 35 minutos. *Información London City: 020 7646 0088 • www.londoncityairport.com*

6 Otros aeropuertos

Son importantes los de Birmingham, Liverpool, Manchester, Newcastle y East Midlands. Todos tienen conexiones con Londres por carretera y tren.

7 Estación de autobuses Victoria

Los autocares nacionales e internacionales llegan y salen desde aquí. La terminal está a 10 minutos a pie desde la estación de tren Victoria. *Victoria Coach Station, 164 Buckingham Palace Rd SW1 • Plano D5 • Reservas: consultar las distintas compañías • www.nationalexpress.com*

8 St Pancras International

Con sus más de 50 tiendas, bares y restaurantes, incluida la champañería más grande de Europa, es el punto de llegada a Londres a través del Eurostar. Los trenes tardan menos de 2 horas desde Bruselas y 2 horas y 15 minutos desde París. *St Pancras International • Plano E2 • Eurostar, información y reservas: 0870 518 6186 • www.eurostar.com, www.stpancras.com*

9 Cruzar el canal de la Mancha

El Eurotúnel también transporta coches entre Calais, en el norte de Francia, y Folkestone, en el sur de Inglaterra (35 minutos). Los transbordadores desde Calais hasta Dover tardan unos 90 minutos. El viaje por autopista desde Dover a Londres puede durar una hora y media. *www.eurotunnel.co.uk • Reservas: 0844 353 535*

10 Otras vías marítimas

Los transbordadores que transportan coches salen del norte de Francia hacia otros puertos del canal en el sur de Inglaterra, así como desde Bilbao y Santander, hacia Portsmouth o Plymouth. Hoverspeed tiene un servicio rápido desde Dieppe hasta Newhaven (sólo en verano). Los servicios para pasajeros y coches funcionan también desde Escandinavia y los Países Bajos hasta otros puertos ingleses e Irlanda.

Izquierda **Taxis** Centro **Parada de autobús** Derecha **Paso de cebra**

Top 10 Cómo desplazarse

1 Metro
La red de metro, o *tube*, es el medio más rápido para desplazarse por la ciudad, pero los vagones están atestados durante las horas punta. Las líneas se identifican con colores y es fácil seguirlas sobre el mapa, en la solapa de esta guía. Los trenes funcionan de 5.30 a 0.00; las tarifas son distintas en las seis zonas en las que se divide la red. La zona 1 cubre el centro.
Transporte de Londres: 0843 2221234 • www.tfl.gov.uk

2 Autobuses
Son más lentos que el metro, pero más baratos, y también son un buen medio para desplazarse. Para viajar entre medianoche y las 6.00 es necesario tomar un autobús nocturno. Estos autobuses tiene parada en las inmediaciones de Trafalgar Square y en el West End.

3 Docklands Light Railway (DLR)
El tren de superficie tiene dos ramales, uno que se dirije hacia el sur hasta Greenwich y Lewisham y otro hasta Woolwich, Arsenal. Tiene correspondencia con la red de metro en Bank, Tower Gateway (junto a Tower Hill) y otros puntos. Es un estupendo medio para ver la zona rehabilitada de East End.
Transporte de Londres: www.tfl.gov.uk

4 Abonos prepago
Las Travelcards para un día o para un fin de semana resultan bastante económicas si se realizan más de dos viajes al día en transporte público. Pueden comprarse en las estaciones y en los quioscos. Son válidas para el metro, algunos trenes, los autobuses y el DLR los días de diario a partir de las 9.30. También hay tarjetas Oyster y Travelcard semanales y mensuales (para las mensuales es necesario adjuntar una foto tamaño carné). Se puede comprar Visitor Oyster Card o Travelcard antes de llegar.
www.tfl.gov.uk

5 Trenes
Los viajes en tren de cercanías y hacia otras ciudades se dispensan en las 10 estaciones principales de Londres. Los viajes en tren son caros y la estructura de las tarifas es bastante complicada.
Información National Rail: 08457 484950 • www.nationalrail.co.uk

6 Taxis
Los taxis negros de Londres se pueden coger en cualquier parte. *For hire*, cuando está iluminado, significa que está libre. También se pueden encontrar en las estaciones de trenes, aeropuertos y paradas de taxis. Se añade un 10 por ciento por el equipaje. Pueden reservarse con antelación. *Dial-a-Cab: 020 7251 0581 • Radio Taxis: 020 7272 0272*

7 Minicabs
Sólo se deben contratar por teléfono, a través de Cabwise o acudiendo a una oficina, nunca en la calle. Lady Minicabs sólo tienen conductoras.
Transport for London: www.tfl.gov.uk/cabwise • Lady Cabs: 020 7272 3300; www.ladyminicabs.co.uk

8 Alquiler de coches
Alquilar un coche no es barato en el Reino Unido. Europcar y Thrifty son tal vez las que ofrecen mejores precios. Los conductores deben tener su carné de conducir en regla y más de 21 años, o en algunos casos más de 24. *Europcar: www.europcar.co.uk • Thrifty: www.thrifty.co.uk*

9 Alquiler de bicicletas
Se necesitan nervios de acero para ir por Londres en bicicleta, pero puede ser un buen método para ver la ciudad. Barclays Cycle Hire tiene puntos de estacionamiento en el centro de Londres. *www.tfl.gov.uk/BarclaysCycleHire*

10 Londres a pie
Caminar por Londres tiene sus recompensas: el centro de la ciudad no es muy grande y el visitante quedará sorprendido cuando se percate de la escasa distancia que había entre dos puntos que parecían estar muy alejados. La conducción por la izquierda debe tenerse en cuenta cuando se crucen las calles y atender siempre a los semáforos.

Visitas y recorridos **ver pp. 168-169**

Izquierda **Cartel de Britain Visitor Centre** Derecha **City of London Information Centre**

TOP 10 Dónde informarse

1 London Tourist Board
Visit London es el organismo oficial de turismo de Londres y tiene varios servicios para los visitantes de la ciudad, incluyendo un útil programa para reservas de alojamiento. Su servicio de información en Internet ofrece varias alternativas. *Visit London: 08701 566 366 • www.visitlondon.com*

2 Centros de información turística
Ofrecen información sobre cualquier cuestión, desde excursiones y visitas guiadas hasta alojamiento. Estas oficinas se encuentran en 1 Lower Regent Street W1, en Leicester Square y en Greenwich, en Pepys House SE10. También hay centros de información turística en las estaciones de tren más importantes, como Victoria y San Pancras International. Ofrecen folletos gratuitos sobre eventos y ocio.

3 Alojamiento
Los precios de los hoteles de Londres son cada vez más competitivos, pero a menudo se pueden encontrar ofertas en Internet. Las reservas de prepago efectuadas a través de Visit London tienen precio mínimo garantizado. También es posible contratar el alojamiento en los centros de esta institución en las estaciones de Liverpool Street y Victoria, y en Heathrow. *Visit London Accommodation Booking Service: 0871 222 3118 • www.visitlondonoffers.com*

4 Páginas web restaurantes
Hay una amplia gama de páginas web con reseñas de restaurantes que ofrecen evaluaciones de profesionales y opiniones de comensales. Las más famosas son London Eating y Top Table. *www.london-eating.co.uk; www.toptable.com*

5 Televisión
En el Reino Unido hay cinco canales: dos públicos (BBC1 y BBC2) y tres comerciales (ITV, Channel 4 y Channel 5). Televisores con TDT tienen entre 20 y 40 canales gratuitos, dependiendo de la zona. Entre estos canales están BBC3, BBC4, Sky News y BBC News 24.

6 Radio
Las emisoras de radio de Londres ofrecen constantemente noticias e información para los visitantes de la ciudad. Entre ellas están: la BBC London Live (94.9 FM), Capital FM (95.8 FM) y LBC (97.3 FM).

7 Publicaciones
Para informarse sobre los espectáculos en escena en Londres es recomendable ver diariamente los periódicos, especialmente el *Evening Standard* y el *Time Out*, el semanario con toda la lista de espectáculos, que incluye actividades para niños. La página web del *Evening Standard* *www.thisislondon.co.uk* es también muy útil. Visit London (oficina de turismo de Londres) publica útiles guías sobre alojamiento y actividades en la capital.

8 Clima
El tiempo en Londres es impredecible, pero si se necesita información previa, se puede consultar la web de Met Office y obtener un pronóstico en un minuto. En la radio y en la televisión se ofrece regularmente la predicción del tiempo para la capital y otras regiones. *The Met Office: www.metoffice.gov.uk*

9 City of London Information Centre
Este centro de información, ubicado cerca de St. Paul's Cathedral, ofrece información sobre lugares turísticos y sobre los eventos que tienen lugar en Londres. Hay folletos gratuitos de museos, paseos y excursiones. También cuenta con servicio propio de rutas guiadas y vende entradas para los espectáculos del West End. *St. Paul's Churchyard, EC4 • Plano R2 • Abierto todos los días • www.visitthecity.co.uk*

10 London Lesbian & Gay Switchboard
Este teléfono de ayuda ofrece información, ayuda y atención a homosexuales. Pueden aconsejar sobre servicios, organizaciones y lugares de ocio. *0300 330 0630 • www.turingnetwork.org.uk*

Izquierda **Autobús con piso bajo** Derecha **Rampa de acceso para silla de ruedas**

TOP 10 Londres para discapacitados

1 Alojamiento

Los hoteles más grandes y modernos tienen acceso para discapacitados, pero otros, más antiguos o más pequeños, tal vez no los tengan. RADAR (Royal Association for Disability and Rehabilitation), la principal organización para discapacitados, publica una guía anual, *Holidays in Britain and Ireland,* en la que se recomiendan los mejores alojamientos. ✆ *RADAR: 020 7250 3222 • www.radar.org.uk; www.tourismforall.org.uk*

2 Transporte público

El metro cuenta con 66 estaciones con acceso sin escalones y se ha trabajado para mejorar la accesibilidad, pero las largas escaleras mecánicas, los pasillos y las horas punta siguen dificultando viajar en metro a las personas con alguna discapacidad. Los autobuses, sin embargo, están adaptados. *Get on Board,* publicado por Transport for London, está disponible en Heathrow, el metro y las principales estaciones de tren. ✆ *Transport for London: 020 7222 1234 • www.tfl.gov.uk • www.accessproject-phsp.org*

3 Museos

La mayoría de los museos londinenses y galerías de arte tiene rampa de acceso para sillas de ruedas y aseos para discapacitados. Los auriculares se pueden conseguir en todos ellos y resultan muy útiles para los invidentes.

4 Teatros y cines

La mayoría de teatros y cines de Londres tienen acceso para discapacitados. Lo mejor es llamar antes y asegurarse de que hay plazas. Para más información sobre accesibilidad en locales, llamar a Artsline. ✆ *Artsline: 020 7388 2227 • www.artsline.org.uk*

5 Restaurantes

Algunos restaurantes son más accesibles que otros: incluso cuando tienen rampas de acceso, los comedores pueden estar en el piso superior o en el inferior. Lo mejor es telefonear antes. En esta guía se reseña si los restaurantes tienen acceso o no para discapacitados.

6 Visitas con guía

La asociación Can Be Done, con sede en Kensington (Londres W8), está especializada en vacaciones y viajes para discapacitados. Ponen a disposición del cliente toda una serie de ofertas. La compañía ofrece alojamiento, paquetes de teatro y visitas turísticas por Londres. Todos los alojamientos que se ofrecen están adaptados a sillas de ruerdas, y se pueden organizar los traslados y las visitas turísticas privadas en vehículos adaptados *(ver p. 168).* ✆ *Can Be Done: 020 8907 2400 • www.canbedone.co.uk*

7 Estudiantes

SKILL, la oficina nacional para estudiantes con discapacidades, ofrece ayuda e información, así como el UK Council for International Student Affairs (UKCISA). ✆ *SKILL: 0800 328 5050. www.skill. org.uk • UKCISA: (prefijo 1800 10 para teléfonos de texto) 020 3131 3576 www.ukcisa.org.uk*

8 Discapacidad auditiva

Muchos teatros tienen un intérprete de signos en todas o en algunas de las representaciones. El Royal National Institute for the Deaf (RNID) puede solucionar las dudas al respecto. ✆ *RNID: 0808 808 0123/9000 (teléfono de texto). www.rnid.org.uk*

9 Invidentes

El Royal National Institute for the Blind (RNIB), ofrece información útil para las vacaciones. Los mapas en braille del sistema de transporte público de Londres están disponibles en las oficinas de London's Access & Mobility. ✆ *RNIB: 0303 123 9999. www.rnib.org.uk • Transporte en Londres: 020 7222 1234. www.tfl.co.uk*

10 Otras fuentes

Organizaciones como Dial UK, Disability Now, Disabled Go y Enabled London ofrecen una amplia variedad de información y asesoramiento para discapacitados. Hay información disponible en Internet.

Izquierda **Banco** Derecha **Oficina de correos**

TOP 10 Dinero y comunicaciones

1 Dinero

La libra *(pound)* esterlina se divide en 100 peniques *(pence)*. Los billetes son de 5, 10, 20 y 50 libras. Las monedas son de 1 y 2 libras (doradas), 5, 10, 20 y 50 peniques (plateadas) y 1 y 2 peniques (de color cobre).

2 Bancos

El horario de los bancos es generalmente de 9.30 a 16.30 de lunes a viernes. La mayoría de los bancos y sociedades de crédito tiene cajeros automáticos. Algunos disponen de oficinas con máquinas de ingreso y pago; se pueden utilizar con la tarjeta de crédito a cualquier hora del día o de la noche.

3 Oficinas de cambio

Las oficinas de cambio están reguladas y sus tarifas se exponen con los recargos y comisiones. Las hay con tarifa plana y con recargos porcentuales. Algunas ofrecen cambio sin comisión, pero conviene comprobar el cambio porque puede resultar más caro que si se paga una comisión. Travelex cuenta con numerosas sucursales por toda la ciudad.

4 Tarjetas de crédito

La mayoría de los establecimientos acepta tarjetas de crédito, como Visa o MasterCard (Access). Las tarjetas American Express o Diners Club se utilizan menos en el Reino Unido. Las tarjetas de crédito son particularmente útiles en restaurantes y hoteles, en tiendas, para alquilar coches o para reservar entradas en teatros o cines.

5 Servicios postales

Las oficinas de correos y sucursales están dispersas por toda la ciudad. Abren generalmente desde las 9.00 hasta las 17.30, de lunes a viernes, y hasta las 12.30 los sábados. La oficina principal de West End está cerca de Trafalgar Square. ✆ *Oficina de correos: 24-28 William IV Street WC2. Plano M3 • American Express: 30-31 Haymarket SW1. Plano L4 • Servicio de atención al cliente de Royal Mail: 0845 7740 740. www.royalmail.com*

6 Teléfonos

Para llamar desde las cabinas telefónicas se necesita como mínimo 60 peniques, y aceptan tarjetas de teléfono y de crédito. Se necesita una tarjeta con un saldo de al menos 2 libras para una llamada internacional. La operadora (100) o la operadora internacional (155) facilitan números. Para emergencias, se debe marcar el 999 o el 112. Con el servicio España Directo (0800 89 00 34 y 0800 559 31 45) se puede llamar a España desde cualquier teléfono y el coste de la llamada lo abona el receptor. La ventaja de este servicio es que la llamada se atiende en castellano y el acceso es gratuito.

7 Códigos telefónicos

El código de Londres es el 020, que no se marca cuando se llama en la ciudad. Cuando se llama desde el extranjero, se marca el código nacional seguido de 20, omitiendo el 0 inicial. Para llamar al extranjero desde Londres, se marca 00 seguido del código internacional del país al que se llame, el 34 en el caso de España. ✆ *Información nacional: 118 500 • Información internacional: 118 505*

8 Fax y fotocopias

Hay muchas oficinas en Londres con servicio de fax y fotocopias, y la mayoría de los grandes hoteles ofrece también estos servicios.

9 Teléfonos móviles

Londres está plagado de teléfonos móviles. Antes de viajar al Reino Unido, es recomendable comprobar que el móvil funciona con alguno de los sistemas británicos: GSM, 900 o 1800.

10 Internet

Hay varios cafés y bares con acceso a Internet en Londres, cuyos precios varían: puede ser gratuito (si se consume) o puede costar 5 libras por hora. La empresa Easy Internet Cafe tiene varias sucursales y Rex Lounge en Russell Square ofrece buena relación calidad-precio. ✆ *Easy Internet Café: www.easyinternetcafe.com • Rex Lounge: www.rexlounge.com*

Izquierda **Comisaría en Bow Street, Covent Garden** Centro **Policía a caballo** Derecha **Farmacia Boots**

TOP 10 Seguridad y salud

1 Emergencias
El teléfono de emergencias para la policía, bomberos o ambulancias es el 999; el operador pregunta qué servicio se necesita. Es gratuito desde cualquier teléfono público.

2 Protección personal
Londres, como la mayoría de las grandes ciudades, sufre la presencia de ladrones y carteristas. Se debe tener cuidado a última hora de la noche y en lugares poco transitados. En los *pubs* y otros lugares públicos se debe tener el bolso en la mano: no es raro que los bolsos *vuelen* en los cines y en los bares. Es recomendable evitar áreas poco iluminadas por la noche.

3 Robos
Antes de viajar conviene comprobar que los objetos de valor están asegurados y, si es posible, dejar los pasaportes, los billetes y los cheques de viaje en la caja de seguridad del hotel. Todos los robos deben denunciarse a la policía, especialmente si se necesita hacer una reclamación a las compañías aseguradoras. Hay presencia policial en zonas muy concurridas, como Leicester Square y Oxford Street, así como varias comisarías de policía en el centro. *West End Central Police: 27 Savile Row W1 • Plano J3 • No urgencias: 101.*

4 Objetos perdidos
Todo aquello que se encuentre en el metro, autobús, tren o taxis hay que enviarlo a la oficina de objetos perdidos (London Lost Property Office). Suelen tardar entre 3 y 5 días en llegar allí. *Transport for London Lost Property: 200 Baker St NW1. Plano C3. Horario: 8.30 16.00 lu-vi • 0845 330 9882 • www.tfl.gov.uk*

5 Hospitales
Existen varios hospitales en Londres con servicios de urgencias durante las 24 horas, incluidos dentistas. Los tratamientos de urgencia en caso de accidente son gratuitos para los visitantes *(ver p. 160)*.

6 Farmacias
Las farmacias *(chemists)* están abiertas durante el horario comercial. La cadena de farmacias más grande y famosa es Boots. *Boots, Picadilly Circus W1. 020 7734 6126. Plano K3. Horario: 8.00-0.00 lu-vi, 9.00-0.00 sá, 12.00-18.00 do • Bliss Pharmacy, 107-109 Gloucester Road SW7 020 7373 4445 • Plano B5 • 9.00-0.00 todos los días*

7 Dentistas
En los hoteles puede obtenerse información sobre los dentistas más cercanos y muchos están en las Páginas Amarillas *(Yellow Pages)*. Para urgencias, lo mejor es acudir al departamento de estomatología del Guy's Hospital.

8 Embajadas y consulados
Las mayoría de embajadas y consulados, incluida la de España, está en la zona de West End, Mayfair, Belgravia y Kensington. Se obtiene ayuda si se pierde el pasaporte, se necesita un visado o asistencia legal *(ver p. 160)*.

9 Tarjeta Sanitaria Europea
Se puede obtener asistencia sanitaria pública con la Tarjeta Sanitaria Europea. Se obtiene en los centros de atención de la Seguridad Social *www.seg-social.es*

10 Salud sexual
Los hospitales de St Mary y St Thomas' tienen departamentos para enfermedades de transmisión sexual. *Línea de atención de salud sexual NHS: 0800 567 123*

Hospitales

St Mary's
Praed Street W2 • Plano B3 • 020 3312 6666

St Thomas'
Westminster Bridge Road SE1 • Plano N6 • 020 7188 7188

University College
A&E (24 h), Euston Rd NW1 • Plano E2 • 0203 456 7890

Dentista, Guy's Hospital
St Thomas' Street SE1 • Plano G4 • 020 7188 1748

NHS Direct
Línea de asesoramiento 24 horas • 0845 4647

Izquierda **Navegando en el río Cam, Cambridge** Derecha **Palace Pier, en la playa de Brighton**

TOP 10 Excursiones desde Londres

1 Windsor Castle

Este bastión de la monarquía merece un día de excursión. Sus salones de Estado y la capilla de San Jorge, del siglo XV, son majestuosos. Al ser una residencia real en funcionamiento, los horarios pueden variar. Consultar la web antes de la visita. *Windsor, Berkshire • Tren: 40 minutos • 020 7766 7304 • Horario: mar-oct 9.45-17.15; nov-feb 9.45-16.15 • Se cobra entrada • www.royalcollection.org.uk*

2 Oxford

La ciudad universitaria más antigua de Gran Bretaña es un lugar magnífico, con sus antiguos *colleges*, y sus museos y galerías. Para obtener información es recomendable ir a The Oxford Story, en Broad Street. Los *colleges* más suntuosos son Christ Church, Magdalen y Merton. *Tren: 1 hora • Información turística: 01865 252 200 • www.visitoxford.org*

3 Cambridge

No hay que perderse el King's, el Trinity, el Queens' y el Peterhouse, el *college* más antiguo (1284) de Cambridge. Puede lograrse un momento de sosiego en el río Cam, que discurre a lo largo de las partes traseras de los *colleges*. *Tren: 45 minutos • Información turística: 0871 226 8006 • www.visitcambridge.org*

4 Brighton

El apelativo de esta cosmopolita ciudad es London-on-Sea. Brighton fue residencia veraniega del príncipe regente a finales del siglo XVIII y principios del XIX, cuando se trasladó al suntuoso Royal Pavilion. *Tren: 1 hora • Información turística: 01273 290 337 • www.visitbrighton.com*

5 Stratford-upon-Avon

El lugar de nacimiento de William Shakespeare (1564) está firmemente asentado en el mapa turístico. Varios edificios están relacionados con el gran dramaturgo, así como el Royal Shakespeare Theatre, idóneo si se desea asistir a un espectáculo. *Tren: 2 horas • Información turística: 0871 978 0800 • www.shakespearecountry.co.uk*

6 Canterbury

En el año 597 esta agradable ciudad mercantil, situada al sureste de Londres, llegó a ser la sede del arzobispado primado de Canterbury. En la magnífica catedral está la tumba de St Thomas Becket. *Tren: 1 hora y media • Información turística: 01227 378 100 •www.canterbury.co.uk*

7 Chessington World of Adventures

Este inmenso parque de atracciones, que fue originalmente un zoo (todavía quedan animales de la jungla en su sección Animal Land), es ideal para los niños. Las entradas resultan más baratas por anticipado. *Chessington, Surrey • Tren: 30 minutos • 0871 663 4477 • Horario: mar-dic: los horarios varían • Se cobra entrada • www.chessington.com*

8 Thorpe Park

Este parque temático acuático ofrece las olas más altas de Europa y es muy popular entre las familias. *Chertsey, Surrey • Tren de Staines: 30 minutos • 0871 663 1673 • Horario: mar-oct: los horarios varían • Se cobra entrada • www.thorpepark.com*

9 Woburn Abbey

Residencia de los duques de Bedford, esta impresionante mansión señorial del siglo XVIII, con extensos jardines, tiene una espléndida colección de pintura y muebles. Cuenta con un programa anual de actividades muy completo y hay un Safari Park a 10 minutos. *Woburn, Bedfordshire • Tren a Flitwick: 1 hora, después taxi • 01525 290 333 • Horario: ver web • Se cobra entrada • www.woburn.co.uk/abbey*

10 Leeds Castle

El castillo más romántico de Inglaterra. Fue construido sobre dos islas, en un lago con más de 200 hectáreas. Alberga una exposición de objetos medievales. *Maidstone, Kent • Tren de Bearsted: 1 hora, y después autobús (mismo billete) • 01622 765 400 • Horario: todo el año; consultar la web o llamar para horarios y eventos • Se cobra entrada • www.leeds-castle.com*

Izquierda **Visita guiada a pie** Derecha **Autobús panorámico de Londres**

TOP 10 Visitas y recorridos

1 Autobuses panorámicos

Los autobuses panorámicos con el segundo piso abierto son un buen medio para conocer Londres. Hay varias empresas y recorridos con distintas paradas por toda la ciudad. Algunas compañías incluyen un crucero por el Támesis. ✆ *Original Tour: 020 8877 1722 • Big Bus: 020 7233 9533*

2 Travesías por el río

Hay varios tipos de barcos en el Támesis, pero operan con distintas empresas y los billetes no son intercambiables. Lo mejor es comprar los billetes en los embarcaderos y así se puede saber en qué barco se va a viajar. Los principales embarcaderos de Londres son Westminster y Embankment. Suben el río hasta Hampton Court y bajan hasta Tower Bridge y Greenwich. ✆ *Embankment Pier: Plano M4 • Westminster Pier: Plano M6*

3 Regent's Canal

Este lugar es un remanso encantador, perfecto para realizar una tranquila travesía entre Camden Lock y Little Venice. Se puede coger el barco en ambos lugares, e incluye una parada para ver el Zoo de Londres *(ver p. 68)*. ✆ *London Waterbus Co: 58 Camden Lock Place NW1 • Plano B2 • 020 7482 2550 • www.londonwaterbus.com*

4 Paseos temáticos

Hay compañías y personas que ofrecen muchos itinerarios atractivos: las guaridas de Jack el Destripador, los fantasmas de la vieja City, el Londres de Shakespeare, el Londres secreto… La compañía más antigua es The Original London Walks. ✆ *020 7624 3978 • www.walks.com*

5 City Jogging Tours

Para una visita turística ecológica y saludable uno se puede unir a un recorrido de *footing* por Londres. Los recorridos, diarios, los dirigen expertos corredores y son aptos tanto para personas independientes como para grupos de todos los niveles. Los guías promente un fascinante viaje por las calles de la ciudad. ✆ *0845 544 0433 • www.cityjoggingtours.co.uk*

6 Entre bambalinas

La mayoría de los teatros de Londres ofrece programas de visitas guiadas. La oferta del National Theatre incluye tres teatros (Olivier, Cottesloe y Lyttelton), así como visitas a los camerinos y talleres; dura unos 75 minutos. Llamar para reservas *(ver p. 56)*. ✆ *National Theatre: 020 7452 3400*

7 Puertas abiertas

Durante un fin de semana, a finales de septiembre, alrededor de 700 edificios de Londres abren sus puertas al público, desde edificios del Ayuntamiento a casas privadas. De este modo se muestran las joyas arquitectónicas habitualmente vedadas a los ciudadanos. El programa está organizado por Open-City. ✆ *http://open-city.org.uk • Gratis*

8 Viajes aéreos

Varias compañías ofrecen viajes en helicóptero. Cabair ofrece un viaje de media hora sobre Londres, siguiendo el recorrido del Támesis. El vuelo parte del aeródromo de Elstree, al norte de Londres. ✆ *Cabair: Borehamwood, Hertfordshire • Tren de Elstree y Borehamwood, y después taxi • 020 8953 4411 • www.cabairhelicopters.com*

9 Barcazas del Támesis

Las impresionantes barcazas que se utilizaron para completar la Pool of London pueden verse en la actualidad en los muelles de St Katharine *(ver p. 71)*. Topsail Events las alquila durante un día o para pasar la noche. ✆ *Topsail Events: 020 7022 2201 • www.topsailevents.co.uk*

10 Fuera de la ciudad

Varias empresas ofrecen viajes organizados en autobús a lugares muy conocidos y célebres, situados a una o dos horas de Londres. Golden Tours es una de las principales empresas turísticas de Londres y ofrece un amplio abanico de visitas organizadas cada día. ✆ *Golden tours: 0800 509 2507 • www.goldentours.com*

Excursiones desde Londres **ver p. 167**

Estación de Liverpool Street en la City

TOP 10 Cómo evitar aglomeraciones

1 Horas punta
Es recomendable evitar el metro y los autobuses de lunes a viernes entre las 8.00 y las 9.30 y entre las 17.00 y las 18.30: están llenos a reventar y los taxis son escasos. Si se puede, es más rápido y más agradable ir andando.

2 La hora de comer
Los londinenses generalmente comen entre las 13.00 y las 14.00; los *pubs*, los cafés y los restaurantes de comida rápida se llenan, y en los bares de sándwiches hay largas colas. Por otro lado, puede ser un buen momento para acudir a restaurantes más elegantes. La hora de la comida en la City es un poco antes, entre las 12.00 y las 13.00.

3 Cenar fuera
Aunque los restaurantes de West End y South Bank suelen estar llenos de gente que va o sale del teatro, aprovechando los menús baratos que se ofrecen a esas horas, muchos de estos restaurantes están más desahogados a partir de las 20.00, cuando se alza el telón.

4 Salir pronto
La mayoría de los lugares de interés de la ciudad, especialmente los más relevantes, como la Torre de Londres o Madame Tussaud's, están repletos desde primeras horas de la mañana. En estos lugares siempre es hora punta.

5 Vacaciones escolares
Durante las vacaciones escolares, los museos y otros monumentos de Londres se llenan de familias y grupos de niños. Las vacaciones duran desde finales de julio a principios de septiembre, y también tienen descanso en Semana Santa y Navidad. Los monumentos se suelen llenar de niños al final de cada trimestre, una semana en febrero, mayo y octubre.

6 Matinés
Algunos de los espectáculos y actuaciones más populares de los teatros londinenses tienen sus asientos reservados con mucha antelación. En cualquier caso, suele haber entradas para días de diario y para los espectáculos matutinos del sábado.

7 Reservas
Las exposiciones más importantes tienen un sistema de reservas especial, con entradas de horario restringido, para evitar aglomeraciones. Conviene reservar con anticipación para asegurarse la entrada a primera hora de la mañana o a última hora.

8 A última hora
Las tiendas y las galerías de Londres a menudo abren hasta tarde y es cuando menos gente hay. Las tiendas de Oxford Street, por ejemplo, abren hasta muy tarde los jueves. Las principales exposiciones en la Royal Academy *(ver p. 113)* y otros lugares permanecen abiertos a menudo hasta tarde una noche a la semana. El V&A *(ver p. 119)* abre hasta las 22.00 el último viernes del mes. La Tate Modern *(ver pp. 18-19)* cierra a las 22.00 los viernes y los sábados.

9 Fines de semana
Londres se queda vacío los fines de semana, ya que los trabajadores de los extrarradios sólo acuden a la ciudad de lunes a viernes. La City está desierta los sábados y los domingos. Es un buen momento para dar una vuelta y ver sus monumentos, libres de tráfico y de gente.

10 Días festivos
Londres es un lugar muy tranquilo durante las vacaciones. Aparte de la Navidad y Año Nuevo, las principales fiestas del Reino Unido son en Semana Santa, el primero de mayo, el día de Pentecostés a finales de mayo (Whitsun) y a finales de agosto. Hay que tener en cuenta que algunos monumentos pueden estar cerrados y que los museos y galerías ofrecen horarios restringidos durante estas fechas. De todos modos, rara vez se cierran por completo, salvo el día de Navidad y el Boxing Day (26 de diciembre, día de san Esteban). Es cada vez más frecuente que las tiendas y supermercados permanezcan abiertos algunos días festivos, si no todos.

Izquierda **Westfield Shopping Centre** Centro **Harrods** Derecha **Central Market, Covent Garden**

TOP 10 Información sobre compras

1 Zonas de tiendas

Hay magníficos lugares para ir de compras en Londres. Covent Garden tiene sobre todo ropa *prêt-à-porter*, zapatos, joyerías y regalos. Oxford Street es el mejor sitio para los grandes almacenes, con música y moda barata. En Bond Street y Knightsbridge se pueden encontrar los productos y diseños más caros; Mayfair y St James's son los mejores barrios para comprar arte y antigüedades. One New Change cuenta con 60 tiendas distribuidas en 3 plantas.

2 Horarios

Las tiendas generalmente abren de 9.30 a 18.00 de lunes a sábado, con horarios especiales hasta las 20.00 en West End los jueves, y en Kensington y Chelsea, los miércoles. Los horarios los domingos están limitados.

3 Formas de pago

La mayoría de las tiendas acepta tarjetas de crédito y cheques. El IVA (VAT, Value Added Tax) es del 20% y casi siempre se incluye en los precios marcados. Los almacenes ofrecen a veces productos libres de impuestos.

4 Derechos

Los clientes tienen derecho a una garantía sobre los productos que no funcionan o están dañados (aunque esto no siempre es así en las rebajas). Siempre hay que coger el recibo de compra, así se puede devolver en caso de disconformidad.

5 Rebajas

Los grandes almacenes y muchas tiendas de moda tienen rebajas en enero y julio.

6 Moda

Las mejores tiendas de moda están en Bond Street, Knightsbridge y Sloane Street. Los mejores trajes a medida para caballero se obtienen en Savile Row y St James's. En Oxford Street y Carnaby Street se puede comprar ropa de precio medio. Para adquirir ropa informal lo mejor es ir a los mercados: Camden *(ver p. 141)*, Portobello *(ver p. 120)*, Petticoat Lane y Spitalfields *(ver p. 154)*.

7 Música

Londres es una de las capitales mundiales de la música, y sus grandes tiendas de discos, como Fopp and Rough Trade, tienen las mejores selecciones de compactos y DVD. Muchos especialistas y coleccionistas curiosean entre los discos de vinilo, que continúan siendo muy populares. Las principales instituciones de ópera y conciertos también disponen de establecimientos en los que se venden discos. Para equipos de sonido, conviene visitar Tottenham Court Road.

8 Regalos y recuerdos

Covent Garden es un magnífico lugar para comprar regalos. Las grandes tiendas del West End (Selfridges, John Lewis, Liberty, Harvey Nichols o Harrods, *ver pp. 64-65)* tienen departamentos de regalos. Hay tiendas que venden joyería, artesanía, cerámica y menaje para la casa, de diseño inglés. Los principales museos, galerías y lugares de interés disponen también de tiendas de regalos.

9 Arte y antigüedades

Las galerías comerciales más importantes se sitúan en West End, en torno a Bond Street y Cork Street *(ver p. 116)*. Las casas de subastas Bonhams y Sotheby's *(ver p. 114)* también están en esta zona. Se pueden encontrar piezas artísticas no muy caras y artesanía en cualquier parte de Londres. En Portobello Road, en Kensington Church Street y en King's Road (Chelsea) hay todo tipo de anticuarios.

10 Fuera de la ciudad

Si se desea hacer una compra grande y evitar las aglomeraciones del centro, hay grandes superficies fuera de la ciudad. Brent Cross se encuentra en el norte de Londres. Bluewater es otra opción en Greenhithe, Kent, y Westfield, el complejo comercial más grande de Europa, se halla cerca de Shepherd's Bush y también Stratford. Las tiendas están abiertas hasta las 20.00; los restaurantes y las zonas de entretenimiento cierran más tarde.

Compras **ver pp. 64-65**

Izquierda **La Piazza de Covent Garden** Derecha **St John's, en Smith Square**

TOP 10 Londres a buen precio

1 Alojamiento

Hay varios albergues juveniles en Londres, y las universidades ofrecen alojamiento desde junio a septiembre. La International Students House ofrece alojamiento durante un curso *(ver p. 179)*. Hay también infinidad de Bed & Breakfast.

2 Transportes

Los autobuses son más baratos, aunque más lentos, que el metro. Si se van a realizar más de dos viajes al día en metro, las Travelcards pueden ser una buena opción. Son válidas también para autobuses y para el Docklands Light Railway. Las tarjetas Oyster de prepago, también suponen un ahorro *(ver p. 162)*.

3 Dónde comer

Resulta bastante fácil comer un menú de dos platos con bebida y café por menos de 20 libras en muchos lugares de Londres. Los restaurantes chinos e hindúes son generalmente baratos y en muchas iglesias hay cafés con comidas económicas a mediodía. Los restaurantes caros pueden resultar accesibles si disponen de menús fijos o menús para antes del teatro.

4 Museos y galerías

Muchos museos son gratuitos. Otros son gratuitos sólo a última hora de la tarde o por la noche. London Pass da acceso a más de 55 lugares de interés además de otras muchas ofertas (www.londonpass.com). Con el Carné Internacional de Estudiante (ISIC) se obtienen precios reducidos en muchos museos.

5 Espectáculos callejeros

Covent Garden es el mejor lugar para disfrutar durante todo el día con espectáculos callejeros y siempre hay algo que ver en Leicester Square. Durante los fines de semana, los artistas colocan sus obras en Piccadilly, en el exterior de Green Park, y en Bayswater Road, junto a Hyde Park.

6 Música gratuita

Londres está inundada de música. Los conciertos gratuitos de mediodía tienen lugar en las iglesias y en los colegios de música (durante el último trimestre). La música es gratuita en Southbank Centre y en el National Theatre, en la National Gallery, y en las calles de Hays Galleria y Canary Wharf.

7 Entradas económicas

El mejor lugar para encontrarlas es en Tkts, situado en la parte sur de Leicester Square, que vende entradas para espectáculos del día solamente. Los teatros alternativos fuera de West End (a menudo en *pubs*) son bastante baratos. Los lunes, todos los asientos cuestan 10 libras en el Royal Court. La Royal Opera House tiene localidades de pie por 4-14 libras. El cine Prince Charles en Leicester Place es el más barato del centro.

8 Moda

La ropa de diseño de segunda mano se puede comprar en The Loft, 35 Monmouth St WC2, o en L'Homme Designer Exchange, 50 Blandford St W1.

9 Mercados

Los mercados de Londres ofrecen gangas en antigüedades, ropa, bisutería y comida *(ver pp. 64-65)*.

10 Parques

Los parques de Londres ofrecen infinidad de entretenimientos gratuitos, desde mirar a los deportistas en Regent's Park o ver las bandas de música en el templete de St James's Park *(ver pp. 28-29)*.

Información

London Hoste Assoc
www.london-hostels.co.uk

Youth Hostels Assoc
Trevelyan Hse, Dimple Rd, Matlock, Derbyshire DE4 3YH • 01629 592 600 • www.yha.org.uk

International Students House
229 Gt Portland St W1 • 020 7631 8300

Bed & Breakfast
71 Fellows Rd NW3 • 020 7586 2768 • www.londonbb.com

Izquierda **Southwark Rose Hotel** Derecha **Fielding Hotel**

TOP 10 Hoteles económicos

1 Bedford Hotel

Hotel de buena relación calidad precio dirigido por Imperial London Hotels. Bedford cuenta con un buen restaurante, un salón soleado y un jardín. *83 Southampton Row WC1 • Plano M1 • 020 7636 7822 • www.imperialhotels.co.uk • £££*

2 Columbia Hotel

Este hotel tiene un magnífico emplazamiento junto a los jardines de Kensington. Eran antiguamente cinco mansiones. Dispone de suntuosas habitaciones y es mucho más opulento de lo que sugieren sus precios. *95-99 Lancaster Gate W2 • Plano B3 • 020 7402 0021 • www.columbiahotel.co.uk • £££*

3 Fielding Hotel

Increíblemente situado en Covent Garden, este pintoresco hotel es un laberinto de habitaciones a la antigua. El bar, baratísimo, está siempre lleno. *4 Broad Court, Bow St WC2 • Plano M2 • 020 7836 8305 • www.thefieldinghotel.co.uk • £££*

4 Morgan Guest House

Estiloso Bed & Breakfast emplazado en un edificio georgiano en el barrio de Belgravia, muy cerca de la estación Victoria. Todas las habitaciones son muy cómodas y cuatro de ellas tienen baño. Decoración moderna. *120 Ebury Street SW • Plano D5 • 020 7730 238 • www.morganhouse.co.uk • £££*

5 Lancaster Court Hotel

Sussex Gardens, entre la estación de Paddington y Hyde Park, es una calle encantadora y tranquila en la que hay varios hoteles que no resultan muy caros. Lancaster Court está sólo a unos minutos a pie de Hyde Park. *202–204 Sussex Gardens W2 • Plano B3 • 020 7402 8438 • www.lancaster-court-hotel.co.uk • ££*

6 Arosfa Hotel

En el corazón de Bloomsbury, cerca del British Musuem, esta casa de estilo georgiano, ha sido renovada convirtiéndola en un cómodo B&B, con modernos baños en sus pequeñas pero acogedoras habitaciones. Los propietarios son encantadores. Cuentan con un agradable salón y un pequeño jardín en la parte trasera. Reservar con antelación. *83 Gower Street WC1 • Plano E2 • 020 7636 2115 • www.arosfalondon.com • £££*

7 Brompton Hotel

Situado justo al lado de la estación de metro de South Kensington y muy cerca de los museos, este hotel típico del oeste de Londres tiene confortables habitaciones con baño. La recepción está en la primera planta. En el piso principal hay un bar de estilo americano (no pertenece al hotel) que sirve estupendas copas. *30-2 Old Brompton Rd SW7 • Plano C5 • 020 7584 4517 • www.bromhotel.com • £££*

8 Morgan Hotel

Este alegre hotel familiar lleva abierto mucho tiempo. Algunas habitaciones tienen vistas al British Museum, y todas, aire acondicionado. Pequeña zona de desayunos con recuerdos de Londres en las paredes. *36 24 Bloomsbury Street WC1 • Plano L1 • 020 7636 3735 • www.morganhotel.co.uk • £££*

9 Ibis Styles London Southwark Rose Hotel

Este cómodo hotel está a cinco minutos andando del London Eye, Tate Modern y Westminster. Las modernas habitaciones cuentan con televisión de pantalla plana, desayuno y WiFi. *43–47 Southwark Bridge Road SE1 • Plano G4 • 020 7015 1480 • www.accorhotels.com • £££*

10 Arran House Hotel

Hotel acogedor dirigido por una familia situado a un corto paseo del British Museum, Oxford Street y el West End. Ofrece conexión a Internet las 24 horas del día. Cuenta con un precioso jardín de rosas. *77–79 Gower Street WC1 • Plano E2 • 020 7636 2186 • www.arranhotel-london.com • £££*

myhotel Bloomsbury

Precios

Habitación doble con desayuno, servicio e impuestos incluidos.	**£**	hasta 70 £
	££	70–100 £
	£££	100–150 £
	££££	150–200 £
	£££££	más de 200 £

TOP 10 Hoteles de precio medio

1 Premier Inn City Tower Hill

La cadena hotelera más grande de Gran Bretaña cuenta con habitaciones modernas, buenas instalaciones y bajo precio si se reserva por Internet con tiempo. *24 Prescot Street E1 • Plano H3 • 0871 527 8646 • www.premierinn.com • £££*

2 myhotel Bloomsbury

Moderno y algo divertido, Zetter es una opción relajada que ofrece lujos como lo último en ocio en las habitaciones, duchas automáticas y máquinas de espresso gratuitas. Su restaurante Bistro Bruno Loubet es de visita obligada. *86-88 Clerkenwell Road EC1 • Plano F2 • 020 7324 4444 • www.thezetter.com • £££££*

3 The Royal Trafalgar

El grupo Thistle tiene 10 hoteles en Londres. Éste está al lado de la National Gallery y ahorra el transporte para los monumentos. *Whitcomb St WC2 • Plano L4 • 0871 376 9037 • www.thistle.com • £££££*

4 Doubletree by Hilton London West End

Detrás de la fachada eduardiana de este veterano hotel se encuentran elegantes habitaciones con buenas instalaciones y un buen restaurante. *92 Southampton Row WC1 • Plano M1 • 020 7242 2828 • www.crimsonhotels.com • ££££*

5 Mercure London Bridge Bankside

Cerca de la Tate Modern, este hotel cuenta con un elegante diseño contemporáneo e instalaciones de alto nivel. *71–79 Southwark Street SE1 • Plano R4 • 020 7902 0800 • www.mercure.com • £££*

6 Grange Langham Court Hotel

Situado en una tranquila calle cerca de Oxford Circus, este atractivo hotel, con un bonito exterior de azulejos, es por dentro cálido y acogedor. Las habitaciones resultan confortables y hay un buen restaurante que sirve comidas de estilo francés. *31-35 Langham St W1 • Plano J1 • 020 7436 6622 • www.grangehotels.com • £££*

7 Malmaison

Situado en una preciosa parte de Smithfields, este hotel, miembro de una cadena, es bonito y tiene un precio razonable. Cuenta con cómodas habitaciones, gimnasio, una moderna brasería y un elegante bar en el sótano. *Charterhouse Square EC1 • Plano G2 • 020 7012 3700 • www.malmaison.com • ££££*

8 Base2stay

Este hotel ofrece conexión WiFi gratis, artículos de baño de aromaterapia y mini cocina en cada habitación. Entre sus 67 habitaciones, decoradas en estilo contemporáneo, las hay individuales, de lujo, familiares y *suites*. *25 Courtfield Gardens SW5 • Plano A5 • 020 7244 2255 • www.base2stay.com • £££*

9 Hotel La Place

Esta encantadora casa de pueblo en Maryleone no forma parte de una cadena y ofrece una individualidad peculiar. La decoración de las habitaciones y del bar Le Jardin es demasiado recargada. En el hotel siempre hay flores frescas. Desayuno inglés incluido. Los propietarios son muy acogedores y cuentan con clientes que vuelven con frecuencia. *17 Nottingham Place W1 • Plano D2 • 020 7486 2323 • www.hotellaplace.com • ££££*

10 Meliá White House

Este edificio clásico, junto a Regent's Park, fue construido como un bloque de apartamentos en 1936. Ha sido reformado para albergar un hotel de la cadena Sol Meliá, con 581 espaciosas habitaciones. Posee restaurante y bar. Las temporadas más caras son en verano y en Navidad. *Albany Street NW1 • Plano D2 • 020 7391 3000 • www.melia-whitehouse.com • £££*

***Nota:** todos los hoteles aceptan tarjetas de crédito y tienen baño en las habitaciones si no se especifica lo contrario.*

Izquierda **Halkin** Centro **One Aldwych** Derecha **St Martin's Lane**

TOP 10 Hoteles de diseño

1 Sanderson

El hotel más moderno de Londres es frío, minimalista y extraordinariamente caro. Tras una fachada de bloque de oficinas, de la década de los cincuenta, las paredes lisas resaltan frente a los labios-sofás de Dalí y las butacas Luis XV. Las instalaciones incluyen un gimnasio y un balneario. Buenas ofertas especiales. *50 Berners Street W1 • Plano K1 • 020 7300 1400 • www.morganshotelgroup.com • ££££££*

2 One Aldwych

Este hotel, emplazado en un antiguo edificio de prensa de 1907, es un tranquilo hotel de diseño repleto de obras de arte en el *hall* y en los pasillos. Tiene dos buenos restaurantes y una piscina de 18 metros con música subacuática. *Aldwych WC2 • Plano N2 • 020 7300 1000 • www.onealdwych.com • £££££*

3 St Martins Lane

Es el hermano del hotel Sanderson, diseñado por Phillipe Starck. Las habitaciones tienen ventanas desde el suelo hasta el techo, e incluso los baños están construidos en un 50% con cristal. *45 St Martin's Lane WC2 • Plano L3 • 020 7300 5500 • www.morganshotelgroup.com • £££££*

4 Zetter

Este hotel, situado en un extremo de Tottenham Court Road, es un oasis de tranquilidad: tiene un ambiente místico y oriental, y los empleados son muy solícitos. Las habitaciones son luminosas y dispuestas rigurosamente en el estilo *feng-shui*. *11-13 Bayley Street WC1 • Plano L1 • 020 3004 6000 • www.myhotels.com • ££££*

5 Charlotte Street Hotel

Es uno de los hoteles más confortables y con mejor gusto. Los sillones de piel y las antigüedades se mezclan con obras de arte contemporáneo, y las chimeneas arden con leña en los salones y en la biblioteca. *15 Charlotte St W1 • Plano K1 • 020 7806 2000 • www.charlottestreethotel.com • £££££*

6 Hoxton Hotel

A un tiro de piedra de la Tate Modern, tiene televisión de pago y restaurante de 4 tenedores. *75 Southwark Street SE1 • Plano R4 • 020 7902 0800 • www.mercure.com • ££££*

7 No. 5 Maddox Street

Cristal, acero y bambú son los materiales de estos apartamentos de alta calidad en estilo japonés. Tienen servicio a domicilio de restaurante. Acceso a internet. *5 Maddox Street W1 • Plano J3 • 020 7647 0200 • www.no5maddoxstreet.com • £££££*

8 W London

Este glamoroso hotel de West End cuenta con lujosas habitaciones con camas de diseño y productos de spa. Los amantes de los cócteles pueden disfrutar de uno en el bar, mientras que en el restaurante se puede probar la cocina del sudeste asiático. Gimnasio y spa. *10 Wardour St, Leicester Square W1 • Plano L3 • 020 7758 1000 • www.wlondon.co.uk • £££££*

9 Metropolitan

Contemporáneo y estiloso, es uno de los hoteles modernos de primera categoría en Londres, con sus empleados vestidos de negro, interiores sobrios y habitaciones chic. Es posible encontrar a algún famoso en el Met Bar o en el Nobu, el restaurante japonés de moda. *Old Park Lane W1 • Plano D4 • 020 7447 1047 • www.comohotels.com/metropolitanlondon • £££££*

10 Halkin

Precioso hotel emplazado en un antiguo caserón georgiano: ha sido remozado con mármol, cristal, maderas oscuras y detalles orientales. El restaurante, galardonado por Michelin, da al jardín y las habitaciones tienen equipos de sonido y comunicaciones. *Halkin Street SW1 • Plano D4 • 020 7333 1059 • www.halkin.como.bz • £££££*

***Nota:** todos los hoteles aceptan tarjetas de crédito y tienen baño en las habitaciones si no se especifica lo contrario.*

Precios

Habitación doble con desayuno, servicio e impuestos incluidos.	£	hasta 70 £
	££	70–100 £
	£££	100–150 £
	££££	150–200 £
	£££££	más de 200 £

Izquierda **Marble Arch Marriott** Derecha **Tower Hotel**

TOP 10 Hoteles de negocios

1 Andaz Liverpool Street

Construido en 1884 como el hotel que daba servicio a la estación de Liverpool Street, es el único hotel de la City. Andaz, que significa estilo personal en hindi, es lujoso pero agradable, con muchas opciones para comer y beber. Une un hotel de cinco estrellas con una *boutique,* un ambiente de diseño y cinco fabulosos restaurantes. Ⓢ *40 Liverpool Street EC2 • Plano H3 • 020 7961 1234 • www.andaz.com • £££££*

2 The Bloomsbury Hotel

Este precioso edificio georgiano de estilo neoclásico fue diseñado por Edwin Lutyens para la YWCA en 1929. El Queen Mary Hall es hoy un centro de conferencias y la antigua capilla se ha convertido en un salón de reuniones tranquilo. Las *suites* y las habitaciones han sido diseñadas para una clientela fundamentalmente dedicada a los negocios. Ⓢ *16–22 Gt Russell Street WC1 • Plano L1 • 020 7347 1000 • www.doylecollection.com • £££££*

3 Four Seasons Hotel at Canary Wharf

Tan elegante y moderno como se podría esperar en Canary Wharf, tiene un atrio central y un magnífico sentido del espacio. Las habitaciones están todas bien equipadas con el instrumental propio de los ejecutivos, y hay un buen restaurante italiano. Ⓢ *46 Westferry Circus E14 • DLR Westferry • 020 7510 1999 • www.fourseasons.com • £££££*

4 London Bridge Hotel

Este agradable hotel, moderno e independiente, se encuentra junto al Támesis, en el lado de la City. Está completamente equipado para los clientes de negocios. El restaurante Londinium sirve cocina clásica británica. Ⓢ *8–18 London Bridge Street SE1 • Plano H4 • 020 7855 2200 • www.londonbridgehotel.com • £££££*

5 Marble Arch Marriott

Hotel moderno, cerca del extremo oeste de Oxford Street. Entre las instalaciones cabe destacar el bar restaurante, el gimnasio, el club de salud y la piscina. Sala de ejecutivos. Ⓢ *134 George Street W1 • Plano D3 • 020 7723 1277 • www.londonmarriottmarblearch.co.uk • ££££*

6 Apex City of London Hotel

Apex cuenta con habitaciones cómodas y un elegante y contemporáneo restaurante, Addendum. A menudo hay ofertas. Hay otros dos hoteles Apex en la ciudad. Ⓢ *1 Seething Lane EC3 • Plano H3 • 020 7702 2020 • www.apexhotels.co.uk • ££££*

7 Sheraton Park Tower

Este hotel circular es un punto de referencia en Knightsbridge. Las vistas son mejores, pero más caras, a medida que se solicitan habitaciones en pisos más altos. Instalaciones para negocios. Ⓢ *101 Knightsbridge SW1 • Plano C4 • 020 7235 8050 • www.luxurycollection.com/parktowerlondon • £££££*

8 The Tower Hotel

Muchas de las 800 habitaciones de este enorme hotel, junto a Tower Bridge y St Katharine's Dock, tienen vistas espectaculares del Támesis. Ⓢ *St Katharine's Way E1 • Plano H4 • 0871376 9036 • www.guoman.com • £££££*

9 Express by Holiday Inn

Uno de los diez hoteles de esta cadena en Londres, con buena relación calidad-precio. El hotel no está en la City, pero la parte de atrás da a la recientemente de moda Hoxton Square *(ver p. 153).* Ⓢ *275 Old Street EC1 • Plano H2 • 020 7300 1300 • www.holidayinn.co.uk • £££*

10 City Hotel

Saliendo de Whitechapel High Street, al final de Brick Lane *(ver p. 154)*, se sitúa este hotel, ideal para personas de negocios que desean estar cerca de la City. Ⓢ *12 Osborn Street E1 • Metro Aldgate East • 020 7247 3313 • www.cityhotellondon.co.uk • ££££*

Izquierda **The Academy** Derecha **Durrants Hotel**

TOP 10 Hoteles con encanto

1 Hazlitt's

Hazlitt's es tanto un espectáculo literario como un hotel: está situado en la antigua casa del ensayista William Hazzlitt (1778-1830). El ambiente literario se ve realzado con su biblioteca, muchos de cuyos libros están firmados por autores clientes del hotel. *6 Frith Street W1 • Plano L2 • 020 7434 1771 • www.hazlittshotel.com • ££££££*

2 Durrants Hotel

Este hotel georgiano, junto a Marylebone High Street y Oxford Street, lleva funcionando desde 1790. Tiene habitaciones decoradas en estilo antiguo, acogedoras y con confortables sillones de piel. *George Street W1 • Plano D3 • 020 7935 8131 • www.durrantshotel.co.uk • £££££*

3 The Chesterfield

En el corazón de Mayfair, al lado de Berkeley Square, este hotel de cuatro estrellas está lleno del encanto británico. Las habitaciones están decoradas con telas de Saville Row y flores del English Cottage Garden. El restaurante sirve comida británica. *35 Charles Street W1 • Plano D4 • 020 7491 2622 • www.chesterfieldmyfair.com • £££££*

4 Pavilion Hotel

Este "rock'n'roll" hotel ofrece habitaciones glamorosas que llevan nombres como Noches de Casablanca. Se puede encontrar al lado de alguna celebridad. *34–36 Sussex Gardens W2 • Plano C3 • 020 7262 0905 • www.pavilionhoteluk.com • £££*

5 The Academy

Este encantador refugio de Bloomsbury ocupa cinco casas georgianas. Las habitaciones lucen un diseño individualizado y cuenta con biblioteca y agradables jardines. *21 Gower Street WC1 • Plano E2 • 020 7631 4115 • www.theetoncollection.co.uk • ££££*

6 Blakes Hotel

Una delicia victoriana, con suntuosos tejidos, jaulas de pájaros y bambú. Cada habitación tiene una decoración exclusiva, con objetos exóticos de todos los rincones del mundo. El bar, Chinese Room, y el restaurante del sótano siguen la misma línea temática. *33 Roland Gardens SW7 • Plano B6 • 020 7370 6701 • www.blakeshotels.com • £££££*

7 The Gore

Abrió sus puertas en 1892 y mantiene el ambiente relajado *fin-de-siècle*. Las alfombras persas, las palmeras en macetas y los cuadros son acordes con la elegancia del edificio. Las habitaciones están decoradas con antigüedades. El restaurante es muy recomendable. *190 Queen's Gate SW7 • Plano B5 • 020 7584 6601 • www.gorehotel.com • ££££*

8 Portobello Hotel

Un hotel con carácter, lleno de cachivaches; cada habitación está decorada con gusto y de modo diferente a las demás. Éste es el tipo de hotel que se desea encontrar cerca del gran mercado de antigüedades de Londres. *22 Stanley Gardens W11 • Plano A4 • 020 7727 2777 • www.portobello-hotel. co.uk • ££££*

9 The Rookery

Este laberinto de habitaciones ha sido diseñado para crear un magnífico hotel que recuerda el Londres victoriano, con un toque gótico. Toma su nombre de la banda de ladrones que antaño se escondía en esta zona, cerca del mercado de Smithfield. *12 St Peter's Lane, Cowcross Street EC1 • Plano Q1 • 020 7336 0931 • www.rookeryhotel.com • ££££*

10 York & Albany

Entre Regent's Park y Camden, es la versión *gastropub* de Gordon Ramsay, con deliciosa cocina inventiva. Sobre el restaurante se encuentra la casa con 10 habitaciones y *suites*, donde se combinan accesorios de época y la electrónica de vanguardia. Algunas cuentan con vistas al parque. *127–129 Parkway, NW1 • Plano D1 • 020 7387 5700 • www.gordonramsay.com/yorkandalbanyhotel • ££££*

***Nota:** todos los hoteles aceptan tarjetas de crédito y tienen baño en las habitaciones si no se especifica lo contrario.*

Palm Court, en el hotel Ritz

Precios

Habitación doble con desayuno, servicio e impuestos incluidos.	£	hasta 70 £
	££	70–100 £
	£££	100–150 £
	££££	150–200 £
	£££££	más de 200 £

TOP 10 Hoteles de lujo

1 The Lanesborough En este lujoso hotel su decoración estilo regencia llega a su culmen en el restaurante Aspleys, de Heinz Beck. Todas las habitaciones tienen los últimos avances en tecnología de comunicaciones y entretenimientos. Posee también un *spa* y un gimnasio. *1 Hyde Park Corner SW1 • Plano D4 • 020 7259 5599 • www.lanesborough.com • £££££*

2 The Connaught Más discreto que otros grandes hoteles de Londres, escondido en una tranquila esquina de Myfair, Connaught cuenta con una impresionante reputación junto, quizá, el mejor restaurante de hotel. *1 Carlos Place W1 • Plano D3 • 020 7499 7070 • www.the-connaught.co.uk • £££££*

3 Savoy El hotel tradicional de Londres, con un emplazamiento afortunado junto al Támesis, ha sido reformado recuperando su original esplendor *art déco*. Tiene piscina en la azotea. *1 Savoy Hill, Strand WC2 • Plano M4 • 00 800 0441 1414 • www.fairmont.com/savoy • £££££*

4 Ritz Es uno de los hoteles más glamurosos de Londres. Está decorado en tonos crema y rosa, con guarniciones doradas y sedas, lámparas y mobiliario Luis XVI. La hora del té en el Palm Court es muy popular y el restaurante tiene una terraza ajardinada. *150 Piccadilly W1 • Plano K3 • 020 7493 8181 • www.theritzlondon.com • £££££*

5 Covent Garden Hotel Pertenece a la cadena de hoteles más innovadora de Londres. Posee un estilo distinguido y elegancia tradicional. Las habitaciones tienen decoración exclusiva con lujosos baños de mármol. Lugar de encuentro de gentes del espectáculo. *10 Monmouth Street WC2 • Plano L2 • 020 7806 1000 • www.firmdalehotels.com • £££££*

6 The Waldorf Hilton Es uno de los grandes hoteles eduardianos de Londres. Ubicado en el corazón del West End, a poca distancia de teatros y tiendas. Excelentes instalaciones para el tiempo libre. *Aldwych WC2 • Plano N3 • 020 7836 2400 • www.hilton.co.uk/waldorf • £££££*

7 The Dorchester Parte de la estructura de Londres, abrió en 1931 y es la cúspide de la vida glamurosa de Londres desde entonces. Alain Ducasse at The Dorchester ofrece espléndida cocina francesa contemporánea y posee tres estrellas Michelin. Las habitaciones superior executive tienen vistas a Hyde Park. *53 Park Lane, W1 • Plano D4 • 020 7629 8888 • www.thedorchester.com • £££££*

8 Brown's Hotel Este hotel de Mayfair lo fundó en 1837 James Brown, ayuda de cámara de lord Byron, para acomodar a la sociedad rural que acudía a Londres. Consta de once casas georgianas decoradas con arte contemporáneo y antigüedades, mantienen su encanto e intimidad. Asimismo es célebre por su restaurante y sus tés ingleses. *Albemarle Street W1 • Plano J4 • 020 7493 6020 • www.brownshotel.com • £££££*

9 The Colonnade Situado en una exclusiva zona residencial de Little Venice, este lujoso hotel de cuatro estrellas tiene 43 habitaciones de diseño individual, la mayoría con camas con dosel y algunas con terraza. *2 Warrington • Crescent W9 • Plano B2 • 020 7286 1052 • www.theetoncollection.co.uk • ££££*

10 The Goring Decorado en un precioso estilo eduardiano, este elegante hotel de gestión familiar y estilo casa rural combina confort y nostalgia. *Beeston Place SW1 • Plano D5 • 020 7396 9000 • www.thegoring.com • £££££*

Izquierda **Hampstead Village Guesthouse** Derecha **Piscina del Richmond Hill Hotel**

TOP 10 Hoteles fuera de la ciudad

1 Hampstead Village Guesthouse

Esta gran casa familiar victoriana, situada justo en el extremo de Hampstead High Street –y todavía llena de recuerdos familiares y juguetes–, es en la actualidad una pensión. Hay un jardín muy agradable donde se puede tomar el desayuno. *2 Kemplay Rd NW3 • Metro Hampstead • 020 7435 8679 • www.hampsteadguesthouse.com • ££*

2 Premier Inn Hampstead

Se encuentra entre Camden y Hampstead. Es un hotel moderno con 140 habitaciones; tiene todo lo habitual en un hotel perteneciente a una cadena, incluidos el bar y el restaurante. Muy buenos precios para fines de semana. *215 Haverstock Hill NW3 • Metro Belsize Park • 0871 527 8662 • www.premierinn.com • £££*

3 Richmond Hill Hotel

Esta mansión georgiana de 1726 emplazada en lo más alto de Richmond Hill, junto a Richmond Park, tiene un anexo moderno. Algunas habitaciones ofrecen vistas sobre el río. Los clientes pueden utilizar la piscina, la sauna y el salón de belleza. *Richmond Hill, Surrey • Tren y metro de Richmond • 020 8940 2247 • www.richmondhillhotel.co.uk • ££*

4 Riverside Apart-Hotel

Bonito edificio victoriano que tiene un emplazamiento privilegiado, cerca del Támesis, y no queda lejos de Richmond Park ni de las tiendas de Richmond. Tiene un amplio estudio y apartamentos de dos camas, cada uno con cocina (estancia mínima de dos noches). *23 Petersham Rd, Richmond, Surrey • Tren y metro de Richmond • 020 8940 1339 • www.smoothhound.co.uk • ££*

5 Mitre

Este *pub* con habitaciones, originalmente una cafetería en el siglo XVIII, queda muy cerca de los lugares de interés de Greenwich y está muy bien comunicado. Es muy popular entre los lugareños y los vendedores del mercado. Ofrece una excelente comida, en la que destaca el *lunch* del domingo. Cuenta con invernadero y jardín. *291 Greenwich High Rd SE10 • Tren de Greenwich • 020 8293 0037 • £££ • www.mitregreenwich.com*

6 Novotel London Greenwich

Situado junto a la estación, en el centro de Greenwich, este elegante hotel de cuatro estrellas, perteneciente a una cadena, dispone de 151 habitaciones. *173-175 Greenwich High Road SE10 • Tren a Greenwich • 020 8312 6800 • www.novotel.com • £££*

7 Ibis London Docklands

Este económico hotel, perteneciente a una cadena francesa, está en los Docklands, junto al río, en el lado este de Canary Wharf, fuera de las calles principales. Las habitaciones son correctas y se sirve un copioso bufé para desayunar. *1 Baffin Way E14 • DLR Blackwall • 020 7517 1100 • www.ibishotel.com • £££*

8 Renaissance London Heathrow

Con un centro de fitness 24 horas y habitaciones bien dispuestas e insonorizadas, este hotel permite recargarse mientras se disfruta de las vistas de las pistas de Heathrow. *Bath Rd, Hounslow • Metro Hounslow West • 020 8990 1100 • www.marriott.co.uk • ££££*

9 Sofitel London Gatwick

Desde Gatwick se llega andando a este elegante hotel, con amplias instalaciones. Está unido a Londres por el servicio de trenes Gatwick Express. *North Terminal, Gatwick Airport • 01293 567070 • www.sofitel.com • ££*

10 Hilton London Stansted Airport

Hotel moderno, con buenas instalaciones, a cinco minutos a pie del aeropuerto de Stansted. Ideal para vuelos a primera hora. *Aeropuerto Stansted • 01279 680 800 www.hilton.co.uk/Stansted • ££*

***Nota:** todos los hoteles aceptan tarjetas de crédito y tienen baño en las habitaciones si no se especifica lo contrario.*

Izquierda **St Paul's Youth Hostel** Derecha **Generator Hostel London**

Precios

Habitación doble con desayuno, servicio e impuestos incluidos.

£	hasta 70 £
££	70–100 £
£££	100–150 £
££££	150–200 £
£££££	más de 200 £

TOP 10 Alojamiento económico

1 Generator Hostel London

Alojamiento orientado a viajeros de presupuesto limitado, de estilo entre industrial chic y ciencia-ficción. Internet las 24 horas del día, desayuno y recorridos a pie. *Compton Place, 37 Tavistock Place WC • Plano E2 • 020 7388 7666 • www.generatorhostels.com • £*

2 Smart Hyde Park View

Variación del tradicional hostal, tiene habitaciones dobles con baño además de dormitorios. Al lado de Hyde Park. *16 Leinster Terrace W2 • Plano B3 • 020 7402 4101 • www.smartbackpackers.com • ££*

3 Elysée Hotel

Situado en una tranquila calle frente a Leinster Mews, el lugar más bonito del oeste de Londres, este pequeño hotelito es uno de los más baratos de la zona. Básico, pero confortable. Hay varios tipos de habitaciones. *25-26 Craven Terrace W2 • Plano B3 • 020 7402 7633 • www.elyseehotel.co.uk • ££*

4 The Court Hostel

Hostal limpio, luminoso y agradable. Desayuno incluido. Hay cocina y sala de televisión. *194-196 Earl's Court Road SW5 • Plano A5 • 020 7373 0027 • www.thecourthostel.co.uk • £*

5 St Christopher's, The Village

Es el más grande de los tres hostales que tiene en esta calle la empresa St Christopher's Inns. Otras sucursales londinenses están en Camden, Greenwich, Shepherd's Bush, London Bridge y Hammersmith. Cuenta con café y bar, azotea y planta sólo para mujeres. *165 Borough High Street SE1 • Plano G4 • 020 7939 9710 • www.bookbeds.com • £*

6 Dover Castle Hostel

Albergue privado que ofrece alojamiento con buena relación calidad-precio para mochileros. Cuenta con 60 camas en habitaciones de tres a doce personas. El precio incluye ducha, desayuno y armario con llave. Tiene bar con licencia para bebidas alcohólicas con DJs y bandas los fines de semana. *Great Dover Street SE1 • Plano G4 • 020 7403 7773 • www.dovercastlehostel.com • £*

7 Youth Hostels Association

Hay siete albergues juveniles en Londres: centro de Londres, Oxford Street, St Paul's (Fitzrovia), Holland Park, St Pancras, Earl's Court, South Kensington, Hampstead Heath y Thameside (con baño en las habitaciones). No todos ofrecen desayuno y la mayoría cuenta con habitaciones para compartir. Dispone de precios reducidos para menores de 18 años. *Trevelyan Hse, Dimple Rd, Matlock, Derbyshire DE4 3YH • Central de reservas: 01629 592 600 • www.yha.org.uk • £*

8 easyHotel Victoria

La compañía easyJet ha entrado en el mercado de los hoteles económicos. Modernas y funcionales habitaciones. En el precio no entran los extras (TV y WiFi se pagan aparte), pero son las habitaciones con baño más baratas de la ciudad. Hay cuatro hoteles en Londres y uno en Heathrow. *34–40 Belgrave Road SW1 • Plano D5 • 020 7834 1379 • www.easyhotel.com • £*

9 Host and Guest Service

Esta agencia está especializada en B&B económicos con unas 1.000 casas en Londres, y otras más en el resto del Reino Unido. Se requiere como mínimo una estancia de dos noches. *103 Dawes Road SW6 • Plano A6 • 020 7385 9922 • www.host-guest.co.uk • £*

10 Clink261

Los hoteles Clink son superiores a lo normal de los mochileros, con elegante decoración en las habitaciones dobles, dormitorios, cocina, sala de televisión, sala de Internet y amable personal. Clink261 cuenta con una ambiente tranquilo; el cercano Clink78 tiene un animado bar. *261–265 Grays Inn Road WC1 • Plano F2 • 020 7713 7789 • www.clinkhostels.com • ££*

Índice general

2 Willow Road 142

A
Abonos prepago 162
Ackroyd, Peter 73
Acontecimientos históricos 44-45
Actividades al aire libre 75
Aeropuertos 161
Albert Memorial 55, 119
Alberto, príncipe 119, 120
Alexandra Palace 17, 144
All Hallows by the Tower 138
All Souls 47
Almeida Theatre 144
Alojamiento
alojamiento económico 171, 179
discapacitados 164
información 163
ver también hoteles
Alquiler de bicicletas 162
Americanos en Mayfair 114
Amis, Martin 73
Ana, princesa 27
Año Nuevo chino 67
Antigüedades 170
Apsley House 114
Arsenal Football Club 144
Arsenal Real 37
Arte y antigüedades 170
Ascot 67
Autobuses 161, 162, 168

B
Bacon, Francis
Tres estudios para una figura en la Crucifixión 21
Bancos 165
Bank of England Museum 136-137
Banqueting House 54
Barbican Centre 56, 135, 137
Barcazas del Támesis 168
Battersea Arts Centre (BAC) 150
Battersea Park 69, 74, 150
BBC 17, 45, 102, 144
BBC Broadcasting House 131
BBC Promenade Concerts 66, 120
Bed & breakfast 171
Bedford, duques de 108, 167
Belfast, HMS 70-71
Benjamin Pollock's Toyshop 100, 101
Berkeley Square 114–115
Berwick Street, mercado de 90–91
Betjeman, John 72
BFI London IMAX 84
Big Ben 34
Billy Elliot 61
Blackheath 75
Blackwell, Ursula 142
Blake, William
La creación de Adán 21
Satán hiriendo a Job con terribles llagas 50
Bloomsbury y Fitzrovia 106–111
compras 110
dónde comer 111
lugares de interés 107–109
paseo 109
Boleyn, Anne 37, 38
Bond Street 114
Bonnard, Pierre
Café 19
Botticelli, Sandro
La Natividad 13
Brancusi, Constantin
Pez 19
Brick Lane 154, 155
Brighton 167
British Library 107
British Museum 6, 8–11, 48, 107, 109
colecciones 10
sala de lectura 11
tienda 110
Brixton Market 150
Brompton Oratory 47, 121
Brontë, Branwell
Las hermanas Brontë 14
Brunswick Centre 109
BT Tower 17, 108
Buckingham Palace 7, 26–27, 54, 113, 115
Burgh House 142, 143
Burlington Arcade 115
Bush House 102
Bushy Park 29
Byron, lord 15

C
Caballerizas reales 27, 55
Cabot Hall 156
Cafés
Bloomsbury y Fitzrovia 111
City, La 139
Covent Garden 104
Este de Londres 157
Kensington y Knightsbridge 124
Mayfair y St James's 117
Norte de Londres 145
Regent's Park y Marylebone 133
Soho y West End 94
Sur y oeste de Londres 151
Westminster, South Bank y Southwark 86
Cambio de guardia 26
Cambridge 167
Camden Arts Centre 144
Camden, mercados de 65, 141, 143
Canada Tower 16
Canal de La Mancha 161
Canary Wharf 153, 155
Canciones 73
Canterbury 167
Carlos I, rey 44, 54
Carlos II, rey 15, 143
Carlos, príncipe 43
Carlota, reina 61
Carlyle, Thomas 53
Carnaval de Notting Hill 66
Carné de conducir 160
Carnés 160
Castillo de Windsor 17, 167
Central Hall 35
Central Market (Covent Garden) 99
Centro commercial Westfield 65, 170
Centros de información turística 163
Chaplin, Charlie 53
Charles Dickens Museum 108
Charlie y la fábrica de chocolate 61

Chaucer, Geoffrey 72
Chelsea Football Club 150
Chessington World of Adventures 167
Chinatown 89, 91
Chiswick House 148
Christ Church Spitalfields 154
Christie's 122
Churchill War Rooms 82
Churchill, Winston 35, 42, 43, 82
Ciclismo 75
City, La 134–139
dónde comer 139
iglesias 138
lugares de interés 135–137
paseo 137
City of London Information Centre 163
Clarence House 55
Clima 163
Clink Prison Museum 84
Códigos telefónicos 165
Columbia Road Market 155
Columna de Nelson 90
Compras 64-65, 170, 171
Bloomsbury y Fitzrovia 110
Covent Garden 103
Kensington y Knightsbridge 123
Mayfair y St James's 116
rebajas 170
Regent's Park y Marylebone 132
Soho y West End 92
Westminster, South Bank y Southwark 85
Comunicaciones 165
Conan Doyle, sir Arthur 52
Conquista normanda 44
Coram's Fields 69
Cork Street Galleries 115
Corona Imperial 36, 39
Courtauld Gallery 50, 99, 101
Covent Garden 98–105
compras 103
lugares de interés 99–102
paseo 101
pubs y cafés 104
restaurantes 105
Crafts Council Research Library 144
Críquet 130
Cromwell, Oliver 35
Cruceros por el río 102
Cruz del rey Jorge 55
Crystal Palace 17
Cutty Sark 71, 149

D

Danby, Francis, *The Deluge* 20
De Gaulle, Charles 53
Dean's Yard 35
Dennis Severs' House 156
Dentistas 166
Derechos 170
Design Museum 49
Diana, princesa 32, 43, 54, 55, 68, 119, 120
Diana Memorial Playground 68
Días festivos 169
Dickens, Charles 32, 52, 108
Dinero 160, 165
Díptico Wilton 13
Diques 45
Discapacitados 164
Docklands 45, 153, 155, 156
Docklands Light Railway (DLR) 155, 162
Docklands Sailing and Watersports Centre 156
Documentación 160
Dog and Duck 62
Donne, John 42
Downing Street 82
Duck Tours 84
Dudley, familia 38
Dulwich Picture Gallery 51, 148
Durham, Ralph Flambard, obispo de 38

E

Eisenhower, Dwight 53, 114
Electric Cinema 122
Electricidad 160
Eliot, George 143
Embajadas y consulados 160, 166
Emergencias 166
Emirates Air Line 59, 149, 150
Emirates Stadium Tours 144
Enrique (Harry), príncipe 15
Enrique VI, rey 38
Enrique VIII, rey 37, 38, 54
Enrique, príncipe 27
Entre bambalinas 168
Equipaje 160
Equitación 75, 122
Escalera del duque de York 55
Esculturas del Partenón 8
Espectáculos callejeros 102, 171
Espectáculos en el West End 60–61
Estación de autobuses Victoria 161
Este de Londres 152–157
lugares de interés 153–156
paseo 155
restaurantes, *pubs* y cafés 157
Estudiantes 164, 171
Eurotúnel 161
Eventos deportivos 67
ExCeL 156
Excursiones 167, 168

F

Fantasma de la Ópera, El 60
Faraday, Michael 115
Farmacias 166
Fashion and Textile Museum 84
Fax y fotocopias 165
Felipe, príncipe 27
Fenton House 142
Festival de Cine de Londres BFI 67
Festival de Gran Bretaña 45
Fiestas y acontecimientos 66–67
Final de la Copa FA 67
Fines de semana 169
Firepower 150
Fitzrovia *ver* Bloomsbury y Fitzrovia
Fitzroy Tavern 109
Florence Nightingale Museum 84
Fontana, Lucio *Concepto especial Espera* 19

Footing 168
Forster, EM 11
Fortnum and Mason 64, 115
Franklin, Benjamin 53
Freightliners Farm 144
French House 63
Freud Museum 141
Freud, Lucian
Mujer con perro blanco 21
Freud, Sigmund 52, 141
Fútbol 144, 150

G
Gabriel's Wharf 83
Gainsborough, Thomas
Paisaje boscoso y agradable descanso 20
Galería de los Susurros (St Paul's) 40
Gandhi, Mahatma 11, 53
Geffrye Museum 155
George Inn 62
Gerard, John 38
Golden Hinde 84
Goldfinger, Ernö 142
Golf 144
Gran Incendio 44, 137
Great Court (British Museum) 11, 17
Greek Street 91
Green Park 29
Greenwich 147, 149
Greenwich Palace 148
Greenwich Park 29
Grey, lady Jane 37, 38
Grosvenor Square 29
Grosz, George
Suicidio 19
Guildhall 136, 137
Guildhall Art Gallery and London's Roman Amphitheatre 136
Guillermo el Conquistador 44
Guillermo, príncipe 15, 32
Guy Fawkes Night 67
Gwynne, Nell 143

H
Hals, Frans
El caballero sonriente 50
Ham House 149
Hamleys 64, 92
Hampstead Heath 74, 141
Hampstead Theatre 144
Hampton Court 54, 147
Handel, Georg Friedrich 45, 53, 107
Hardy, Thomas 11
Harrods 64, 120, 121
Harvey Nichols 64
Hawker, Thomas
Carlos II de Inglaterra 15
Hawksmoor, Nicholas 154
Head, Guy,
Horatio Nelson 15
Hendrix, Jimi 53
Hess, Rudolf 38
Highgate Cemetery 75, 143
Hitos culturales 45
Hogarth, William 53, 107
Holbein, Hans
El mural de Whitehall 15
Los embajadores 12
Holland Park 121
conciertos 122
Holmes, Sherlock 52, 130, 131
Hora de comer 169
Horarios 170
Horas punta 169
Horniman Museum 148
Horse Guards 82
Hospitales 166
Hotel Savoy 70, 102
Hoteles 172–178
alojamiento económico 179
hoteles con encanto 176
hoteles de diseño 174
hoteles de lujo 177
hoteles de negocios 175
hoteles de precio medio 173
hoteles económicos 172
hoteles fuera de la ciudad 178
ver también alojamiento
Howard, Katherine 37, 38
Hoxton 153
Hugotones 154
Husos horarios 160
Hyde Park 28, 74, 121
Establos 122

I
ICA 57
Iglesias 46-47
All Hallows by the Tower 138
All Souls 47
Brompton Oratory 47, 121
Christ Church Spitalfields 154
City, La 138
Marylebone Parish 131
Queen's Chapel 55
St Anne and St Agnes 138
St Bartholomew-the-Great 46, 138
St Bride's 16, 47
St George's Church 109
St Katharine Cree 138
St Lawrence Jewry 138
St Magnus the Martyr 137, 138
St Martin-in-the-Fields 46
St Mary-le-Bow 138
St Paul's Church 101
St Paul's Cathedral 7, 16, 40–43, 46, 135, 138
St Sepulchre-without-Newgate 138
St Stephen Walbrook 138
Southwark Cathedral 46
Temple Church 46
Westminster Abbey 7, 32–33, 34, 46, 81, 83
Westminster Cathedral 47
Imperial War Museum 49, 83
International Students House 171
Internet 165
Isabel I, reina 33
Isabel II, reina 27, 32, 43
Isabel, reina madre 55
IVA 170

J
James, Henry 53
Jarndyce 109
Jarrón de Portland 9
Jerusalem Tavern 62
Jewel Tower 35
John Lewis 65

Johnson, Dr 52, 72
Jones, Inigo 55, 100, 101
Jorge III, rey 54
Jorge IV, rey 134
Joyas de la Corona 36, 37, 39

K

Keats House 141, 143
Keats, John 52, 141, 143
Kensington Gardens 28, 74
Kensington Palace 54, 119, 121
Kensington y Knightsbridge 118–125
  compras 123
  lugares de interés 119–122
  paseo 121
  pubs y cafés 124
  restaurantes 125
Kenwood House 51, 142, 143
Kew Gardens 147
Kew Palace 54
King's Head Theatre Pub 144
Kipling, Rudyard 11
Knightsbridge *ver* Kensington y Knightsbridge

L

Lamb and Flag 62
Lambeth Palace 70, 83
Lauderdale House 143
Leeds Castle 167
Léger, Fernand
  El acróbata y su compañera 18
Leicester Square 91
Leighton House 121
Leighton, Lord 52
Leonardo da Vinci
  La Virgen y el Niño con santa Ana y san Juan Bautista 12
Liberty 64, 92
Lichenstein, Roy
  Whaam! 18
Lido Bar and Café 122
Locales nocturnos 59, 93
Lock Tavern 143
London Coliseum 56, 102
London Dungeon 69, 84
London Eye 6, 16–17, 81
London International Horse Show 67
London Lesbian & Gay Switchboard 163
London Pass 171
London Sea Life Aquarium 68, 84
London Tourist Board 163
London Transport Museum 49, 100
London Trocadero 91
Londres y la literatura 72–73
Londres y la monarquía 54–55
Lord Mayor's Show 66
Los miserables 60
Lugares de interés junto al Támesis 70–71
Luther King, Martin 43

M

MacInnes, Colin 73
Madame Tussauds 68, 129, 131
Magritte, René
  El durmiente imprudente 19
Mahler, Gustav 45
Maison Bertaux 91
Mamma mia! 60
Manantial de Hampstead 142
Mansion House 137
Maratón de Londres 67
María, reina de Escocia 33
Marriott Hotel 83
Mártires católicos 38
Marx, Karl 11, 143
Marylebone Cricket Club Museum 130
Marylebone High Street 131
Marylebone Parish Church 131
Marylebone *ver* Regent's Park y Marylebone
Matinés 169
Matisse, Henri
  Caracol 18
Mayfair y St James's 112–117
  dónde comer 117
  compras 116
  lugares de interés 113–115
  paseo 115
Mazzini, Giuseppe 53
Meltdown Festival 67
Mercados 65, 85, 90–91, 99, 114, 120, 132, 141, 149, 150, 154, 155, 171
Merton Abbey Mills 150
Metro 44, 162
Mezquita Central 131
Mile End Park 156
Millennium Bridge 17, 70
Millennium Dome 17
Minicabs 162
Monet, Claude
  Bañistas en La Grenouillière 13
Monopatín 75
Monument 137
Monumento a Amércia 42
Monumento a los bomberos 42
Monumento Gallípoli 42
Moore, Henry
  Durmientes en rosa y verde 21
  Madre y Niño 41
Moro, sir Tomás 38
Mozart, Wolfgang A. 53
Mudchute Farm 156
Museos 48-51
  2 Willow Road 142
  a buen precio 171
  abonos 171
  Arsenal Real 37
  Bank of England Museum 136–137
  British Museum 6, 8–11, 48, 107, 109
  Burgh House 142, 143
  Charles Dickens Museum 108
  Churchill War Rooms 82
  Clink Exhibition 84
  Courtauld Gallery 50, 99, 101
  Dennis Severs' House 156
  Design Museum 49
  discapacitados 164
  Dulwich Picture Gallery 51, 148
  Fashion and Textile Museum 84
  Fenton House 142
  Firepower 150
  Florence Nightingale Museum 84
  Freud Museum 141
  Geffrye Museum 155
  Guildhall Art Gallery 136

Horniman Museum 148
Imperial War Museum 49, 83
Keats House 141, 143
Kenwood House 51, 142, 143
London Dungeon 69
London Transport Museum 49, 100
Madame Tussauds 68, 129, 131
Marylebone Cricket Club Museum 130
Museum of London 48, 136
Museum of London Docklands 153
National Gallery 6, 12–13, 50, 89, 91
Natural History Museum 6, 22–23, 48, 68, 119
National Maritime Museum 48, 149
National Portrait Gallery 6, 14–15, 50, 89, 91
Picture Gallery (Buckingham Palace) 27
Pollock's Toy Museum 109
Queen's Gallery 26, 51
Royal Academy 51, 113, 115
Science Museum 7, 24–25, 48, 68, 119
Serpentine Gallery 51, 122
Sherlock Holmes Museum 130, 131
Sir John Soane's Museum 107
Sutton House 156
Tate Britain 6, 20–21, 50, 81
Tate Modern 6, 18–19, 50, 81, 83
Three Mills Museum 156
V&A Museum of Childhood 49, 69, 154
Victoria and Albert Museum 48, 119, 121
Wallace Collection 50, 129
Wellcome Collection 108
White Cube Gallery 153
Whitechapel Gallery 153, 155
Wimbledon Lawn Tennis Museum 149
World Rugby Museum 150
Música
gratuita 171
música en directo 58–59
tiendas 170
Musicales 60–61

N

Nash, John 27, 47, 55, 130
Natación 75
National Gallery 6, 12–13, 50, 89, 91
National Maritime Museum 48, 149
National Portrait Gallery 6, 14–15, 50, 89, 91
National Theatre 56
Natural History Museum 6, 22–23, 48, 68, 119
Neal's Yard 100–101
Neale, Thomas 100
Nelson, Horatio 15, 42, 43, 90
NHS Direct 166
Nightingale, Florence 84
Niños
Londres para niños 68–69
niños 160
Norte de Londres 140–145
dónde comer 145
lugares de interés 141–144
paseo 143

O

Oasis Sports Centre 102
Objetos perdidos 166
Observación de la naturaleza 75, 150
Oeste de Londres *ver* Sur y oeste de Londres
Oficinas de cambio 165
Old Compton Street 90
Old Royal Naval College 149
Old Spitalfields Market 154, 155
Old Vic 57
Olivier, Laurence 45
Oxford 167
Oxo Tower 83
Oxo Tower Wharf 84

P

Páginas webs
restaurantes 163
Palacios
Buckingham Palace 7, 26–27, 54, 113, 115
Greenwich Palace 148
Hampton Court 54, 147
Kensington Palace 54, 119, 121
Kew Palace 54
Lambeth Palace 70, 83
St James's Palace 54, 113, 115
Parlamento 16, 34, 35, 44, 70, 81, 83
Parliament Hill 141
Parliament Square 7, 34–35
Parques y jardines 28–29, 171
Battersea Park 69, 74, 150
Bushy Park 29
Coram's Fields 69
Green Park 29
Greenwich Park 29
Grosvenor Square 29
Ham House and Garden 149
Hampstead Heath 74, 141
Holland Park 121
Hyde Park 28, 74, 121
Kensington Gardens 28, 74
Mile End Park 156
Parliament Hill 141
Primrose Hill 29
Regent's Park 29, 55, 129
Richmond Park 29
Royal Botanic Gardens, Kew 147
St James's Park 28, 113, 115
Syon Park 149
Victoria Embankment Gardens 102
Victoria Park 156
Wimbledon Common 75, 150
Paseo del Támesis, South Bank 74

Paseos 74–75, 162
Bloomsbury y Fitzrovia 109
City, La 137
Covent Garden 101
Este de Londres 155
Kensington y Knightsbridge 121
Maritime Greenwich 149
Mayfair y St James's 115
Norte de Londres 143
Regent's Park y Marylebone 131
Soho y West End 91
Támesis 168
Westminster, South Bank y Southwark 84
Patinaje 75, 122
Patisserie Valerie 131
Pepys, Samuel 72
Personajes celebres 52–53
Philipps, Nicola Jane
Príncipe Guillermo y Príncipe Enrique 15
Phillips, Thomas
George Gordon, sexto lord Byron 15
Piazza (Covent Garden) 99, 101
Picasso, Pablo
Tres bailarinas 18
Piccadilly Circus 89, 91
Piedra Rosetta 9
Placas azules 53
Players Theatre 102
Pollock, Jackson
Verano nº 9A 19
Pollock's Toy Museum and Shop 109
Portobello Road 65, 120
Primrose Hill 29
Princess Louise 63
Protección personal 166
Proud's Strand Gallery 101
Publicaciones 163
Pubs 62–63
Bloomsbury y Fitzrovia 111
City, La 139
Covent Garden 104
Este de Londres 157
Kensington y Knightsbridge 124
Mayfair y St James's 117
Norte de Londres 145
Regent's Park y Marylebone 133
Soho y West End 94
Sur y oeste de Londres 151
Westminster, South Bank y Southwark 86
Pubs de la princesa de Gales 55
Puerta de los Traidores 37
Puertas abiertas 168
Purcell, Henry 45

Q
Queen Anne's Gate 55
Queen Charlotte's Cottage 54, 147
Queen Elizabeth II Bridge 17
Queen's Chapel 55
Queen's Gallery (Buckingham Palace) 26, 51
Queen's House 55, 149
Queens Ice Bowl 122

R
Radio 163
Raleigh, sir Walter 15
Rasa Samudra 109
ratonera, La 60
Rebajas 170
Reforma 44
Regalos y recuerdos 170
Regata de Oxford y Cambridge 67
Regent's Canal 74, 130, 168
Regent's Park 29, 55, 129
Centre Tennis 144
Regent's Park y Marylebone 128–133
dónde comer 133
compras 132
lugares de interés 129–131
paseo 131
Rego, Paula
Germaine Greer 15
Rembrandt
Mujer bañándose en el río 13
Renoir, Auguste
En el teatro 50
Restaurantes 76–77, 169
Bloomsbury y Fitzrovia 111
City, La 139
Covent Garden 105
discapacitados 164
Este de Londres 157
Kensington y Knightsbridge 125
Mayfair y St James's 117
Norte de Londres 145
precios asequibles 171
Regent's Park y Marylebone 133
Soho y West End 95
Sur y oeste de Londres 151
Westminster, South Bank y Southwark 87
Restaurantes con vistas 77
Reubens 131
Rey León, El 60
Reynolds, Joshua
Tres jóvenes celebrando el himeneo 20
RHS Chelsea Flower Show 66
Richmond 74, 148
Richmond Park 29
Robos 166
Romanos 44
Royal Academy of Arts 51, 113, 115
Exposición de verano 66
Royal Albert Hall 57, 120
Royal Botanic Gardens, Kew 147
Royal College of Music 122
Royal Exchange 137
Royal Institution 115
Royal National Theatre 45
Royal Observatory 149
Royal Opera House 45, 56, 99, 101
Rubens, Pedro Pablo 45
Rugby 67, 150

S
Sadler's Wells 57, 144
Salud 166
Salud sexual 166
Sargent, John Singer
Carnation, Lily, Rose 21
Science Museum 7, 24–25, 48, 68, 119

Seguridad 166
Seguros 160
Serpentine Gallery 51, 122
Servicios postales 165
Seven Dials 100
Severs, Dennis 156
Shakespeare, William 14, 32, 45, 46, 107, 129, 167
Shakespeare's Globe 70, 83
Shaw, George Bernard 11
Shepherd Market 114
Sherlock Holmes Museum 130, 131
Sir John Soane's Museum 107
Skylon 83
Smith, Zadie 73
Soho Square 90
Soho y West End 88–95
  compras 92
  dónde comer 95
  locales nocturnos 93
  lugares de interés 89–91
  paseo 91
  pubs y cafés 94
Somerset House 17, 99, 101
South Bank *ver* Westminster, South Bank y Southwark
SouthBank Centre 82, 83
Southwark Cathedral 46
Southwark *ver* Westminster, South Bank y Southwark
Spaniards Inn 63, 143
Speakers' Corner 122
Spitalfields 154
St Anne and St Agnes 138
St Bartholomew-the-Great 46, 138
St Bride's Church 16, 47
St Christopher Place 131
St George's Church 109
St James's Palace 54, 113, 115
St James's Park 28, 113, 115
St James's *ver* Mayfair and St James's
St Katharine Cree 138
St Katharine Docks 71, 137
St Lawrence Jewry 138
St Magnus the Martyr 137, 138
St Margaret's Church 35
St Martin-in-the-Fields 46
St Mary-le-Bow 138
St Mary's Hospital 166
St Pancras International Station 109, 161
St Paul's Cathedral 7, 16, 40–43, 46, 135, 138
  historia 43
  monumentos 42
St Paul's Church 101
St Sepulchre-without-Newgate 138
St Stephen Walbrook 138
St Thomas' Hospital 166
Stephenson, George 25
Stratford-upon-Avon 167
Sur y oeste de Londres 146–151
  dónde comer 151
  lugares de interés 147–150
  paseo 149
Sutton House 156
Syon House 149

T
Támesis, río 70–71, 83, 84, 102, 168
Tarjetas de crédito 165, 170
Tate Britain 6, 20–21, 50, 81
Tate Modern 6, 18–19, 50, 81, 83
  Espresso Bar: Level 4 83
Tax-free 170
Taxis 162
Teatros 56–57, 60–61
  discapacitados 164
  entradas económicas 171
  entre bambalinas 168
  matinés 169
Tejedores de seda 154, 155, 156
Teléfonos 165
Teléfonos móviles 165
Televisión 163
Temple Church 46
Tenis 67, 75, 144, 149
Tesoro de Mildenhall 9
Test Matches 67
The Bush 150
The Derby 67
The Eagle 63
The Flask 143
The Grapes 63
The Orangery 121
The Real Greek 153
The Renoir 109
The Sanctuary 102
The Shard 17
The Woman in Black 61
Theatre Royal Stratford East 156
Theatre Royal, Drury Lane 101
Thorpe Park 167
Three Mills Museum 156
Tintin Shop 102
Torneo de tenis de Wimbledon 67
Torneo Seis Naciones 67
Torre Beauchamp 37
Torre Blanca 36
Torre de Londres 7, 36–39, 135
  prisioneros 38
Torre Sangrienta 36
Torre Verde 37
Tower Bridge 71, 135
Trafalgar Square 89, 91
Transportes 161–162
  a buen precio 171
  discapacitados 164
Tren 161, 162
Trooping the Colour 66
Trotsky, Leon 11
Turner, JMW 42, 45
  Amanecer en Norham Castle 20
Twain, Mark 53

U
University College Hospital 166
University College London 108

V
Vacaciones escolares 169
Van Eyck, Jan
  El matrimonio Arnolfini 12
Van Gogh, Vincent
  Los girasoles 13
Velázquez, Diego
  La Venus del espejo 13

Vermeer, Jan
Mujer de pie tocando el clavicémbalo 13
Muchacha tocando la guitarra 51, 142
Via Fosse 155
Victoria and Albert Museum 48, 119, 121
Friday Late 122
Museum of Childhood 49, 69, 154
Victoria Embankment Gardens 102
Victoria Park 156
Victoria Station 55
Victoria, reina 43, 54
Visitas con guía 164
Visitas y recorridos 168
Vuelo de cometas 75

W
Wallace Collection 50, 129
War Horse 61
Waterhouse, John William
The Lady of Shalott 21
Waterloo 83
Waterloo Millennium Pier 17
Waterstone's Piccadilly 65
Watt, James 24
Well Walk 142, 143
Wellcome Collection 108
Wellington, duque de 42, 43, 53, 114
Wesley, Charles 131
West End *ver* Soho y West End
Westminster Abbey 7, 32–33, 34, 46, 81, 83
Westminster Cathedral 47
Westminster Hall 34
Westminster, South Bank y Southwark 80–87
compras 85
lugares de interés 81–84
paseo 83
pubs y cafés 86
restaurantes 87
White Cube Gallery 153
Whitechapel Gallery 153, 155
Whitehall 82
Whittington, Dick 136
Wicked 61
Wigmore Hall 130
Wilde, Oscar 11, 72
Wimbledon Common 75, 150
Wimbledon Lawn Tennis Museum 149
Woburn Abbey 108, 167
Wolsey, cardenal 54
Woolf, Virginia 11, 72
World Rugby Museum 150
Wren, sir Christopher 40, 42, 46, 47, 137
WWT London Wetland Centre 75, 150

Y
Ye Olde Cheshire Cheese 62
Yeats, W. B. 11
Young Vic Theatre 84

Z
Zonas de tiendas 170
Zoo de Londres 68, 129

Agradecimientos

EL PAÍS-AGUILAR y DORLING KINDERSLEY quieren dar las gracias a las siguientes personas, cuya ayuda y colaboración han permitido la elaboración de esta guía.

Autor
Roger Williams

Fotografías
Demetrio Carrasco

Fotografías adicionales
Max Alexander, June Buck, Jo Cornish, Michael Dent, Mike Dunning, Philip Enticknap, John Heseltine, Roger Hilton, Ed Ironside, Colin Keates, Dave King, Bob Langrish, Robert O'Dea, Stephen Oliver, John Parker, Rob Reichenfeld, Kim Sayer, Susana Smith, Chris Stevens, James Strachan, Doug Traverso, Vincent Oliver, David Ward, Matthew Ward, Steven Wooster

Ilustraciones
Chris Orr & Associates

Cartografía
Casper Morris

Mapas
Tom Coulson, Martin Darlison (Encompass Graphics Ltd)

Permisos fotográficos
Los editores quieren agradecer a las siguientes personas, instituciones, empresas y agencias fotográficas su amabilidad al conceder los permisos necesarios para reproducir las fotografías incluidas en esta guía. Si en esta edición se ha omitido a alguno de ellos por error, se subsanará en la siguiente.

Créditos fotográficos
a-arriba; b-abajo; c-centro; f-alejado; l-izquierda; r-derecha; t-superior.
El trabajo de Henry Moore, *Arch* (1979) en Kensington Gardens, página 28f, ha sido reproducido con el permiso de la Henry Moore Foundation.

ALAMY IMAGES: Robert Harding Picture Library LTD. 147abi; ARCAID: Richard Bryant. Arquitecto: Foster & Partners 11c, 11f, 11a; ARCBLUE: Peter Durant 16l, 18ci.

ARENAPAL: Michael le Poer Trench 60-61f; L'ATELIER DE JOËL ROBUCHON: 76cda;

BALANS CAFE: 93tl; BARCLAYS BANK PLC: 165 tl; BENJAMIN POLLOCK'S TOYSHOP: 100ci, 103ai; STEPHEN BERE: 93 ai; BRIDGEMAN ART LIBRARY, LONDON / NEW YORK: Guildhall Library, Corporation of London 43c; Kenwood House 51a; BRITISH LIBRARY: 107fi; BRITISH MUSEUM: 6ad, 8f, 9ai, 9cab, 9fi, 9cda, 10ad, 10fi; Peter Hayman 8cd; Liz McAulay 10c; CAFE DES AMIS DU VIN: 104AD.

CAMERA PRESS: Cecil Beaton 39f; CAMINO: Ed Reeves 145ac; CHRIS CHRISTODOULOU: 57cd; COLLECTIONS: James Bartholomew 7cdab; John D. Beldom 55fd, 66cd, 119fd; Oliver Benn 150ad; Nigel Hawkins 129tl; David McGill 80tl, 130cl; Keith Pritchard; Brian Shuel 66tr; Liz Stares 17bl; BILL COOPER: 56c; CORBIS: Adam

Woolfitt 34cab; Carmona 160t; Jeremy Horner 147tl; Robbie Jack 99br; Pawel Libera 50tl; London Aerial Photo Library 6cl, 16-17c; Kim Sayer 154bl; Grant Smith 17r; Adam Woolfitt 34cb; CORNELISSEN & SON: 110tc; CUTTY SARK TRUST: 71tr.

DEAN AND CHAPTER OF WESTMINSTER: 33ai; DREAMSTIME.COM: Dutourdu-monde 26crb; Godrick 96–7; Onefivenine 18–19c; Tonybaggett 158–9; THE ENGLISH HERITAGE PHOTO LIBRARY: 148fd. EPO ONLINE: Walt Disney Theatrical Productions/ Catherine Ashmore 60ci; FIELDING HOTEL: 172tr; FERNANDEZ AND WELLS: 94ai; *FINANCIAL TIMES:* 72c; FREEDOM BREWERY COMPANY: 63cd; LA FROMAGERIE: 133tl; FREUD MUSEUM, LONDRES: 52f; FRIENDS OF HIGHGATE CEMETERY: Doug Traverso 75fi, 143ai; GAMERON MACKINTOSH LTD: Alastair Muir 60tl, 60tr.

THE GEORGE: 86tr; GENERATOR HOSTELS: 179tc; Getty Images: Dave M Bennett 60tl; Chris Jackson 60tr; Hideo Kurihara 1; Sir John Everett Millais 38tc; GIRAFF E: 87t; GORDON'S WINE BAR: 104tl; SALLY & RICHARD GREEN-HILL: Sally Greenhill 164ad.

HAYWARD GALLERY ARTS COUNCIL COLLECTION: RICHARD HAUGHTON 82ABD; HEALS: 110ai; HISTORIC ROYAL PALACES: 36ad; KOKO: 58ai; KONDITOR & COOK: 85tr; THE LEDBURY: 77bl; LEIGHTON HOUSE MUSEUM: 53fi; THE LONDON AQUARIUM: 68fi; LONDON DUNGEON: 68tr, 69c; LONDON TRANSPORT MUSEUM: 49cab; LONDON REVIEW BOOKSHOP: 110tr;

MADAME TUSSAUDS, LONDRES: 68c, 128tl; GARRY SAMUELS 129bl; MANGO Pr.: The Eton Collection 176ai; MARINEPICS LTD: Mark Pepper 156ad; MARY EVANS PICTURE LIBRARY: 52c, 72ai, 72ac, 72fi; MBC MANAGEMENT 61ai; MORGANS HOTEL GROUP: 174ad; MUSEUM IN DOCKLANDS: 153abi; MUSEUM OF LONDON: 44c, 44f, 44a, 45ai, 48bc, 136ci, MYHOTEL: 173tl;.

NATIONAL GALLERY, LONDRES: 12f, 12a, 13cd, 13cab, 13fi, 13a, 50ci; NATIONAL MARITIME MUSEUM: James Stevenson 149cd; NATIONAL TRUST PHOTOGRAPHIC LIBRARY: Bill Batten 149ai, Michael Boys 52ad; NATIONAL PORTRAIT GALLERY, LONDRES: 6c, 14ci, 14fi, 14-15c, 14fd, 15ai, 15ci, 15cd, 15f. NATURAL HISTORY MUSEUM, LONDRES: 22cd, 23ai, 23ad, 23c, 23f, 119fi. THE O2: 58ad; THE OLD VIC: 56tc; Ottolenghi: 145tl; NETWORK LONDON PR & MARKETING: 95ai; NEW LONDON THEATRE: Brinkhoff/Mogenburg 61tr; PERETTI COMMUNICATIONS: Chris Gascoigne & Lifschutz Davidson 77ad; PHOTOFUSION: Paul Bigland 153ai, 155fd; Paul Doyle 152cd; Ray Roberts 67ad; POINT 101: 93 ai; POPPERFOTO: Reuters/Greg Bos 72ad; PREMIER

PR: 144 tl; PRESS ASSOCIATION PICTURE LIBRARY: Toby Melville 28cdab; PRIVATE COLLECTION: 43ad.
REX FEATURES: 27f; Andy Watts 67fd; Ray Tang 73fi; Tim Rooke 26fd, 54ai; RICHMOND HILL HOTEL: 178ad. THE RITZ, LONDRES: 177ai; ROBERT HARDING PICTURE LIBRARY: 66ai, 66ci, 107fd; A. Tovy 126-127; Adam Woolfitt 67cd; D. Hughes 137ai; Ellen Rooney 54ad, 67fi; M.P.H. 26fi; Nigel Francis 28-29c; R. Richardson 34-35c; Simon Harris 36-37c; Walter Rawlings 130fd. THE ROYAL COLLECTION © 2001 SU MAJESTAD ISABEL II: A. C. Cooper Ltd. 27ai; Crown © HMSO 39ci; Crown © HMSO 39ad; Derry Moore 27ad; ROYAL BOTANIC GARDENS, KEW: 147fd.

SADLER'S WELLS THEATRE: Hugo Glendinning 56ad; SCIENCE MUSEUM: 24ad, 24c, 24fd, 25cda, 25cd, Justin Sutcliffe 7ai, 25 abi; IMAX Cinema 25cda; National Railway Museum/Science & Society 25ai; RONNIE SCOTT'S: Redferns 93 ac; SHAKESPEARE'S GLOBE: 86ad; SMITHS OF SMITHFIELD: 139ai; ST PAUL'S CATHEDRAL: producido con el permiso del deán, St Paul's Cathedral. La obra que se ilustra en la página 41cd se ha reproducido con el permiso de la Henry Moore Foundation: *Madre y niño* (1983) Henry Moore © DACS, Londres 2011 41cd; Sampson Lloyd 40abi, 40-41c; ST PETER'S BREWERY CO. LTD: 63cdab; STRINGFELLOWS: 59r.

TAMARIND RESTAURANT: 117d; © TATE, LONDRES 2011: 6fi, 20ci, 20-21c, 21c, 21fi, 50ad; *Mujer con perro blanco* (1950-1951) Lucian Freud 21c; *Tres estudios para una figura en la Crucifixión* (uno de los tres paneles) (c.1944), Francis Bacon 21cd; © THE TATE MODERN: *Pez* (1926) Constantin Brancusi © ADAGP, París y DACS, Londres 2011 19cab; *Concepto espacial "Espera"* (1960) Lucio Fontana © Fondazione Lucio Fontana 19cd; *Whaam!* (1963) Roy Lichtenstein © The Estate of Roy Lichtenstein/DACS, Londres 2011 18cab; *El durmiente imprudente* (1928) Rene Magritte ADAGP, París y DACS, Londres 2011 19ca; *Tres bailarinas* (1925) Pablo Picasso © Succession Picasso/DACS, Londres 2011 18ad; *Verano nº.* 9A (1948) Jackson Pollock © ARS, Nueva York y DACS, Londres 2011 18-19ab; THYME: 76cr, 95tl; Tom's Kitchen: 105tc; TRANSPORTES DE LONDRES: 164ai.THE TROUBADOUR: 59ci; V&A IMAGES: 48ai, 119c; V&A MUSEUM OF CHILDHOOD 69a; VILANDRY FOODSTORE: 111tl; THE WALLACE COLLECTION: 50ab; THE WOLSELEY: 76tl; WHITE STAR LINE RESTAURANTS: 125ai; WOODMANSTERNE PICTURE LIBRARY: 40f. YELLOW DOOR PR: Dafydd Jones 170ai; ZSL London Zoo: 68tl.

CUBIERTA

Delantera – **Superstock:** Imagebro-ker.net main. DK Images Steve Bere bl. Lomo – **DK Images** Stephen Oliver b. Trasera – **DK Images:** Philip Enticknap cl; Stephen Oliver cr; **Getty Images:** Joe Cornish c.
El resto de imágenes © DK.

Notas de viaje

Notas de viaje